Artur Landsberger

Emil

Verone

Artur Landsberger

Emil

1st Edition | ISBN: 978-9-92500-137-8

Place of Publication: Nikosia, Cyprus

Erscheinungsjahr: 2016

TP Verone Publishing House Ltd.

Reproduktion des Originals in Großdruckschrift.

EMIL

DER ROMAN EINES HOCHSTAPLERS

VON

ARTUR LANDSBERGER

INHALT

Die handelnden Personen dieses Romans sind:

Kurt Redlich, Kommissionsrat

Konstanze, seine Tochter

Emil Wohlgemuth, genannt Coeur-As

Paula, seine Freundin

Anton, sein Freund

Amalie Aufrichtig, eine nicht mehr ganz junge Dame aus Frankfurt a. M.

Baron v. Koppen, ein sehr junger Diplomat

Assunta Lu, eine Filmdiva mit russischem Akzent

v. Pfeifenbach, Kriminalinspektor

Spicker, Oberstaatsanwalt a. D.

Heinrich Karz, ein sehr reicher Herr

Dr. med. Koch, Spezialist für Geisteskranke

Verbrecher – Kommissare – Polizisten

Ort der Handlung: Nicht etwa Berlin

Zeit der Handlung: Nach der Revolution

Auftakt,
den ich euch leider nicht ersparen kann und in dem ich euch mit Kurt Redlich und seiner Tochter Konstanze bekannt mache

Haben Sie schon einmal einen Blick in die Wohnung von Neureichen getan? Wenn ja, ist Ihnen dann nicht aufgefallen, dass diese Herrschaften, die vor wenigen Jahren noch in Gartenhäusern wohnten und die Wände mit Reklamebildern von Kupferberg schmückten, in der Ausstattung ihrer Wohnräume plötzlich einen Geschmack entwickelten, den man ihnen gar nicht zugetraut hätte? Einen Geschmack, von dem man glaubte, dass Generationen dazu gehörten, um ihn zu erwerben.

Es kam ja auch früher hin und wieder einmal vor, dass solche Leute zu Geld kamen. Sie gewannen in der Lotterie oder ein Onkel aus Amerika starb. Dann kauften sie als erstes ein Klavier, und wenn der Onkel sehr reich gewesen war, so vertauschten sie den Öldruck im Wohnzimmer mit einem Gemälde von Anton von Werner. Nicht, weil sie es schöner fanden, sondern weil es teurer war. Sie nahmen sich eine größere Wohnung, kauften neue Plüschmöbel und deutsche Teppiche, behängten sich mit Brillanten und reisten im Sommer statt auf acht Tage nach Ahlbeck, auf vier Wochen nach Swinemünde. Innerhalb ihres Kreises, aus dem herauszukommen ihnen trotz der Erbschaft oder des Lotteriegewinnes selten gelang, waren sie damit als »die Reichen« gehandicapt. Das genügte ihnen.

Ganz anders heute. Menschen, die gestern noch sehr verbindlich hinter dem Ladentisch lächelten, wenn sie eine Pfunddose Gemüse verkauften, die dann plötzlich nur waggonweise lieferten, wuchsen in ihrer Vorstellung auch menschlich empor. Zudem war das Tempo, in dem sie reich wurden, so unerhört, dass es lächerlich gewesen wäre, den veränderten Verhältnissen durch Zulegung einer neuen Plüschgarnitur äußerlich Ausdruck zu geben. Sie gingen in die Geschäftsräume eines Möbellieferanten mit dem Bewusstsein: Ich brauchte nur einen Scheck auszuschreiben und das ganze Lager gehörte mir.

Ihnen genügte es auch nicht, den Kreisen, in denen sie bisher verkehrten, durch warmes Abendbrot und eine Droschkenfahrt am Sonntag zu imponieren. Das Vorbild, dem sie nachstrebten, waren ihre Kunden. Und von den Kunden wieder diejenigen, die nicht selbst kamen, sondern ihren Diener oder ihre Mamsell schickten. Durch die wussten sie, wie wirklich feine Leute lebten. Swinemünde? Pah! Feine Leute gingen im Sommer nach Scheveningen oder Deauville, im Frühjahr nach Cannes und im Winter ins Engadin. In ihren Wohnungen hingen keine Anton von Werners, sondern Courbets, und auf dem Parkett lagen echte Seidenperser.

Sie besuchten nicht die Traberbahn und die Radrennen, ihr Sport war Golf und Polo, und sie ließen die Schneiderin nicht ins Haus kommen, sondern gingen in die Modesalons der Lennestraße.

Ja, das alles wussten sie. Auch dass die Gesellschaft von heute nicht mehr exklusiv war. Dass sie aus denen bestand, die sich früher vergebens bemüht hatten, in sie hineinzukommen. Und dass selbst der schlechteste Ruf kein Hindernis war, wenn man einen Rolls Royce fuhr.

So! Und nun werden Sie auch verstehen, wer der Kommissionsrat Kurt Redlich war. Einer von den vielen, die es in jenem beschleunigten Tempo zu etwas brachten, das keine Zeit für Übergänge ließ. Anstelle des Grammofons trat auch bei ihm nicht das Klavier, sondern der Steinway, und von der Elektrischen aus stieg auch er, ohne den Umweg über das Taxiauto, gleich in seinen Rolls Royce.

Dabei wurde Kurt Redlich von keiner ehrgeizigen Frau nach oben getrieben. Die hatte im Geschäft ihres Mannes hinter dem Ladentisch gestanden, bis ein Herzschlag sie mitten aus der Arbeit herausriss. Das war lange, bevor der Aufstieg begann. Ihr einziges Kind trug damals noch kurze Kleidchen – nicht der Mode und der seidenen Strümpfe wegen, sondern weil es erst acht Jahre alt war. Sie besuchte zwar eine höhere Schule, wuchs aber in kleinbürgerlichem Milieu auf, und ihr ganzer Luxus bestand eigentlich darin, dass sie Konstanze hieß. Als einzige in der ganzen Schule, während es eine Unzahl von Mädchen gab, die Else, Grete, Ida und Frieda hießen. Aber dann, als sie zehn Jahre alt war und Redlich plötzlich emporschnellte, bekam sie eine Gouvernante, die mit Vorliebe englisch sprach. Es war das einzige, was ihr die Inflation nicht hatte rauben können. Sie dokumentierte damit ihre Distanz zu den Neureichen, obschon Konstanze, ein gewecktes Mädchen, meinte: »Sprechen Sie richtig deutsch – und die Distanz ist die gleiche.«

Die Gouvernante, die aus sehr gutem Hause war, holte bei Konstanze nach, was die Kinderstube versäumt hatte. Das war fast alles. – Auf die Entwicklung ihres Charakters übte sie keinen Einfluss. Einmal, weil sie selbst nicht damit beschwert war, dann aber, weil Konstanze so sehr der Mutter glich, dass auch andere an ihr nichts hätten ändern können. Die Gradheit der Mutter, die keine Verstellung kannte, und die Erziehung der Gouvernante für den gesellschaftlichen Verkehr, dessen wesentliches Merkmal ja die Kunst der Verstellung ist – diese beiden Faktoren, die auf keinen gemeinsamen Nenner zu bringen waren, machten aus Konstanze einen Menschen, der sich weder in die Kreise fügte, aus denen sie kam, noch in die Kreise, in die gesellschaftlicher Ehrgeiz des Vaters sie trieb.

Kurt Redlich war unbekümmert. Keine robuste Natur, die sich, auf ihren Geldsack pochend, über alles hinwegsetzte und mit starken Ellenbogen beiseiteschob, was ihm nicht passte. So pfiffig er in seinen Geschäften war, so arglos stand er den gesellschaftlichen Dingen der Welt gegenüber. Er hatte das Gefühl, in einem großen Theater, das nur den oberen Hunderttausend erschlossen war, mitspielen zu dürfen. Dass auf diesem Parkett zu schreiten, ohne auszugleiten, eine Kunst war, die erlernt werden wollte – der Gedanke kam ihm nie.

Nun wollt ihr gewiss noch erfahren, wie Kurt Redlich und seine Tochter Konstanze sich äußerlich präsentierten. – Der Dame den Vorrang, den sie neben diesem Vater aber auch in rein menschlicher Beziehung verdient. Gut gewachsen, mittelgroß, schlank. Eine Sportfigur. Ein schmales Gesicht, blondes Haar, große blaue Augen, frische Gesichtsfarbe. Gewandt, beinahe forsch in ihren Bewegungen. Es gibt Frauen, bei deren Anblick man denkt: Die möchtest du mal im Abenddress oder beim Tennis oder des Morgens im Kimono sehen. Bei Konstanze hatte man unwillkürlich die Vorstellung: Wie gut muss die Frau zu Pferde aussehen. – Papa Redlich hingegen erinnerte trotz des teuren Schneiders noch immer an die Kegelbahn. Klein, untersetzt, mit einem spitzen Bäuchlein und ein paar flinken und lustigen Augen. Nach Pfunden gemessen gewiss ein Schwergewicht, aber behände auf den Beinen, die viel zu kurz waren. Auf dem Sportplatz würde man denken: ein Grotesktänzer; an der Börse: ein Mann, der gern Witze erzählt und doch nicht ganz ungefährlich ist. Im Verkehr mit Frauen der Mann, der zahlt und selten genießt. Der nach dreijährigem Golftraining jedes Mal, wenn er die Kugel schlägt, noch an die Kegelbahn zurückdenkt. Ein Mann, den man ein Dutzend Mal drehen und wenden, sogar auf den Kopf stellen kann, und der im Frack doch immer wirkt, als wäre er auf einem Kostümfest. Der nach zehn Jahren gesellschaftlichen Glanzes noch jeden Abend, wenn er das Frackhemd abstreift, das Gefühl hat, für ein paar Nachtstunden einem Käfig entwichen zu sein, in den er sich trotzdem mit Beginn jedes neuen Tages von Neuem hineinzwängt. – Kein eigentlich glücklicher Mensch also. Aber einer von den vielen, die sich selbst belügen. Denn sie glauben, dass es wider die Natur sei, soviel Geld zu besitzen, von Millionen Menschen beneidet zu werden und doch kein glücklicher Mensch zu sein. Einer aus dem Heer der armen Reichen.

Und nun beginnt's!

www.ingramcontent.com/pod-product-compliance
Lightning Source LLC
Chambersburg PA
CBHW031926110726
47902CB00001B/50

Erster Teil,
in dem gezeigt wird, dass auch ein Einbrecher ein sympathischer Mensch sein kann

Ich sagte schon, dass die Neureichen unserer Tage im Gegensatz zu den früheren, die zeitlebens kleine Leute blieben, viel Geschmack in der Ausstattung ihrer Wohnräume, in der Wahl ihrer Kleider und auch in anderen Dingen zeigen, somit eine Kultur vortäuschen, die sie sich unmöglich von gestern zu heute aneignen konnten. Denn die Assimilationsfähigkeit der Menschen hat sich nicht geändert. Die Gründe liegen tiefer und sind durchaus unerfreulich. Ich glaube, sie in dem Verschwinden jeder Persönlichkeitsmerkmale bei den Menschen unserer Zeit erblicken zu müssen. Die Menschen hatten früher einen Typ, der nicht nur im Äußeren lag, und der sich nicht verwischen ließ wie eine Kreidezeichnung von einer Schiefertafel. Gleichgültig, ob das, was sie schön fanden, geschmackvoll oder geschmacklos war – sie hatten ihr Urteil und dachten nicht daran, es der Mode zu opfern, sofern die ihnen nicht zusagte. Heute aber ist es eine Herde, und begeistert sagt der Innenarchitekt unserer Tage: »Die Neureichen sind so klug, uns vollständig selbst wählen zu lassen. Sie fragen, wenn sie die fertige Wohnung beziehen, wohl hin und wieder etwas erstaunt: ›Ist das schön?‹ – Und wenn man ihnen erwidert: ›Es ist das Allermodernste‹, so bescheiden sie sich. Es gibt keinen Kitsch mehr! Es ist eine Lust, heutzutage Innenarchitekt zu sein.«

Sie vergessen dabei, dass Wohnung und Bewohner eins sein sollen. Und dass es lächerlich wirkt, eine Schläch-

termeistersfrau von zwei Zentnern sich zwischen Louis-
XVI.-Möbeln bewegen zu sehen.

*　*　*

So! Und nun können wir uns auch vorstellen, dass Kurt
Redlich nicht recht in die von einem ersten Architekten
eingerichtete Villa im Grunewald hineinpasste.

Begeben wir uns in seinen Salon. Er stößt direkt an die
große, mit Gobelins behängte Halle, die wiederum zur
Flurtür und Treppe führt. Man kann zwar noch nicht
recht erkennen, wie es in diesem Salon aussieht, ob es
Empire, Louis XV. oder XVI. ist, da es kurz vor Mitter-
nacht und der Raum nicht beleuchtet ist. Aber stoßen
wir uns nicht daran, finden wir uns vielmehr damit ab,
dass der Herr der Villa noch heute, nach acht Jahren, die
Stilarten seiner zehn Zimmer durcheinanderwirft. Wir
wollen uns überhaupt vornehmen, uns über die nächsten Vorgänge möglichst nicht zu wundern. Wir werden
dann viel eher den Schlüssel zu einer Begebenheit finden, die gewiss nicht alltäglich ist – mit welchem Recht
dürfte ich sonst eure kostbare Zeit in Anspruch nehmen?
– aber durchaus möglich und im Vergleich zu manchem,
was heut geschieht, alles andere denn grotesk ist.

Wenn wir also trotz der herrschenden Dunkelheit unsere Augen jetzt auf den Salon in der Villa Redlich rich-
ten, so fällt uns auf, dass bald hier, bald da ein Licht ge-
spensterhaft aufleuchtet und wieder verschwindet. Und
wenn wir ganz scharfe Augen oder gar ein Glas zur
Hand haben, so erkennen wir deutlich, dass sich von der
dunklen Wand die Konturen eines Menschen abheben,
der behände von einer Stelle zur anderen huscht. Jetzt,

wo vom Fenster aus ein mattes Mondlicht auf die Gestalt fällt, erkennen wir deutlich: Es ist eine junge Apachin – so etwas gibt es noch? – blass, schmal, schlank, mit weißer Haut und großen, schwarzen Augen. Schnittig, gazellenhaft, grazil. Eine Taschenlaterne in der Hand, die sie behände nach allen Richtungen hin bewegt, um – nun erkennt man auch die Absicht – den Raum abzuleuchten.

Jetzt fährt sie auf, wirft den Kopf zur Seite, horcht. Ein Geräusch im Schloss der Tür, die von der Halle nach draußen führt. Sie macht einen Ansatz zum Fenster hin – zu spät! – die Tür wird geöffnet, man hört Stimmen. Schnell huscht sie hinter einen japanischen Schirm – einen sehr schönen echten, dessen Wert der Herr der Villa jeden erraten lässt, der nicht gerade, wie diese junge Apachin, mitten in der Nacht ihm einen Besuch abstattet.

Mit der Ruhe ist es nun aus. Auch mit der Dunkelheit. Zuerst erstrahlt die Halle in einem Meer von Licht, das von Decken und Wänden in den Raum fällt. In der Mitte des Raumes steht Konstanze. In großer Abendtoilette, hinter ihr Kurt Redlich in Frackmantel und stumpfem Zylinder. – Ich muss schon sagen: dies Bild erinnert an eine Operettenszene, und man erwartet, dass dies ungleiche Paar nach vorn tritt, die Mäntel abwirft und ein Duett singt.

Schlechtes Theater also, denkt man – merkt aber sehr bald, dass man sich auf dem Holzwege befindet. Diesen beiden Menschen ist gar nicht nach einem Duett zumute. Sie hauen, noch bevor sie im Salon sind, in dem es nun auch hell wird, mit Worten aufeinander ein.

»Und ich wiederhole dir ...«, erklärt Konstanze nicht gerade leise und wirft den Abendmantel auf die Chaiselongue. Aber Kurt Redlich lässt sie nicht zu Ende reden.

»Und ich behaupte ...,« fällt er ihr ins Wort.

»Schon in der zweiten Runde hätte ...«

»Wills ...«

»Nein! Samson!«

»Knock out gehen müssen.«

Konstanze zittert vor Erregung:

»Aber Papa, hast du denn nicht gesehen?«

»Ich bin nicht blind.«

»Als Samson den Haken links landete ...«

»Ein harter Schlag!«

»... wenn Wills die Blöße genützt ...«

»Wenn! Wenn!«

»... und einen Appercount gelandet hätte.«

»Er hat ihn aber nicht gelandet.«

»Eben!«

»Weil er ein Stümper ist!«

»Ein Held ist er!«

»Eine Schlafmütze!«

» *Ich liebe ihn!*«

»Du bist verrückt!«

»Papa! Beherrsch' dich!«

»Du bekommst es fertig und bringst mir als Schwiegersohn einen Boxer ins Haus.«

»Ein guter Boxer verdient zwanzigtausend Pfund im Jahr.«

»Das nützt uns nichts. Wir brauchen einen Stammbaum.«

»Ich brauche in erster Linie einen Mann!«

»Der Träger eines alten und guten Namens kann auch ein Mann sein.«

»Auf Experimente lasse ich mich nicht ein. Bei einem Boxer weiß ich, er ist ein Mann.«

»Damit du's weißt: Wir waren heute zum letzten Male zu einem Boxkampf.«

»Auf dem Concours hippique machst du keine Figur, Papa.«

»Man ist da aber in guter Gesellschaft.«

»Darauf pfeif ich.«

»Ich wünschte, wir könnten uns das leisten.«

»Ich leiste es mir eben.«

»Dazu ist unser Reichtum zu jung.«

»Red' was du willst, Papa! Mein Mann muss ein Held sein.«

»Am Ende ein Tierbändiger!«

»Den könnte ich lieben.«

»Du bist toll!«

»Möglich, dass ich das bin.«

»Ich stecke dich in ein Kloster!«

»Papa, die Witze an der Börse überlebst du nicht.«

»... in ... in ein Sanatorium kommst du!«

»Da könnte man auf erbliche Veranlagung schließen, Papa!«

»Jöhre!«

»... oder auf schlechte Kinderstube!«

Das prasselte wie ein Feuerwerk. In einem Tempo, dass die schlanke Apachin hinter dem japanischen Schirm – welch herrlicher Filmtitel! Die schlanke Apachin hinter dem japanischen Schirm! – kaum hatte folgen können. – Die beiden Gegner waren sich gleich – bis zu dem Moment, in dem Konstanze dem Vater ihre schlechte Kinderstube vorwarf. Der Schlag streckte Redlich nieder. Er gab auf.

Siegerin Konstanze brachte vor dem Spiegel ihr Haar in Ordnung, während Redlich atemschöpfend in der Halle auf und ab ging. Dann trat er ans Fenster und sagte in gereiztem Ton:

»Johann hat schon wieder mal die Jalousien nicht heruntergelassen.«

»Johann behauptet, das wäre keine Arbeit für den persönlichen Diener.«

»Dann soll es der Portier machen!«

»Johann behauptet, ein Portier dürfe die Wohnzimmer der Herrschaft nicht betreten.«

Redlich wurde wütend:

»Dann muss ich es eben selber machen«, rief er und ließ die Jalousie herunter.

»Papa!«, sagte Konstanze entsetzt, »wenn das Johann sieht!«

Und Redlich, noch immer mit der Jalousie beschäftigt, erwiderte:

»Vorgestern Nacht hat man in Nummer elf die Teppiche gestohlen, gestern in Nummer neun das Silber, wenn die Bande also nicht abergläubisch ist und sich an der Nummer sieben stößt, so sind heute wir dran.«

»Was macht das schon aus? – bei deinem Reichtum.«

»Gewiss! Leisten kann man's sich.«

»Siehst du, Papa!«

Redlich hatte inzwischen die Jalousie ganz heruntergelassen und entgegnete ärgerlich:

»Ich will aber keine Einbrecher im Hause haben.«

»Aber ich!«

Redlich wandte sich entsetzt zu Konstanze:

»Was soll das heißen?«

»Dass ich irgendetwas erleben möchte, was nicht alltäglich und mit Gefahr verbunden ist.«

»Du läufst doch Schlittschuh, tanzt und reitest ...«

»Dabei ist noch niemand gestorben.«

»Du solltest froh sein, dass du dir jeden Wunsch erfüllen und ruhig leben kannst.«

»Mich langweilt das.«

Redlich trat vor seine Tochter, schüttelte den Kopf und sagte:

»Du wirst alle Tage überspannter.« Dann gab er ihr die Hand, sagte: »Schlaf dich aus«, und ging hinaus.

Als Redlich draußen war, stand Konstanze noch eine Zeit lang in Gedanken. – »Bei meinem Pech«, sagte sie zu sich, »werden sie sich natürlich an der Nummer sieben stoßen. Aber es gibt auch Menschen, für die es eine Glückszahl ist – und dann: Nur ängstliche Menschen sind abergläubisch. Und Angst kennt so ein Einbrecher bestimmt nicht.«

Während dieser Gedanken war sie zu einem kleinen Wandschrank getreten und hatte eine Art Mausefalle herausgenommen. Sie stellte sie in den Schreibtisch, in dessen Fach sie genau hineinpasste, schloss das Fach zu und ging zur Tür. Sie hatte die Hand schon auf der Klinke – da stutzte sie, lief zum Fenster und zog behutsam die Jalousie in die Höhe. – »Ob ich auch das Fenster öffne?« überlegte sie und entschied sich: »Ich werde es anlehnen.« – Sie hatte es kaum geöffnet, da kamen ihr auch schon Bedenken. – »Heißt das nicht, mit dem Feuer spielen?« fragte sie sich und war im Begriff, das Fenster wieder zu schließen. Aber im letzten Augenblick entschied sie sich, es offen zu lassen und beruhigte ihr Gewissen, indem sie sich sagte: »Es wird ja nicht gleich jemand einsteigen.« – Dann knipste sie das Licht aus und ging hinaus.

Ein paar Augenblicke lang herrschte Totenstille. Dann kam hinter dem japanischen Schirm der Kopf der Apachin zum Vorschein. Langsam folgte der Arm mit der Laterne nach. So – nur Arm und Kopf sichtbar – leuchtete sie den Raum nach allen Seiten ab, trat hinter dem Schirm hervor, eilte auf den Zehen zur Tür, horchte und knipste, nachdem sie sich überzeugt hatte, dass alles ruhig war, eine Lampe an, die auf dem Tisch stand. Das Zimmer war jetzt halb erleuchtet. Dann schwebte sie zum Fenster, das angelehnt war, öffnete es und gab mit der Taschenlampe Zeichen, auf die hin nach wenigen Augenblicken auf dem Sims des Fensters zwei Hände sichtbar wurden, die im Schein der Laterne einen gespensterhaften Eindruck machten. Gleich darauf folgte der Kopf eines Mannes. Er trug eine Ballonmütze und einen Schal um den Hals. Aber der Ausdruck seines Gesichtes war alles andere als gemein. Ein feines Profil, gute Nase, hohe Stirn, kluge Augen – nur um den sonst hübschen Mund war ein scharfer Zug, der aber mehr auf Tatkraft schließen ließ als auf Verbrechen.

Noch von draußen fragte er:

»Ist die Luft rein?«

»Hätte ich sonst das Zeichen gegeben?«

Der Mann stieg ein. Er übersah mit einem Blick den Raum und sagte:

»Die Annonce ist richtig. Das sind bessere Leute.«

»Du verkehrst doch nachts überhaupt nur in ersten Häusern«, erwiderte das Mädchen.

Der – wie ich schon sagte – nicht unsympathische Mensch saß bereits auf der Erde und rollte die seidenen Perser zusammen. Neben sich hatte er ein paar moderne Einbruchswerkzeuge und einen Revolver gelegt.

»Hilf!«, sagte er.

Sie kniete sich neben ihm nieder und war ihm behilflich:

»'n feiner Sumak!«, sagte sie.

»Wie hoch taxierst du ihn?«

Das Mädchen sah den jungen Mann kokett an und meinte:

»Für den Fuchspelz langt's.«

»Für so was geb' ich kein Geld aus. Den hol' ich dir aus dem Fenster.« – Und da der Teppich inzwischen zusammengerollt war, so sagte er: »Heb!«

Das Mädchen mühte sich, ließ den Teppich fallen und stöhnte:

»Zu schwer!« – Sie besah ihre Hände. »Das tut weh!«

»Ruf Anton!«

Das Mädchen erhob sich, ging zum Fenster und gab abermals Zeichen mit der Laterne. Es dauerte auch gar nicht lange und auf dem Sims lagen abermals zwei Hände. Diesmal waren es Tatzen. Und gleich darauf erschien ein Kopf, schwer und massig. Ein breites Gesicht, eine flache Stirn. Kleine Augen, starke Nase und ein Mund, der zu alledem nicht passte. Er hatte etwas Weiches und wirkte in diesem sonst brutalen Gesicht wie eine Entschuldigung. Man hatte das Gefühl, als wollte er sagen: Ich kann ja nichts dafür, dass ich so aussehe.

Diesem Kopf folgte ein massiger Körper, der sich plump wie der Leib eines Seehundes – dem er auch sonst glich – durchs Fenster schob.

»Leise!« mahnte das Mädchen, als Anton die Hintertatzen auf das Parkett setzte und fragte:

»Schaffst du's nicht, Emil?«

Der junge Mann, von dem wir nun endlich wissen, dass er Emil heißt, kratzte gerade mit einem Messer auf ein paar Silberschalen herum.

»Echt?«, fragte das Mädchen, das jetzt neben ihm stand.

»Ja!«

»Aber diese verfluchten Monogramme.«

»Solange *die* Mode bleiben, werden wir auf keinen grünen Zweig kommen.«

»Also einschmelzen?«

»Heute Nacht noch.«

»Schade um die schöne Fasson!« bedauerte das Mädchen.

»Das hätte ein schönes Stück Geld gegeben.«

»Unsereins soll eben nichts verdienen«, sagte Anton, der mit einer bei seiner Schwere bewundernswerten Behändigkeit alle Teppiche und Decken zusammengepackt hatte.

Das Mädchen leuchtete gerade die Halle ab und meinte:

»Der hat sie sicher leichter verdient als wir.«

Und Emil fügte hinzu:

»Ohne Kopf und Kragen dabei zu riskieren.«

Er nahm aus dem Sack, in den er das Silber gesteckt hatte, einige Messer und Gabeln wieder heraus.

»So!«, sagte er. »Ein viertel Dutzend von jeder Sorte kann man ihm lassen.«

Das Mädchen, das inzwischen die Nase in die Bibliothek gesteckt hatte, sagte:

»Schöne Sachen hat er!«

»Zeig« her!«, erwiderte Emil und nahm ihr ein paar kostbar gebundene Bücher aus der Hand. Dann sagte er mit einem Gesicht und einer Stimme, in denen grenzenlose Verachtung lag: »Ein Neureicher!«

»Wieso?«, fragte das Mädchen.

»Die Klassiker in echt Saffian unberührt. Aber sieh hier!« – er hielt ihr ein paar dünne, völlig zerlesene Bände unter die Nase – »das Strafgesetzbuch und die Konkursordnung, jede Seite mit Fettflecken und Eselsohren. – Ein Schieber also!« – Er ging zurück an den Silberschrank, nahm die Messer und Gabeln, die er eben zurückgelegt hatte, wieder heraus und steckte sie in den Sack. »Auf so einen nehm' ich keine Rücksicht!« – Er sah sich im Zimmer um: »So! Das wäre für heute denn wohl genug. Und nun vorsichtig hinaus!«

Anton schob den Sack und die Teppiche zum Fenster und stieg mithilfe des Mädchens hinaus. Dann nahm er mit einer Leichtigkeit, die seine Kraft verriet, die Sachen hoch und verschwand damit.

Das Mädchen wandte sich wieder zu Emil, der dabei war, den Schreibtisch auszuräumen. Er hielt gerade ein paar Aktienpakete in der Hand.

»Deutsche Reichsanleihe!« las er und schob die Papiere mit einer Bewegung, die mehr als verächtlich war, in den Schreibtisch zurück. Er nahm einen anderen Stoß Papiere heraus und las:

»Diamond Shares!« – Schmunzelnd steckte er sie in die Tasche. Dann stand er auf und rüttelte behutsam an dem Fach, das Konstanze zuvor verschlossen hatte. Er öffnete es mit einem der Werkzeuge, die er mitgebracht hatte, fasste hinein und schrie laut:

»Au!«

Seine Hand saß fest.

»Großer Gott!«, rief das Mädchen entsetzt. »Eine Falle! Eine Menschenfalle! So ein Pack!« – und sie zog und zerrte und bemühte sich, ihn zu befreien.

»Hol' Anton!«, befahl Emil.

»Der schafft es auch nicht«, erwiderte sie unter Tränen.

»Versuch' den Schub herauszuziehen.«

Sie zogen beide. Aber er wurde durch irgendeinen Mechanismus festgehalten.

Vom Nebenzimmer kam ein Geräusch. Sie horchten auf. Eine vor Schreck zitternde Männerstimme rief halblaut:

»Überfall! Zu Hilfe! – Villenstraße sieben!«

Emil wies auf die Einbruchswerkzeuge und flüsterte dem Mädchen zu:

»Das Beil!«

»Was – soll ich – tun?«, fragte sie ängstlich.

»Schlag die Hand ab!«

»Eher bring' ich mich um!«

»Das macht mich nicht frei!«

Das Mädchen stand da, mit dem Beil in der Hand, und wusste nicht, was es tun sollte.

Emil wand sich vor Schmerz.

»Schlag zu!« trieb er sie.

Sie hob das Beil, schlug aber nicht zu, sondern ließ es aus der Hand gleiten und sagte schluchzend:

»Emil, ich kann nicht«

»So rette dich!«

Sie erwiderte bestimmt:

»Ich bleibe bei dir!«

»Du kannst mir mehr helfen, wenn du draußen bist.« –
Er leerte mit der freien Hand seine Taschen und reichte
dem Mädchen die Papiere: »Gut aufbewahren!« sagte er.
»Und die Teppiche nicht verschleudern!«

Das Mädchen bat schluchzend:

»Versuch' es noch einmal!«

Emil biss die Zähne aufeinander:

»Es klemmt nur fester«, sagte er und schrie laut auf:
»Au! – au! Geh!«

Sie umschlang seinen Hals. Sie küssten sich.

»Geh!«, befahl er, und sie ging schluchzend zum Fenster und verschwand.

Während Emil, jeden Nerv gespannt, zur Tür sah, hinter der man soeben die Polizei alarmiert hatte, schob
sich, ohne dass er es merkte, die gegenüberliegende Tür
geräuschlos ins Zimmer. – Hinter ihm stand Konstanze.
Im Nachtgewand, über das sie lässig eine Seidenmatinee
geworfen hatte. Furchtlos und gespannt betrachtete sie
ihr Opfer. Nach einer ganzen Weile sagte sie:

»Endlich!«

Emil wandte sich um. Sie sahen sich an. Er wies auf
seine Hand und sagte verächtlich:

»So fängt man Tiere.«

»Ich liebe Tiere«, erwiderte sie und trat näher heran.
»Ich hoffe, Sie sind eins.« – Er wandte sich ab. Konstanze

betrachtete ihn genau. Dann sagte sie breit: »So also sieht ein Verbrecher aus?«

»Das Zeug ruiniert mir die Hand!«, sagte er.

Aber Konstanze war ganz in die Betrachtung versunken.

»Herrlich!«, rief sie. »Ganz so, wie ich Sie mir vorgestellt habe.«

»Was soll das bedeuten?«, fragte er erstaunt; und sie erwiderte:

»Dass ich diesen Augenblick herbeigesehnt habe.«

»Sie mich?«

»Sie oder einen andern.«

»Machen Sie mich los!«, forderte er und verbiss sich den Schmerz.

»Sind Sie gewalttätig?«

Emil hielt es für Hohn, fuhr auf und rief drohend:

»Ich kann Ihnen sagen!«

»Herrlich! Herrlich!« – Sie trat noch näher an ihn heran. »Haben Sie schon viele Menschen umgebracht?«

»Ich glaube, Sie werden der Erste sein!«, fauchte er wütend.

»Himmlisch!«, rief Konstanze voller Begeisterung, und Emil schrie:

»Machen Sie mich los!«

Konstanze nickte freundlich und versprach:

»Später!«

»Sie ernähren mich nicht, wenn die Hand zum Teufel geht und ich nicht mehr arbeiten kann.«

»Sie arbeiten?«, fragte sie enttäuscht.

Er wies auf das ausgeraubte Zimmer und erwiderte spöttisch:

»Vielleicht sehen Sie sich hier einmal um.«

»Alle Achtung! Sie verstehen Ihr Fach!« – Und indem sie ganz dicht an ihn herantrat, fragte sie: »Sind Sie sehr kräftig?«

»Ich rate Ihnen nicht«, erwiderte er, packte sie mit dem linken Arm, warf sie auf den Schreibtisch und hielt sie fest.

»Sie tun mir weh!«, rief sie.

Er beugte sich über sie und drohte:

»Ich bringe Sie um, oder Sie verraten mir auf der Stelle den Trick, durch den ich hier loskomme.«

In diesem Augenblick stürzte durch die Tür links, bebend vor Angst, nur mit einem Pyjama bekleidet, Redlich ins Zimmer. Erst machte es den Eindruck, als wenn er sich auf Emil stürzen wollte. Aber er blieb in respektvoller Entfernung stehen und beschwor ihn händeringend:

»Laden Sie keinen Mord auf Ihr Gewissen.«

Emil gab Konstanze frei und sagte:

»Was geht Sie mein Gewissen an? Ich will hier los.«

Während Konstanze aufsprang, bettelte Redlich, der in seiner Todesangst die Situation nicht übersah und noch immer nicht merkte, dass Emil festsaß:

»Nehmen Sie, was Sie wollen! Aber mein Kind und mich rühren Sie nicht an! Gehen Sie! Gehen Sie! Wer hält Sie denn?«

»Lump!«, erwiderte Emil. »Fangeisen in dem Schreibtisch befestigen und dann dumm fragen, wer mich hält.«

»Davon weiß Papa nichts«, rief Konstanze. »Die habe ich gelegt. Aus Neugier und Interesse. Nicht, um Ihnen weh zu tun.«

Und Redlich, der endlich sah und verstand, gewann seine Sicherheit wieder, wuchs förmlich empor, schmunzelte und sagte:

»Wie gescheit, mein Kind! Wie gescheit!«

Konstanze wandte sich an Emil und fragte:

»Wenn ich Sie nun befreie?«

Redlich, der eben ein paar Schritte nach dem Schreibtisch hin gemacht hatte, taumelte zurück und rief:

»Bist du toll? Er bringt uns um.«

»Ich schwöre Ihnen, ich würde Ihnen wieder zu Ihren Sachen verhelfen.«

Jetzt erst sah sich Redlich im Zimmer um und erkannte, dass er bestohlen und beraubt war.

»Sie Strolch!« fuhr er auf Emil los. »Sie gemeiner Mensch!«

»Aber Papa!«, sagte Konstanze vorwurfsvoll. »Du kennst ihn doch noch gar nicht.«

»Die teuren Teppiche!« jammerte Redlich. »Ich könnte Ihnen die Fäuste ins Gesicht schlagen!«

Und als er eine drohende Bewegung auf Emil hin machte, sagte der in vollkommener Ruhe:

»Ich mache Sie darauf aufmerksam, dass meine linke Hand noch frei ist,« woraufhin Redlich den erhobenen Arm fallen ließ, einen Schritt zurücktrat und erwiderte:

»Nicht mehr lange. Verlassen Sie sich drauf.«

»Immerhin noch sieben bis acht Minuten«, erklärte Emil.

»Wie kommen Sie darauf?«, fragte Redlich.

»Die nächste Polizeiwache ist zwölf Minuten von hier entfernt. Vor fünf Minuten haben Sie an das Überfallkommando telefoniert.«

»Schäm' dich, Papa!«, rief Konstanze empört. Und als der erwiderte:

»Ich verstehe dich nicht«, fuhr sie fort:

»Wir hätten uns auch ohne die Polizei mit dem Herrn verständigt.«

»Vermutlich sogar schneller und besser,« stimmte Emil zu, worauf Konstanze sich wieder an ihren Vater wandte und sagte:

»Siehst du, Papa!«

Aber Redlich erklärte:

»Was gibt es da noch für eine Verständigung, wo wir ausgeplündert sind?«

Emil hielt ihm mit der freien Hand die Konkursordnung hin und erwiderte auf Redlichs Frage:

»Was soll das?«

»Haben Sie nicht auch schon ausgeraubt – und sich hinterher verständigt?«

»Da hat er recht«, sagte Konstanze.

»Du nimmst seine Partei?«

»Ich suche zu vermitteln.«

»Zwischen einem Einbrecher und mir?«

»Sie stoßen sich an dem Wort. Ich bin großzügiger.« – Er wies wieder auf die Konkursordnung, die vor ihm auf dem Schreibtisch lag. – »Ich mache Geschäfte auch mit Betrügern, wenn sie mir Vorteil bieten.«

»Soll das etwa heißen, dass ich ein ...?«

»I Gott bewahre! Sie sind für mich ein Geschäftsmann wie jeder andere. Ihnen hat man die Sachen gestohlen. Zufällig weiß ich, wer der Dieb ist.«

»Sie sind der Dieb!«

»Dann wäre mit den Sachen vermutlich auch ich verschwunden.«

»Die haben Ihre Helfershelfer in Sicherheit gebracht.«

»Möglich. Jedenfalls: Nur ich kenne sie; nur ich weiß, wo sie sich im nächsten Augenblick und in den nächsten Stunden befinden.«

»Halunke!«

»Einen Menschen, mit dem man in wenigen Minuten in intimer Geschäftsverbindung stehen wird, sollte man nicht beschimpfen.«

»Da hat er recht, Papa!«

»Ich wüsste wirklich nicht, wie ich mit Ihnen ...«

»So lassen Sie mich doch ausreden.«

»Die Polizei muss jeden Augenblick hier sein.«

»Papa, du wirst ihn doch nicht der Polizei ausliefern?«

»Seien Sie unbesorgt, Fräulein! Ihr Papa ist viel zu sehr
Kaufmann, um auch nur eine Minute lang zu überlegen,
worin für ihn der größere Vorteil liegt: mich an den Gal-
gen zu bringen oder wieder in den Besitz seiner Sachen
zu gelangen.«

»Die Sachen wird mir die Polizei …«

»Sie wissen ganz genau: Die Polizei wird nicht! Sie
kann gar nicht, wenn ich nicht will! Und ich schwöre
Ihnen, ich halte dicht!«

»Man wird Sie mürbemachen!«

»Vielleicht!«

»Und dann werden Sie reden.«

»Möglich! Nur, dass es dann zu spät sein wird. Denn
dann ist das Silber eingeschmolzen und die Teppiche
sind im Auslande.«

Nach kurzer Überlegung fragte Redlich:

»Was fordern Sie?«

Emil lächelte und wies auf seine rechte Hand:

»Es wäre Ihrer unwürdig, mit einem Menschen in dieser Zwangslage ein Geschäft abzuschließen.«

»Da hat er recht, Papa!«

»Wenn Sie frei sind, werden Sie uns niederschlagen
und davonlaufen.«

»Da ich mich nicht gerade wie ein Gentleman einge-
führt habe, so muss ich Ihnen Konzessionen machen.«

»Findest du nicht, Papa, er spricht genau wie deine Geschäftsfreunde.«

»Er wird mich hineinlegen.«

»Papa, dich legt doch niemand hinein.«

»Also, welche Sicherheiten können Sie geben?«

»In meiner Hosentasche hinten rechts befindet sich ein Revolver.«

Redlich, der über den ersten Schreck gerade hinweg war, rief:

»Entsetzlich!«

»Sechsfach geladen!«

»Furchtbar ist das!«

»Aber, Papa, dafür ist er doch ein Verbrecher.«

»Bedauerlicherweise komme ich mit der linken Hand nicht heran.«

»Gott sei Dank!«, rief Redlich und atmete auf.

»Käme ich heran, so würde sich das Geschäft hier für mich sehr viel glatter abwickeln.«

»Sie müssen ihn herausgeben!«, forderte Redlich.

»Das eben will ich«, erwiderte Emil, wandte ihm den Rücken und sagte: »Bitte, nehmen Sie ihn heraus.«

»Du siehst, Papa, er meint es ehrlich.«

Redlich, der sich nicht heranwagte, fragte zögernd:

»Und Sie werden mich nicht mit der linken Hand erwürgen?«

»Das wäre Wahnsinn, da ich gefesselt bin und die Polizei jeden Augenblick eintreffen kann.«

»Wenn du dich fürchtest, Papa, so werde ich es tun. Wo, sagten Sie, befindet sich die Waffe?«

»Hinten rechts, wenn ich bitten darf.«

»Dann schickt es sich wohl nicht für mich«, meinte Konstanze.

»Ich bitt' Sie, das ist doch rein geschäftlich.«

»Wenn Sie meinen«, erwiderte Konstanze und trat etwas beschämt an ihn heran.

»Vorsichtig, mein Kind!«, sagte Redlich, während Konstanze den Revolver aus der hinteren Tasche von Emils Beinkleid zog.

Redlich nahm ihn ihr ab, betrachtete ihn und sagte:

»Das scheint ja ein ganz gefährliches Ding zu sein.«

»Hand weg vom Hahn!«, rief Emil. »Drehen Sie den Lauf um! Sie schießen sich ja in den Bauch!«

»Wie besorgt er um dich ist, Papa.«

»Sehen Sie sich vor, dass Sie kein Unglück anrichten.«

»Ich habe so etwas noch nie in der Hand gehabt.«

»Dafür wissen Sie in der Konkurs- und Wechselordnung umso besser Bescheid! Jeder in seiner Branche.«

Jetzt nahm Konstanze eine Art Schlüssel, schob ihn in ein Schloss am Schreibtisch – und die Falltür schnellte in die Höhe. – Emil zog die Hand heraus.

»Ganz rot geschwollen«, sagte Konstanze. »Sie Ärmster!«

»Für die nächsten Stunden kann ich die Hand nicht gebrauchen«, erwiderte Emil.

»Gott sei Dank!«, rief Redlich und atmete auf. Und bei jeder Bewegung, die Emil machte, änderte er die Richtung des Revolvers. – Emil sah es wohl, maß ihm aber keine Bedeutung bei, sondern sagte, als wäre er bei einem alten Bekannten zu Besuch:

»Ich denke, wir setzen uns nun erst einmal.«

»Die Stühle sind ja so ziemlich das Einzige, was Sie uns gelassen haben«, erwiderte Redlich.

»Sagen Sie das nicht«, erwiderte Emil und wies auf ein paar kostbare Vasen, Bilder und Bücher. »Ich finde, dass wir ziemlich mangelhaft gearbeitet haben.«

»Ich hoffe, umso mehr Eifer werden Sie bei der Wiederbeschaffung der Sachen zeigen.«

»Verlassen Sie sich darauf. Ganz oder gar nicht. Halbe Sachen sind mir zuwider.« – Dann rückte er mithilfe Konstanzes drei Sessel an den Tisch, auf dem vor einer Stunde noch eine Decke gelegen und eine Vase mit Blumen gestanden hatte.

»Wie kahl!«, sagte Konstanze.

»Ich schwöre Ihnen, Fräulein, wenn ich das geahnt hätte, wäre die Decke nicht mitgewandert.«

»Ich hole schnell eine andere«, erwiderte sie und ging eilig hinaus.

Im Gegensatz zu der Unbefangenheit Konstanzes hatte Redlich die ganze Zeit über – verzeihen Sie, man kann es nicht anders bezeichnen – Angst geschwitzt. Der Revolver, den er noch immer in der Hand hielt, beängstigte ihn weit mehr als Emil, auf den der Lauf ständig gerichtet war. Und als Konstanze jetzt hinausgehen und ihn mit Emil allein lassen wollte, rief er ängstlich:

»Nicht doch, Konstanze! Bleib!«

Aber sie war schon draußen und kam gerade zurück, als Emil sein Zigarettenetui hervorzog und es Redlich mit den Worten reichte:

»Da Sie mir keine anbieten, so erlauben Sie wohl, dass ich ...«

»Wie unhöflich«, schalt Konstanze, legte eine Decke auf, stellte Blumen auf den Tisch und sagte: »Aber vielleicht rauchen Sie lieber eine Zigarre?«

»Offen gesagt, ja!«

»So hol' doch, Papa!«

Man sah, dass Redlich nicht recht wusste, wie er sich verhalten sollte. Schließlich stand er auf, gab Konstanze den Revolver, die ihn gleichgültig auf den Tisch legte, und ging hinaus.

»Zieh dir den Schlafrock an!«, rief sie ihm nach und wandte sich dann wieder an Emil. »Sie müssen schon entschuldigen, aber Papa hat so seine Vorurteile.«

»Ich nehme ihm das nicht übel«, erwiderte Emil höflich. »Geschäfte dieser Art sind nicht alltäglich.«

»Mich reizt nur, was nicht alltäglich ist. – Großer Gott! Ihre Hand ist ja noch immer geschwollen. Ich hole Wasser und kühle sie.«

»Aber machen Sie sich doch keine Umstände! Das gibt sich ja.«

Konstanze war schon in der Halle.

»Ich habe alles bei der Hand«, erwiderte sie und kehrte gleich darauf mit einem Napf Wasser und einem sauberen Handtuch zurück. – Sie rückte ihren Stuhl neben Emil, setzte sich und begann die Hand zu kühlen.

»Wirklich, das ist nett von Ihnen, dass Sie den Schaden wieder gutmachen.«

Als Redlich, der im Schlafrock eben wieder ins Zimmer trat, das sah, hätte er vor Staunen beinahe die Zigarrenkisten fallen lassen. – So grotesk es an sich war, dass Redlich dem Mann, der bei ihm eingebrochen war, Zigarren anbot – so bezeichnend für den Typ des Neureichen war es, dass er selbst in dieser Situation, um seinen Reichtum zu zeigen, gleich einen ganzen Berg von Kisten heranschleppte.

Er stellte sie auf den Tisch, nahm den Revolver auf, öffnete eine Kiste und sagte kurz:

»Bitte!«

»Aber du siehst doch, Papa, dass der Herr seine Hände nicht frei hat« – woraufhin Redlich selbst eine Zigarre herausnahm, abschnitt, sie Emil reichte und ihm Feuer gab.

»Sehr liebenswürdig!«, sagte Emil, tat mit Wohlbehagen ein paar Züge und meinte: »Ich finde immer, es plaudert sich besser bei einer Zigarre.«

»Wir wollten ja wohl geschäftlich miteinander reden«, erwiderte Redlich in einem Ton, der nicht gerade höflich war.

»Aber gern! Nun, wo die Gefahr vorüber ist.«

»Sie meinen, wir waren in Gefahr?«, fragte Konstanze. Und da Emil auf den Revolver in Redlichs Hand wies, so fragte sie weiter: »Sie hätten geschossen?«

»Auf Sie kaum!«

»Aber auf Papa?«

»Unter Umständen.«

Redlich fiel vor Schreck der Revolver aus der Hand. Aber Konstanze sagte freudig:

»Endlich einmal ein Erlebnis, das wir Ihnen verdanken. Sie glauben ja gar nicht, wie blöd das Leben ist.«

»O doch! Wenigstens zuzeiten.«

»Ihr Beruf ist doch nicht langweilig?«

»Der Beruf nicht. Aber die Unterbrechungen.«

»Warum unterbrechen Sie?«

»Das tue ich nicht. Das besorgen die andern, deren Beruf das wieder ist.«

»Wir wollten doch geschäftlich reden,« warf Redlich wieder ein.

»Richtig! Also, mein Geschäft liegt sehr einfach: Ich schaffe die Teppiche, Silber, Schmuck, kurz alles, was wertbeständig ist, heran.«

»Wie Beispiel lehrt!«

»Papa, unterbrich doch nicht.«

»Damit ist meine Tätigkeit eigentlich beendet. Denn nun treten die Abnehmer an uns heran – oder wir an sie ...«

»Das sind die Hehler!«

»Du hörst doch, Papa, Abnehmer.«

»Und nach ein paar Stunden sind wir den ganzen Krempel los und frei zu neuen Taten.«

»Ein aufregendes Leben muss das sein«, sagte Konstanze.

»Gewiss! So wie hier findet man's selten.«

Jetzt schien auch Redlichs Interesse erwacht.

»Sie veräußern es an den Meistbietenden?«, fragte er.

»Dazu ist die Zore zu heiß.«

»Wie, bitte?«

»Ach so! Verzeihung! Das ist so unser Jargon. Zore, das ist Ware.«

»Ich verstehe: Sie verschleudern die Ware, weil sie Ihnen sozusagen in den Händen brennt.«

»Ich staune, wie schnell Sie sich in das Wesen unseres Geschäfts hineinfinden.«

»Sind es denn immer dieselben Hehler?«

»Man kennt sie alle.«

»Der eine ist vermutlich mehr Spezialist für Teppiche, der andere für Silber ...«

»Nein, das Verständnis, Herr ... ja, ich kenne ja noch gar nicht Ihren Namen.« – Er stand auf und stellte sich vor: »Emil Wohlgemuth, genannt Coeur-As.«

»Ein schöner Name«, sagte Konstanze und drang durch Zeichen auf ihren Vater so lange ein, bis der sich herbeiließ, den Körper ein wenig nach vorn zu beugen und zu erwidern:

»Sie wissen vermutlich, wie ich heiße.«

»Leider nicht! – Ich bin nämlich nicht über die Vordertreppe – sondern« – und er wies auf das Fenster, das noch immer offen stand.

»Konstanze, schließe das Fenster!«, befahl Redlich.

»Solange ich hier bin, haben Sie nichts zu fürchten – aber nun weiß ich noch immer nicht, mit wem ich das Vergnügen habe.«

Und da Redlich schwieg, so sagte Konstanze:

»Wir heißen Redlich, Herr Wohlgemuth.«

Emil verbeugte sich und nahm wieder Platz. Dann begann er:

»Also, Herr Redlich, Sie haben den Nagel auf den Kopf getroffen. Es gibt Spezialisten für Silber, für Schmuck, für Teppiche, für Kleidungsstücke.«

»Wird vorher bestimmt, wer die Sachen bekommt?«

»Nach Möglichkeit. Weil das die Abwicklung erleichtert.«

»Das heißt, Sie müssten die Sachen sonst erst wo anders unterstellen.

»Erraten, lieber Redlich!«

»Das würde unnütze Kosten verursachen und die Gefahr erhöhen.«

»Als ob Sie zehn Jahre in der Branche tätig wären!«, erwiderte Emil.

»Erlauben Sie mal!« wehrte Redlich ab.

»Papa ist doch Kaufmann, Herr Wohlgemuth!«

»Wie zahlen die Hehler?«

»Abnehmer, Papa!«

»Hundsmiserabel.

»Sie nützen vermutlich Ihre schwache Position aus?«

»Bravo!«, rief Emil und klopfte Redlich auf die Schulter.

»Während Sie Ihre Haut zu Markte tragen, heimsen die die Gewinne ein.«

»Eine Bande sage ich Ihnen! Auto! Sekt! Weiber! Und unsereins« – er wies auf seine abgerissene Kleidung – »na, Sie sehen ja.«

»Halten Sie denn untereinander zusammen?«

»Wir schon!«

»Und einer weiß auch vom andern?«

»Wo ein Ding gedreht wird? – Natürlich.«

»Auch wo die Sachen hinkommen?«

»Das weniger.«

»Aber Sie können es erfahren – ich meine, man sagt es Ihnen?«

»Selbstverständlich, wenn ich danach frage. Aber was habe ich davon?«

»Unter Umständen viel.«

Emil sah ihn verdutzt an und fragte:

»Was wollen Sie? Was haben Sie vor?«

»Mir schwebt da ein Geschäft vor. Ein großes Geschäft.«

»Für wen?«

»Für uns beide.«

»Nicht möglich.«

»Sie wissen, dass von zwanzig durch Einbruch Geschädigten noch nicht einer wieder in den Besitz seiner
Sachen kommt. Die Einbrecher werden zwar oft ermittelt und bestraft.«

»Auch das stimmt,« bestätigte Emil. Und diese Bestäti-
gung klang wie Selbstironie.

»Damit ist dann wohl der Gerechtigkeit Genüge getan.«

»Was Sie so Gerechtigkeit nennen, mein lieber Redlich.«

»Die Betroffenen sehen von ihren Sachen nichts, trotz
ausgesetzter Belohnungen.«

»Und Sie wissen einen Weg, dass wir frei ausgehen
und die ... – wie nannten Sie sie doch?«

»Die Betroffenen.«

»Richtig! – und die Betroffenen ihre Sachen wiederbe-
kommen?«

»Vor allen Dingen das letztere!«

»Das erstere interessiert mich, offen gestanden, mehr.«

»Wir gehen Hand in Hand – wir gründen eine Gesellschaft.«

»Sie und ich?«, fragte Emil, der seinen Ohren nicht
traute.

»Ja! Ich gründe sozusagen – während *Sie* – Sie machen
nämlich auf mich einen ...«

»Siehst du, Papa!«, rief Konstanze erfreut.

»Was ist?«, fragte Redlich.

»Du wolltest doch sagen, Herr Wohlgemuth macht einen ausgezeichneten Eindruck.«

»Wenn auch nicht gerade das, so doch einen flinken.«

»Flink bin ich.«

»Haben sie einen Nebenberuf?«

»Ich hatte ...«

»Sie üben ihn nicht mehr aus?«

»Ich habe bei Ausübung meiner ... nächtlichen ... na, wie sage ich gleich ...«

»Eskapaden!« half Konstanze.

»Sehr gütig«, sagte Emil, sich verbeugend, »also ich habe bei meinen Eskapaden Gelegenheit, mich in meinem früheren Berufe zu betätigen.«

»Darf man fragen?«

»Von Haus aus bin ich Schiffs-Steward.« – Konstanze schien enttäuscht. – »Bis eines Tages in Colombo ein Zirkus an Bord kam, mit dem ich in Singapore an Land ging.«

»Als was gingen Sie?«, fragte Konstanze.

»Ich hatte die wilden Tiere zu besorgen.«

»Papa!«

»Als dann während der Vorstellung der Dompteur von einem Tiger angefallen wurde ...«

»Herrlich!«, sagte Konstanze.

»... und – einen Arm verlor.«

»Ist er noch am Leben?«

»Soviel ich weiß, ja. Jedenfalls trat ich von dem Tage an an seiner Stelle als Dompteur auf.«

»Sie sind Tierbändiger?«, rief Konstanze begeistert.

»Ich war's!«

»Papa!«

»Ich hab' es gehört.«

»Und warum haben Sie den Beruf gewechselt?«

»So auf die Dauer war es doch etwas geisttötend.«

»In unserer Gesellschaft werden Sie Gelegenheit haben, sich geistig zu betätigen.«

»Nun, so übergroßen Wert lege ich ja nun auch nicht gerade auf geistige Arbeit.«

»Bleiben wir bei der Sache. Wir gründen also eine Gesellschaft zur Wiederbeschaffung gestohlenen Gutes.«

Emil sah Redlich misstrauisch an. Dann sagte er:

»Da geben Sie sich keine Mühe. Gewagte Sachen mach' ich mit. Auch wenn sie Kopf und Kragen kosten. Gemeine Sachen mach' ich nicht!«

»Ich verstehe Sie nicht.«

»Aber ich Sie! – Ob Sie ein paar Tage statt auf seidenen Persern, auf bloßem Parkettfußboden laufen und Ihre Poularden statt mit silbernen mit Nickelgabeln essen, das beunruhigt mein Gewissen auch nicht fünf Minuten lang. Aber davon leben, dass ich Ihnen meine Kollegen ans Messer liefere – da mach' ich nicht mit.«

»Das sollen Sie auch nicht. Im Gegenteil. Sie sollen sich rächen.«

»An wem?«

»An den Hehlern.«

»Abnehmer, Papa!«

»Nein, Hehler!«, rief Emil wütend. »Halunken sind sie, Schufte!«

Und Redlich erwiderte vollkommen ruhig:

»Gegen die wenden wir uns.«

»Wenn Sie das fertigbrächten.«

»Ganz einfach.«

»Die sind mit allen Hunden gehetzt.«

»Papa auch, Herr Wohlgemuth.«

»Konstanze!«, sagte Redlich vorwurfsvoll. »Was soll denn Herr ...« und da er nicht auf den Namen kam, so erhob sich Emil und sagte:

»Wohlgemuth! Emil Wohlgemuth!« – woraufhin Redlich seinen Satz beendete:

»... Herr Wohlgemuth von mir denken.«

»So war es doch nicht gemeint«, entschuldigte sich Konstanze. »Nicht wahr, Herr Wohlgemuth, Sie haben mich verstanden.«

»Durchaus, Fräulein ...«

»Konstanze!«

»Darf ich so sagen?«

»Was fällt Ihnen ein?«, rief Redlich.

»Wo ihr doch eine Gesellschaft miteinander gründen wollt.«

»Da hat Ihr Fräulein Tochter eigentlich recht.«

»Bleiben wir doch bei dem Geschäft! Also die Tätigkeit der Gesellschaft besteht darin, die Ausgeplünderten wieder in den Besitz der ihnen gestohlenen Sachen zu setzen.«

»Wie wollen Sie das machen?«

»Zunächst so, dass wir dem Publikum sagen: Lauft nicht zur Polizei.«

»Herr Redlich, der Gedanke ist mir äußerst sympathisch.«

»Wir machen den Leuten klar, dass sie mithilfe der Polizei im Höchstfalle die Ergreifung und Bestrafung der Verbrecher ...«

»Entnehmer, meinst du, Papa!«

»Meinetwegen – Entnehmer erreichen.«

»Stimmt, stimmt! Dadurch werden die Hehler aufmerksam und verschieben die Sachen in dritte und vierte Hände.«

»Womit sie für den Bestohlenen unwiderruflich verloren gehen.«

»Herr Redlich!«, sagte Emil und riss die Augen weit auf. »Ich beginne, zu begreifen.«

»Sie haben nichts weiter zu tun, als festzustellen, wohin Ihre Kollegen in jedem einzelnen Falle das gestohlene Gut ...«

»Die Zore, Papa!«

»... bringen.«

»Ich verstehe«, unterbrach Emil.

»... und unsere Organisation jagt es ihnen noch in derselben Nacht wieder ab.«

»Das ist ein großartiger Gedanke«, rief Emil.

»Sie begreifen, dass ich in meiner gesellschaftlichen Position ein derartiges Geschäftsunternehmen nur gründen kann ...«

»Ich begreife durchaus,« fiel ihm Emil ins Wort und Redlich sagte erstaunt:

»Wie bitte?«

»Sie wollten doch sagen, wenn etwas dabei herausspringt.«

»Nein! Wenn eine ethische Idee damit verbunden ist.«

»Ethische Idee ...?«, wiederholte Emil verständnislos. »Was ist denn das?«

»Es darf niemand ungerechtfertigterweise dadurch geschädigt werden.«

Emil schien aufs Höchste erstaunt:

»Und mit dem Grundsatz sind Sie ein reicher Mann geworden?«

»Jedes Ding hat zwei Seiten«, erwiderte Redlich und sah Emil verschmitzt an: »auch jedes Geschäft – Gott sei Dank!«

»Ach so! Eine nach außen – sozusagen der äußere Anstrich.«

»Sehr richtig! Darauf kommt es eben an!«

»Und je dicker der äußere Anstrich, umso mehr kann es nach innen stinken – stimmt's?«

»Das sind Ausdrücke, mein lieber ...«

»Wohlgemuth!«

»Mein lieber Wohlgemuth, die Sie sich in der geschäftlichen Praxis abgewöhnen müssen.«

»Und was sagen Sie dafür?«

»... gediegen! – natürlich vom Standpunkte des Verdienens aus.«

»Ah so! – Sie scheinen doch weit vorgeschrittener als wir.«

»Sie vergessen, ich habe eine soziale Stellung zu verlieren.«

»Wenn das nicht mehr Mühe macht.«

»In unserem Falle wird es nur Verdiener geben.«

»Wenn der eine verdient, muss doch der andere verlieren.«

»In unserem Falle nicht. Es ist geradezu das Schulbeispiel für ein ethisches Unternehmen. Man kann es auch von innen beklopfen. Es verträgt es.«

»Und dass ich gerade die Anregung dazugebe!«

»Ihren Freunden geht nichts verloren.«

»Wer bezahlt sie?«

»Die Hehler – genau wie bisher.«

»Und die Hehler, denen Sie vermutlich doch die Sachen abjagen?«

»Die werden froh sein, wenn wir sie nicht zur Anzeige bringen.«

»Die Blutsauger!«

»Die Polizei wird entlastet.«

»Wir haben sie nicht in Bewegung gesetzt«

»Denn wir sorgen dafür, dass unsere Kundschaft von Anzeigen absieht.«

»Ausgezeichnet!«

»Was zugleich Ihre und Ihrer Freunde Sicherheit erhöht.«

»Wodurch wir wiederum ethisch wirken«, sagte Emil – und es klang deutlich die Ironie heraus.

»Nein! Das Ethische, wofür man uns bald als Wohltäter der Menschheit preisen wird, ist die Wiederbeschaffung der gestohlenen Sachen.«

»Und wo liegt der Verdienst?«

»Dass der Bestohlene, der bisher sein Geld sowie Zeit und Nerven für Polizei und Detektive völlig nutzlos vergeudete, gern zehn bis zwanzig Prozent des Wertes zahlt, wenn er mühelos sein gestohlenes Gut zurückerhält.«

»Soviel zahlen die Hehler auch.«

»Sie vergessen außer Ihrer erhöhten Sicherheit den erhöhten Umsatz, Herr Wohlgemuth! Wir erhalten doch die zwanzig Prozent von allen Sachen, die wiederbeschafft werden, und nicht nur von denen, die aus Ihren Einbrüchen stammen. Wenn Sie Ihre Freunde anregen, sich wenn möglich noch mehr als bisher zu betätigen, so wird der Gewinn unserer Gesellschaft in die Millionen gehen.«

Auf das Wort Millionen hin war Konstanze aufgestanden und hinausgegangen.

Emil überlegte. Nach einer Weile fragte er:

»Und wie haben Sie sich die Beteiligung gedacht?«

»Das wäre Sache des Gesellschaftsvertrages.«

»Nur nicht soviel Schriftliches. Wir teilen einfach.«

»Nicht doch! Das Unternehmen muss groß aufgezogen werden.«

»Sie haben doch Geld genug.«

»Geld schon. Aber ein paar Namen von Klang brauchen wir. Sie verstehen – nach außen – um gegen jede Eventualität geschützt zu sein, mit einem Wort: eine gute bürgerliche Sache.«

»Hm! Geld zu verdienen wäre damit schon. So an die fünfzig Mitarbeiter hätte ich – vielleicht auch mehr ...«

»Die natürlich von den Zusammenhängen nichts zu wissen brauchen.«

»Auf fünfzig Einbrüche pro Woche könnte ich das Geschäft heben ...«

»Das wäre für den Anfang genügend.«

»Sie unterstützen uns natürlich.«

»Womit?«

»Mit Annoncen.«

»Annoncen?«

»Ich meine Tipps, wo möglichst gefahrlos etwas zu holen ist.«

»Soweit sich das mit meinem Gewissen vereinbaren lässt.«

»Das würde genügen.«

»Wieso meinen Sie?«, fragte Redlich erstaunt, woraufhin Emil auf die Konkursordnung wies und sagte:

»Wenn man sich in den Gesetzen so auskennt, kann man sich schon ein weites Gewissen leisten.«

»Da es sich ja sozusagen nur um eine vorübergehende Entziehung handelt und man den Leuten die Sachen ja wieder zustellt, so hege ich moralisch keine Bedenken.«

»Wir verstehen uns ausgezeichnet.«

Konstanze, die mit einer Flasche Wein und Gläsern zurückkam, fragte:

»Nun, sind sich die Herren einig?«

»Ich denke doch«, erwiderte Redlich und streckte Emil die Hand hin. Der schlug ein und sagte:

»Auf Gedeih und Verderb!«

»Und wie denken Sie sich die Regelung hier?«, fragte Redlich und deutete auf das ausgeräumte Zimmer.

»Das sieht unter Garantie morgen um die Zeit genau so aus, wie es gestern ausgesehen hat – vielleicht noch besser.«

Konstanze reichte Emil und ihrem Vater ein Glas, stieß an und sagte:

»Auf die neue Geschäftsverbindung!« – Da Redlich stutzte, so fragte sie: »Was ist, Papa?«

»Ich überlege, wenn Sie am Ende vielleicht doch einen anderen Namen annehmen würden – ich hoffe, Sie nehmen mir das nicht übel.«

»Mit Vergnügen! Es wäre ja nicht das erste Mal.«

»Dann bitte möglichst einen Namen, den Sie bisher noch nicht geführt haben.« – Emil dachte nach und sagte:

»Das ist nicht so einfach.«

»Ich wüsste einen!«, rief Konstanze.

»Du?«

»Der Held des Romans, den ich gerade lese ...«

»Wie heißt er?«, fragte Emil, und Konstanze erwiderte zögernd:

»Gotthold Aufrichtig.«

Alle drei sahen sich an. Dann sagte Redlich:

»Das wäre am Ende gar nicht so übel.«

»Wie gesagt: Ich bin darin nicht kleinlich. Wenn Sie glauben, dass mich der Name kleidet.«

»Genau wie Sie habe ich mir den Helden in meinem Roman vorgestellt.«

»Na also«, erwiderte Emil, und Redlich erhob das Glas und sagte:

»Herr Aufrichtig! Auf unsere neue Geschäftsfirma.«

Sie stießen eben an, da fuhr lärmend unten ein Auto vor. Sie stutzten und setzten die Gläser ab. Konstanze lief zum Fenster, sah hinaus und rief entsetzt:

»Die Polizei!«

»Das Überfallkommando!«, sagte Redlich enttäuscht und senkte den Kopf.

»Ich meinte ja gleich, es wäre übereilt«, sagte Emil in aller Ruhe. Umso erregter war Konstanze:

»Großer Gott! Was tun wir?« rief sie, und Redlich jammerte:

»Unser schönes Geschäft.«

Emil schüttelte nur den Kopf und sagte:

»Ich verstehe gar nicht Ihre Unruhe. Was ist denn groß los?«

»Ja, hören Sie denn nicht? Die Polizei!« erwiderte Redlich.

»Was besagt das schon?« – Er trat dicht an Redlich heran, fasste mit beiden Händen an den Kragen seines seidenen Schlafrockes und sagte: »Wenn Sie eine Sekunde gestatten wollen?« – Im selben Augenblick hatte er ihm den Schlafrock auch schon ausgezogen und sich übergeworfen. Dann nahm er mit derselben Verbindlichkeit dem verdutzten Redlich die Brille ab, bog ein Glas heraus und setzte es sich als Monokel ein. Noch einen Blick in den Spiegel, einen Strich übers Haar – und Emil trat als vollendeter Gentleman ans Fenster, riss es weit auf, beugte sich hinaus und rief mit völlig veränderter Stimme:

»Bitte, meine Herren! Ich hoffe doch, die Einbrecher haben die Haustür offen gelassen.«

Dann ging er in die Halle, die im selben Augenblick der Kommissar mit ein paar Leuten betrat.

»Guten Morgen! Meine Herren!« sagte Emil. – Der Kommissar erwiderte den Gruß. – »Gut, dass Sie da sind.«

»Wir haben alle Ausgänge besetzt. Sofern die Verbrecher also noch im Haus sind ...«

Emil fiel ihm ins Wort:

»Sie waren leider nicht zu bewegen, Ihre Ankunft abzuwarten«, erwiderte Emil und bot dem Kommissar eine Zigarre an.

Zweiter Teil

Erstes Kapitel
Die Arrivierten

Wer auch nur ein wenig Menschenkenntnis besitzt, weiß jetzt schon, dass die auf solider Grundlage aufgebaute Firma Redlich und Aufrichtig, trotz der wirtschaftlich schlechten Lage, einen sehr regen Geschäftsgang aufwies. Wenn wir mit dem Leser also nach Verlauf von kaum vier Wochen einen Blick in das Wohnzimmer von Kurt Redlich werfen, so wundert es uns auch nicht, dass alle Gegenstände genau wieder auf dem Platz stehen, auf dem sie vor dem, nicht nur zeitlich ungewöhnlichen Besuch des sympathischen jungen Mannes standen. Uns fällt höchstens auf, dass ein paar mäßige Bilder an der Wand durch besonders kostbare Gobelins ersetzt sind und dass der Frühstückstisch eine Menge von Delikatessen aufweist, wie man sie sonst nur auf den Büfetts erster Hotels findet.

Unser Erstaunen wächst noch, wenn wir bedenken, dass es erst neun Uhr morgens ist, dass es sich hier also um ein erstes Frühstück handelt. Es ist zwar für drei Personen gedeckt. Aber an dem großen runden Tisch sitzt nur Redlich, der sehr viel vergnügter ausschaut als in jener Nacht, in der wir ihn zum letzten Male sahen. Er scheint aber auch allen Grund zu haben. Denn wer am frühen Morgen schon so dick den Kaviar auf den Toast legt, muss über einen guten Appetit, aber auch über ein volles Portefeuille verfügen. Anfangs denkt man, dass irgendwo in der Ecke ein junger Hund schnalzend einen Napf mit Milch löffelt. Aber man überzeugt sich bald, dass auch ein Mensch, der Kaviar isst, derartige Geräusche hervorbringen kann.

Aber wir sind nicht die einzigen Zuschauer. Denn jetzt betritt Emil Aufrichtig, im Bademantel, das Monokel im Auge, das Zimmer, bleibt hinter Redlich stehen und erfreut sich sichtlich an dessen gutem Appetit. Erst nach einer ganzen Weile, als Redlich gerade wieder den Kaviar auf das Brot türmt, klopft er ihm jovial auf den Rücken und sagt:

»Guten Morgen, mein lieber Kurt! – Na, wie schmeckt der Kaviar?«

Der erwidert mit vollem Mund und ohne sich umzusehen:

»Ausgezeichnet!«

»Und wie sind Sie sonst zufrieden mit mir?«

»Unsere geschäftlichen Erfolge sind geradezu beängstigend!«

»Es geht nichts über ein reelles Geschäft. Am Montag erzählen Sie mir, wie sehr Sie diesen ungesalzenen Kaviar lieben, in der Nacht vom Dienstag zum Mittwoch erfolgt ganz zufällig ein Einbruch in die Kaviarzentrale von Nicoutsch ...«

»... die, statt sich an die Polizei zu wenden, unsere Dienste in Anspruch nimmt.«

»Und noch am selben Abend des gleichen Tages die gestohlene Ware zurückerhält ...«

»... und außer den vertraglichen zwanzig Prozent für die Wiederbeschaffung uns aus Dankbarkeit täglich ein Pfund ihres besten Kaviars ins Haus schickt.«

»Das gehört sich so.«

»Konstanze äußerte den Wunsch nach einem Flügel ...«

»In der darauffolgenden Nacht erfolgte zufällig ein Einbruch bei Steinway ...«

»... die zehn gestohlenen Instrumente werden der Firma wieder zugestellt.«

»Das kostbarste schickt uns die Firma mit einem Dank- und Anerkennungsschreiben zurück ...«

»... und wir verwerten den Vorfall als Propaganda in allen großen Zeitungen.«

Emil nahm Platz und begann lustlos zu frühstücken.

»Nur mein Magen verträgt dies neue Leben nicht.«

»Sie täten vielleicht besser, nicht täglich zu baden.«

»Ohne das Bad am Morgen hätte ich den ganzen Tag über ein unbehagliches Gefühl.«

»Ganz wie man's gewöhnt ist«, erwiderte Redlich spöttisch.

»Was würden Sie sagen, wenn ich Sie täglich an Ihre Vergangenheit erinnern würde?«

»Wieso? – was ist mit meiner Vergangenheit?«

»Für Dinge, die Sie angehen, haben Sie ein auffallend schlechtes Gedächtnis.«

»Ich weiß wirklich nicht ...«

»Aber ich weiß ...!«

»Was wissen Sie?«

»Ja, glauben Sie, ich hätte mich mit Ihnen assoziiert, ohne Auskünfte über Sie einzuholen?«

»Das ist denn doch die Höhe.«

Ohne von Redlichs Empörung Notiz zu nehmen, fuhr Emil im gleichen Tonfall fort:

»Ich muss sagen, Herr Redlich, dass durchaus nicht alles, was ich über Sie zu hören bekam, nach meinem Geschmack ist.«

»Sie übertreffen alle meine Erwartungen.«

»Ich wünschte, ich könnte dasselbe von Ihnen sagen.«

»Sie sprechen von einer Auskunft – wo ist sie?« drängte Redlich ungeduldig.

Emil holte einen Brief aus dem Bademantel, reichte ihn über den Tisch und sagte:

»Bitte!«

Redlich griff hastig danach und las:

»Herr Kurt Redlich ist ein Kaufmann, der sich hauptsächlich mit Agenturen befasst, bis zum Kriege allgemeines Vertrauen genoss und ...«

»Jetzt kommt's!«, unterbrach ihn Emil.

»... seinem Namen alle Ehre machte ...«, fuhr Redlich fort.

»Sie können sich meine Enttäuschung denken.«

»... während des Krieges soll Herr Redlich sein Vermögen zwar verdreifacht haben ... – verzehnfacht hab' ich's!«, rief Redlich erzürnt.

»Umso besser, Herr Redlich.«

»... doch ist sein Name heute das Einzige, was noch an seine Vergangenheit erinnert.«

»Für den Namen können Sie nichts«, sagte Emil und wollte den Brief zurückhaben.

Aber Redlich blätterte um und sagte:

»Es geht ja noch weiter.«

»So?«, erwiderte Emil, dem das entgangen war, trat dicht an ihn heran und las laut im gleichen Tempo wie Redlich:

»Doch hat Herr Redlich seinen zahlreichen, lediglich auf Kredit gestellten Geschäften neuerdings ein Unternehmen angegliedert, dem man zum Mindesten eine ethische Tendenz nicht absprechen kann.«

»Diese ethische Tendenz bin ich!«, erklärte Emil, und der völlig verdutzte Redlich sagte nur:

»Fabelhaft!«

»Weiter!« trieb Emil.

»... die von ihm ins Leben gerufene Gesellschaft zur Wiederbeschaffung durch Diebstahl oder Einbruch gestohlenen Gutes und deren in kurzer Zeit erzielten Erfolge haben das Vertrauen in den Kaufmann Kurt Redlich wieder befestigt.« – Beide hielten gleichzeitig inne. Ihre Verdutztheit war zu groß. Sie sahen sich an. Erst, ohne eine Miene zu verziehen. Dann lächelten sie und schließlich lachte Emil laut auf. Redlich las weiter:

»... zumal in seiner Geschäftsverbindung mit dem Kaufmann Emil Aufrichtig ...« – abermalige Pause, während der sie sich noch erstaunter ansahen – »... wenn wir nicht irren, eines Mitgliedes der bekannten Frankfurter Familie gleichen Namens. – Wa ... wa ... wa ...« stotterte Redlich. Aber Emil erfasste die Situation, richtete sich stolz auf und sagte:

»Was Sie für'n Glück haben!«

Dann wiederholten sie:

»Zumal in seiner Geschäftsverbindung mit dem Kaufmann Emil Aufrichtig, wenn wir nicht irren, ein Mitglied der bekannten Frankfurter Familie, die Gewähr für eine einwandfreie und vornehme Geschäftsführung liegt.«

Sie waren erschlagen und glitten gleichzeitig auf ihre Stühle. Nach einer Weile erklärte Redlich:

»Das heißt doch mit anderen Worten ...«

»Dass Sie sozusagen ein fauler Kopp sind,« fiel ihm Emil ins Wort.

»Was erlauben Sie sich?«

»Durch die Geschäftsverbindung mit mir aber im Begriff sind, das allgemeine Vertrauen wiederzugewinnen.«

»Die Frankfurter Familie wird Anzeige wegen Führung falschen Namens erstatten.«

»Da kennen Sie meine Familie schlecht.«

»Was hat denn die damit zu tun?«

»Ich meine natürlich Aufrichtigs.«

»So eine Frechheit.«

»Wir wollten uns doch im geschäftlichen Verkehr anderer Ausdrücke bedienen.«

»Also, was haben Aufrichtigs mit Ihrer Familie zu tun?«

»Nichts!«

»Nun also!«

»Meine kennt mich längst nicht mehr – aber Aufrichtigs werden mich kennen ...«

»Wie kommen Sie darauf?«

»Sobald meine Gesellschaft eine A.-G. wird und Aufsichtsratsstellen vergibt.«

»Wenn Sie das fertigbringen!«

»Ich habe mich bereits mit sämtlichen Aufrichtigs in Berlin in Verbindung gesetzt und festgestellt, dass ein Fräulein Amalia Aufrichtig in der Kaiserallee zu der Frankfurter Familie gehört.«

»Und wie haben Sie die Verbindung zu dieser Dame hergestellt?«

»In rein verwandtschaftlicher Form.«

»Nämlich?«

»Man hat heute Nacht einen kleinen Einbruch bei ihr verübt.«

»Sind Sie toll?«

»Und da sie, wie alle besseren Familien, im Besitz eines Prospektes unserer Gesellschaft ist, so zweifle ich nicht, dass sie noch heute unsere Hilfe in Anspruch nehmen wird.«

»Und wenn sie kommt, was wollen Sie tun?«

»Meine verwandtschaftlichen Beziehungen ausnützen.«

»Sie kennt Sie doch gar nicht.«

»Kennen Sie alle Ihre entfernten Verwandten?«

»Mindestens doch dem Namen nach.«

»Die wird sie mir alle verraten und nach zehn Minuten werden wir sämtliche Tanten und Onkels durch den Kakao ziehen.«

»Sie glauben, scheint's, selbst schon an die Verwandtschaft?«

»Wo andere es glauben, wäre es doch dumm, wenn ich daran zweifle.«

»Mit Ihnen kann man Pferde stehlen gehen!«

»Passé, mein Lieber! Heute, in meiner gehobenen Position, verschiebe ich höchstens ein Gestüt oder einen Rennstall.«

Es klingelte zweimal kurz hintereinander.

»Aha! Baron Koppen!« sagte Emil.

»Schon so früh? – Empfangen Sie ihn!«

Emil wies auf seinen Bademantel und sagte:

»In dem Aufzug? – Im Übrigen gilt doch der Besuch Ihrer Tochter.«

»Ich hoffe! Aber erst muss er Konsul oder Ministerialrat sein. Das kann ich bei seinen Schulden und meinem Vermögen verlangen.«

»Ich finde, er ist auf alle Fälle eine Akquisition für Ihre Familie und für das Geschäft.«

»Ich verlasse mich auf Sie ...«

»Das können Sie.«

»... und gehe dann zum Notar, den Vertrag für die A.-
G. vorzubereiten.«

»Schade um den Jungen!«

»Wieso schade?«

»Ein so feiner Mensch – und muss sich mit uns abge-
ben.«

»Erlauben Sie mal! – Ich denke, Sie gehören zur Frankfurter Familie?«

»Ich schon – aber Sie!«

»Sie sind das Unerhörteste an Unverfrorenheit, was mir
je begegnet ist«

»Hätten Sie sich sonst mit mir eingelassen?«

»Nicht zu glauben!«, sagte Redlich und ging hinaus,
während Emil in die Halle trat, um den Baron zu begrüßen.

Zweites Kapitel,
*in dem aus einem Einbrecher ein Diplomat
und aus einem Diplomaten ein Einbrecher wird*

Baron Koppen war nicht das, was man sich im Allgemeinen unter einem Diplomaten vorstellt. Er sah zwar
gut aus, aber es fehlte ihm an Selbstbewusstsein – wohl
eine Folge der finanziellen Schwierigkeiten, in denen er
sich ständig befand.

Als er jetzt eintrat, Emil begrüßte und Redlich nicht
sah, sagte er:

»Herr Redlich scheint nicht da zu sein.«

Nicht ohne Ironie erwiderte Emil:

»Wie gut Sie beobachten.«

»Ich muss ihn aber sprechen.«

»Ich weiß.«

»Was wissen Sie?«

»Dass Sie in Ihrer diplomatischen Karriere nicht vor-
wärtskommen.«

»Wenn es nur das wäre!«

»Und dass Sie Schulden haben!«

»Märchenhaft!«

»Und dass Ihre einzige Rettung die Ehe mit Fräulein
Konstanze ist.«

»Wer sagt Ihnen das?«

»Mein Verstand.«

»Leider macht Fräulein Konstanze Schwierigkeiten.«

»Märchenhaft!« äffte ihm Emil nach.

»Ich liebe sie aber.«

»Sie ist ein Luderchen.«

»Sie sprechen von meiner Braut.«

»Ein allerliebstes Luderchen also.«

»Habe ich in Ihnen etwa einen Rivalen zu sehen?«

»Für mich kommt die Dame gar nicht infrage.«

»Was wollen Sie damit sagen?«

»Dass ein Aufrichtig aus Frankfurt wohl mit einem
Herrn Redlich Geschäfte machen, nie aber seine Tochter
heiraten kann.«

»Bei uns Freien und Edlen Herren von Koppen zu
Lengfeld ist es gerade umgekehrt.«

»Das richtet sich jeder ein, wie es für ihn am praktischsten ist.«

»Ich will mit den Geschäften des Herrn Redlich nichts zu tun haben,« entgegnete Baron Koppen stolz.

»Darauf habe ich Ihnen als Chef der Firma Redlich und Aufrichtig zu erwidern, dass Fräulein Konstanze Redlich ohne geschäftliche Beteiligung nicht abgegeben wird.«

»Was kann ich Ihnen nützen?«

»Sie nicht. Aber Ihr Name. Wir brauchen ihn für unseren Aufsichtsrat.«

»Nehmen Sie es nicht übel, aber ich habe so das Gefühl, als ob – ja, wie sage ich nur? – hier nicht alles so ist, wie es ausschaut.«

»Das wäre dann also das Gegebene für einen Diplomaten.«

»Leider!«

»Ein Diplomat muss auftreten, sich in die Brust werfen – bluffen!«

»Wenn ich das könnte!«

»Er braucht nicht über Geist zu verfügen, aber er muss einen ersten Schneider haben. Er muss fremde Sprachen beherrschen, aber er braucht nicht zu wissen, was außerhalb seines Ressorts vorgeht. Er muss exklusiv sein, aber gesellschaftliche Fähigkeiten haben.«

»Gerade die fehlen mir. Wenn ich gesellschaftlich gewandter wäre.«

»Hören Sie«, sagte Emil, »ich glaube, dass ich Ihnen da helfen kann.«

»Wirklich?«

»Ich hatte früher einmal Beziehungen zu einem Verbrecher ...«

Der Baron wich zurück.

»Wa . . . as hatten Sie?«

»Beruflich natürlich.«

»Sie waren Jurist?«, fragte der Baron und kam wieder näher.

»Sozusagen.«

»Sie standen im aktiven Staatsdienst?«

»Aktiv ist gar kein Ausdruck. Es gibt kaum einen Paragrafen im Strafgesetzbuch, zu dem ich nicht einen Kommentar geliefert habe.«

Der Ton des Barons wurde wärmer:

»Als Akademiker rücken Sie mir auch menschlich näher.«

Emil klopfte ihm vertraulich auf die Schulter:

»Mir geht es genau so. Ich liebe so blöde anständige Menschen wie Sie.«

Der Baron wich gekränkt zurück:

»Sie wollten mir von Ihrem Verbrecher erzählen.«

»Richtig! Ein ganz patenter Kerl, der nach einem Kartenkunststück, mit dem er die gerissensten Falschspieler bluffte, allgemein Coeur-As genannt wurde.«

»Und Sie kennen das Kunststück?«

Emil griff in die Tasche und zog ein Spiel Karten heraus:

»Ich trage es immer bei mir.«

»Und Sie meinen ... man könnte ...?«

»Natürlich könnte man!«

»... auch in den Salons?«

»Da werden Sie die größten Erfolge haben.«

»Auch in Gegenwart von Damen?«

»Die werden Sie für ein Phänomen halten und bewundern.«

»Das würde meine Karriere äußerst erleichtern.«

»Der Reiz des Dämonischen wird von Ihnen ausgehen.«

»Ich hätte meine Beförderung in der Tasche.« Der Baron streckte die Hand nach den Karten aus.

»Ich darf Sie demnach als Mitglied des Aufsichtsrates betrachten?«, fragte Emil.

»Ich verstehe so gar nichts von Geschäften.«

»Andernfalls würde ich es Ihnen auch nicht zumuten.«

»Verfügen Sie über mich.«

Emil überreichte ihm die Karten, die in einem Futteral waren und sagte:

»Die Gebrauchsanweisung liegt bei. Sie ist selbst für einen Diplomaten leicht verständlich.«

»Dann bliebe immer noch Fräulein Konstanze.«

»Richtig! Sie sprachen von Schwierigkeiten.«

»Es ist unmöglich, sie zu nennen, geschweige denn, sie auszuführen.«

»Wo wir nun Freunde sind, sollte es kein Geheimnis mehr zwischen uns geben.«

»Sie hat sich in den Kopf gesetzt, nur einen mutigen Mann zu heiraten.«

»Jede Frau hat heutzutage ihre Schrullen.«

»Gewiss! Aber sie verlangt Unmögliches.«

»Sollen Sie nach dem Nordpol fliegen?«

»Wenn es nur das wäre.«

»Oder in einen Tigerkäfig steigen?«

»Ich täte es heute noch.«

»Also was sollen Sie?«

»Einen – Einbruch begehen.«

Emil wich ein paar Schritte zurück.

»Sehen Sie, das wirft selbst Sie um.«

»So ein Luder!«

»Sie sind der einzige Mensch, zu dem ich darüber zu sprechen wage.«

»Halten Sie mich in diesem Fache etwa für sachverständig?«

»Aber nein! Wie käme ich dazu? – Aber ich habe so ein Gefühl, als könnten wir gute Freunde werden.«

»Wir sind es, denke ich, schon.«

»Was mich betrifft, so glaube ich, es bejahen zu dürfen.«

Emil ging an den Likörschrank und holte eine Flasche und zwei Gläser heraus. Der Baron fragte ängstlich:

»Darf ich fragen, was Sie vorhaben?«

Emil, der eingegossen hatte, reichte ihm ein Glas und sagte:

»Ihr Vorname, bitte?«

Der Baron erwiderte zögernd:

»Wolf Dietrich.«

»Emil!« – Er erhob sein Glas: »Also Wolf Dietrich! Auf du und gute Freundschaft.« – Sie stießen an und tranken. Dann küsste Emil den Baron, der steif wie ein Brett dastand und in die Luft stierte, auf den Mund. »So! Und nun kann ich in aller Ruhe mit dir über den Einbruch sprechen.«

»Sie meinen?«

»Sie?«

»Du meinst – ... ich soll wirklich ...«

»Du musst! – Ich bitt' dich, so ein kleiner Einbruch ist schneller getan als erzählt.«

»Du meinst, man täuscht ihn vor ... man erzählt einfach ...?«

Emil sprang auf:

»Wolf Dietrich! Ich hoffe doch, ich habe mit einem Ehrenmanne Schmollis getrunken.«

Jetzt sprang auch der Baron auf und rief:

»Was willst du damit sagen?«

»Dass ich einen solchen Betrug vonseiten eines Freundes nicht dulde.«

»Du hast recht! Aber stelle dir doch vor, ich soll da bei einem fremden Menschen ...«

»Ist das Bedingung?«

»Wie?«

»Es könnten ja auch Bekannte sein.«

»Noch schlimmer.«

»Du glaubst gar nicht, wie sicher einen das macht, wenn man in so einer Wohnung Bescheid weiß.«

»Nanu? – Du sprichst ja gerade als ob ...?«

»Dieser Coeur-As hat mir so viel von seinen Einbrüchen erzählt, dass mir der Gedanke nicht mehr so furchtbar ist. Aber denke einmal nach, ob nicht unter deinen Bekannten jemand ist ...«

»Ich hätte da ... einen alten Onkel.«

»Ein alter Onkel ist ein ausgezeichnetes Einbruchsobjekt.«

»Der jeden Abend in den Klub geht.«

»Und da ist noch niemand auf den Gedanken gekommen?«

»Auf was für einen Gedanken?«

»Das schreit doch förmlich nach Einbruch.«

»Begleite mich«, bat der Baron.

»Bist du toll? Du scheinst nicht zu wissen, wen du vor dir hast.«

»Ich habe mir das auch nicht träumen lassen.«

»Immerhin – deine Vorfahren ...«

»Was ist mit ihnen?«

»... waren vermutlich Raubritter. Du bringst also schon eine gewisse Veranlagung für den Beruf mit.«

»Das liegt über sechs Jahrhunderte zurück und galt damals als ehrenvoll.«

»Du begehst also sozusagen einen Akt der Pietät.«

»Du beruhigst mich – und dann der Gedanke mit diesem Geizhals von Onkel, der nicht sterben kann, wird mir immer sympathischer.«

»Das Blut deiner Vorfahren meldet sich. Immerhin, die Zeiten haben sich geändert. Hast du Übung im Aufbrechen von Schlössern?«

»Aber nein! Wie sollte ich ...?«

»Wie willst du dann hineinkommen?«

»Ich werde klingeln.«

Emil war platt.

»Was willst du?«

»... und dem Diener ...«

»Deine Visitenkarte geben?«

»Pfeffer ins Gesicht streuen.«

»Das ist eine Gemeinheit!« – Er griff in die Tasche, holte ein Werkzeug heraus und gab es Koppen. »Hier, nimm diesen Dietrich. Ein Ausstellungsstück. Aber nur leihweise. Damit öffnest du jedes Schloss geräuschlos.«

»Wie kommst denn du dazu?«

»Ich sagte dir doch schon, ich habe mich praktisch betätigt.«

»Hast du auch die Gefängnisse und Zuchthäuser studiert?«

»Im ganzen fünf Jahre lang. – Mit Unterbrechungen natürlich.«

»Das muss interessant sein.«

»Ich ziehe das Leben in den modernen Luxushotels vor.«

»Wie kann man das vergleichen?«

»Der Hauptunterschied besteht in der Verschiedenheit der Kleidung.«

»Unter den Verbrechern gibt es gewiss auch intelligente Menschen?«

»Ich glaube schon.« – Er wies auf den Dietrich und sagte: »Vielleicht lernst du sie bald aus eigener Anschauung kennen.«

Der Baron war ganz gerührt und reichte Emil die Hand.

»Wenn ich dich nicht hätte!«

»Aber du hast mich ja«, erwiderte Emil, nahm den Baron unter den Arm und begleitete ihn hinaus.

Drittes Kapitel,
in dem von Liebe, Entsagung und der hohen Kunst der Polizei die Rede ist

Als der Baron gegangen war, stand Emil noch lange in Gedanken und sah ihm nach.

Ich kann mir nicht helfen, sagte er sich, der Junge gefällt mir – und tut mir leid. – Und er überlegte, wie er ihm helfen konnte.

Er ging ein paar Mal in der Halle umher, öffnete die Tür, die in das Innere der Wohnung führte und rief laut:

»Fräulein Konstanze!«

»Ich komme!«, rief eine Frauenstimme, und im selben Augenblick stand Konstanze auch schon im Zimmer. Es klang wie ein Vorwurf, als sie fragte:

»Haben Sie wirklich einmal Zeit für mich?«

»Ein famoser Mensch«, sagte Emil halblaut vor sich hin.

»Wer?«, fragte Konstanze.

»Der Baron!«

»Ist das Ihr Ernst?«

»Ja!«

»Der ist doch blöd!«

»Das gerade gefällt mir an ihm.«

»Sie ziehen mich auf.«

»Ich wünschte mir, es wäre so.«

»Was hätten Sie dann?«

»Meine Ruhe. – Irgendwo einen Posten, auf dem ich nicht zu denken brauchte.«

»Das hielten Sie nicht aus.«

»Das ist ja das Schlimme.«

»Weil Sie immer neue Ideen haben.«

»Der Teufel hole die Ideen.«

Konstanze trat dicht an ihn heran und sagte:

»Ich glaube, Sie brauchten jemanden ...«

Emil verstand.

»Sie meinen?«, erwiderte er und wies auf Konstanze.

»Sie brauchten nur zu wollen.«

»Was wäre dann?«

»Ich glaube, ich würde nicht Nein sagen.«

»Vor dieser Dummheit werde ich Sie bewahren.«

Konstanze war enttäuscht.

»Sie fühlen demnach gar nichts für mich?«

»Ich bin ... nun, im besten Falle ein Abenteurer.«

»Gerade das reizt mich ja.«

»Auf ein paar Wochen! – Weil es neu ist – und verrückt – verstehen Sie? Als Sensation da reizt es Sie. Aber auf die Dauer – gar als Beruf – da wird Ihnen sehr bald der Geschmack vergehen.«

»Wieso vergeht er Ihnen nicht?«

»Bei mir, da war es nie anders. Ich wäre auch als Polizeipräsident nur eine Maske, hinter der der Verbrecher steckt.«

»Vielleicht bin ich's auch?«

»Sie sind ein Rüpel – ein Wildfang – nein! – ein Geschöpf zum Liebhaben sind Sie!«

»Ja, so haben Sie mich doch lieb!«

Emil breitete die Arme aus und rief:

»Ich liebe dich ja, du Luder!«

»Du Lümmel!«, rief Konstanze und warf sich ihm an den Hals.

Sie küssten sich. Dann löste Emil die Umarmung, legte die Hände um ihre Taille, sah sie fest an und sagte:

»So! Und nun wissen wir's!«

»Ich wusste es längst!«

»Und du wirst mir nun in allem folgen?«

»Ja! Und wenn du einen Mord von mir verlangst.«

»Ganz so schlimm ist es nicht, was ich von dir fordere.«

»Sprich!«

»Du wirst den Baron heiraten.«

Konstanze riss sich los, wich ein paar Schritte zurück und sagte:

» *Waaas?* «

»Ihr geht hier heraus aus diesem Trubel.«

» *Wer?* «

»Du und der Baron!«

»Und wohin, meinst du, dass wir gehen sollen?«

»An irgendeine Gesandtschaft im Auslande. Er ist gerade dabei, seinen Befähigungsnachweis zu erbringen.«

»Ohne dich?«

»Sei vernünftig, Konstanze, folge mir. Du kennst das Leben nicht. In ein paar Jahren, wenn du hörst, was aus mir geworden ist, wirst du einsehen, wie recht ich hatte.«

»Was hast du vor?«

»Ich habe kein Programm – ich kann keins haben. Ich lasse mich treiben.«

»So ändere du dich, mir zuliebe!«

»Ich könnte es dir versprechen, aber ich weiß, ich kann es nicht halten.«

»Versuch' es.«

»Es ist zwecklos. – Und nicht wahr, du wirst den Baron heiraten?«

»Wenn ich dich nicht habe, ist es mir auch gleich – ob ihn oder einen andern.«

»Und die dumme Bedingung, die du ihm gestellt hast?«

»Du weißt?«

»Du erlässt sie ihm?«

»Nein, nein, nein! So leicht darf er's nicht haben.«

»Also gut! Und wenn er sie erfüllt?«

»Dann weiß ich wenigstens, dass er ein Mann ist.«

»Das ließe sich am Ende auch auf andere Weise feststellen.«

»Ich will aber!«, forderte sie eigensinnig, und Emil erwiderte:

»Bewilligt!«

Er streckte ihr die Hand hin. Sie warf sich ihm an den Hals und sagte:

»Du machst mit mir, was du willst«

»Nur was zu deinem Guten ist«, erwiderte er und drückte sie an sich.

In diesem Augenblick betrat Redlich das Zimmer. Konstanze und Emil lagen sich noch in den Armen.

»Ja ... das ist ja doch ...!«, rief er.

Emil ließ Konstanze los, trat dicht an ihn heran und erklärte in aller Form:

»Wir haben uns soeben entlobt.«

»Wa . . . as habt ihr?«

Konstanze warf sich dem Vater an den Hals und rief:

»Papa, ich bin ja so unglücklich!«

»Hat dieses Ungeheuer auch dir den Kopf verdreht?«

»Im Gegenteil, er hat ihn mir zurechtgesetzt«, erwiderte Konstanze unter Tränen, woraufhin Emil abermals förmlich die Erklärung abgab:

»Sie haben soeben der Verlobung Ihrer Tochter mit dem Baron Koppen beigewohnt.«

Redlich sah sich um und fragte:

»Wo ist er denn?«

»Keine Ahnung! Aber da es ihn sicher interessieren wird, so benachrichtigen Sie ihn vielleicht.«

»Ich verstehe kein Wort.«

»Das ist auch gar nicht nötig.«

»Ach, Papa, ich habe ihn ja so lieb!«

»Den Baron?«

»Ihn!«, schluchzte Konstanze und wies auf Emil. – Redlich fragte nur:

»Was?«

»Oder glaubst du, ich hätte mich sonst mit dem Baron verlobt?«

Redlich fasste sich an den Kopf.

»Weil du ... ihn ... liebst ... darum hast du dich mit dem ... Baron?«

»Ja, so verstehe doch!«

»Ich verstehe kein Wort.«

»Das ist auch jetzt nicht nötig«, erwiderte Emil.

»Ihr müsst mir das noch später erklären. Draußen ist nämlich der Kriminalinspektor v. Reifenbach.«

»Wer?«, fragte Emil und zuckte zusammen.

»Er hat dringend mit Ihnen zu sprechen.«

»Ihr sagt noch immer ›Sie‹ zueinander?« frag Konstanze.

Obschon Emil mit seinen Gedanken bei dem Kriminalinspektor war, so erwiderte er doch:

»Ich als der Jüngere konnte doch nicht gut ...«

»Wo ich doch in die Verlobung mit dem Baron eingewilligt habe?«

»Deswegen soll ich mich mit Herrn Aufrichtig ...?«

»Aber, Papa, du verstehst auch heute gar nichts.«

»Wenn Ihre Tochter es sich wünscht, so sollten wir ihr den Gefallen tun.«

»Ich weiß gar nicht ...«

Konstanze nahm die Gläser, die auf dem Tisch standen, und reichte sie gefüllt dem Vater und Emil.

»Es sind dieselben Gläser, aus denen ich vor fünf Minuten mit dem Baron Schmollis getrunken habe«, sagte Emil.

»Was? Mit dem Baron duzen Sie sich auch?«

»Ich bitte dich, ich werde zu deinem Schwiegersohn doch nicht ›Sie‹ sagen.«

Konstanze drängte ihrem Vater das Glas in die Hand.

»So!« – Sie stießen an und tranken. »Und nun der Kuss!«, befahl Konstanze. – Emil trat an Redlich heran und sagte:

»Du bist von einer Gründlichkeit, Konstanze!«

Redlich hatte den Mund noch voll.

»Wa . . . as?«, rief er, »mit meiner Tochter ... duzen ... duzt ... du ...«

Emil verhinderte ihn durch einen Kuss auf den Mund am Weitersprechen. Als er ihn freigab, klopfte es an die Tür. Er rief:

»Herein!«

Der Kriminalinspektor v. Reifenbach, der Typ des Polizeibeamten in gehobener Stellung, steckte den Kopf herein und fragte:

»Störe ich?«

»Sie kommen immer zur rechten Zeit«, erwiderte Emil.

Reifenbach wandte sich an Redlich:

»Sie haben Herrn Aufrichtig gesagt, dass ich gern auf ein paar Minuten ...«

»Ich stehe ganz zu Ihrer Verfügung«, erklärte Emil. Aber die Sicherheit war nicht ganz echt und man sah ihm an, wie ihm zumute war.

Der Inspektor wandte sich an Redlich und Konstanze:

»Wenn ich dann vielleicht bitten dürfte, uns ein paar Augenblicke allein zu lassen.«

»Wie denn?«, fragte Emil – und ihm schien jetzt wirklich unbehaglich zumute. – »Mein Sozius darf nicht hören ...?«

»Wenn er Sie doch allein sprechen will!«, sagte Redlich, nahm Konstanze beim Arm und ging mit ihr hinaus.

Emil bot dem Kommissar einen Stuhl an. Der Kommissar setzte sich. – Emil, dem es offenbar nicht eilte, die Unterredung zu beginnen, holte Zigarren. Der Kommissar lehnte ab.

»Ein Gläschen Wein vielleicht?«, fragte Emil.

»Vormittags nicht.«

»Wenn ich Ihnen vielleicht ein Brötchen mit Kaviar ...?«

»Danke! Also hören Sie! ...«

»Wenn es Ihnen zu heiß ist, stelle ich die Heizung ab.«

»Aber nein! So hören Sie doch endlich. Sie müssen mir auf eine Spur verhelfen.«

»Ich ... Ihnen?«

»Dieser gemeingefährliche Einbrecher – Sie haben von ihm gehört?«

»Etwa ...«

»Ja, Coeur-As! Er ist der Schrecken meiner sämtlichen Beamten.«

»Was Sie sagen!«

»Ein ganz gefährlicher Mensch!«

»Sie sollten eine Belohnung auf seine Ergreifung aussetzen.«

»Das ist längst geschehen. Meine Leute sind Tag und Nacht auf den Beinen.«

»Und der Erfolg?«

»Nach dem tollkühnen Einbruch hier waren wir ihm auf der Spur.«

»Nicht möglich.«

»Wieso nicht möglich?«

»Ich meine, dass Sie ihn dann noch immer nicht haben.«

»Er ist wie vom Erdboden verschwunden.«

»So ein Kerl!«

»Er ist ein Genie!«

»Sehr schmeichelhaft!«

»Wie bitte?«

»Ich meine, Sie übertreiben.«

»In seinem Fache ist er jedenfalls unerreicht.«

»Und Sie haben sich in den Kopf gesetzt, ihn unschädlich zu machen?«

»Selbstredend! Das Prestige der Polizei steht auf dem Spiel.«

»Und ich soll Ihnen dazu, verhelfen?«

»Darum bin ich hier.«

»Und wieso – meinen Sie – dass gerade ich ...?«

»Ihre sensationellen Erfolge.«

»Sie übertreiben.«

»Seit Bestehen Ihrer Gesellschaft ist die Zahl der Einbrüche um fünfundzwanzig Prozent zurückgegangen.«

»Und Sie führen das auf unsere Tätigkeit zurück?«

»Zweifellos.«

»Das wäre allerdings sehr schmeichelhaft für unsere Gesellschaft. Aber wenn ich offen sein darf ...«

»Ich bitte darum.«

»Ich glaube, Ihre Statistik hat ein Loch.«

»Inwiefern?«

»Die fünfundzwanzig Prozent sind eine Täuschung, da viele vom Einbruch Betroffene sich gar nicht mehr an die Polizei, sondern direkt an uns wenden.«

»Dann ersparen Sie uns also noch Arbeit?«

»Unbedingt. Aber als Geschäftsmann tue ich nichts umsonst.«

»Wir können Sie doch unmöglich dafür bezahlen?«

»Warum nicht? – Es braucht ja nicht in bar zu sein.«

»Wie meinen Sie das?«

»Ich weiß nicht, ob Ihnen bekannt ist, dass wir im Begriff stehen, uns in eine Aktiengesellschaft umzuwandeln.«

»Ich habe davon gehört.«

»Wir hätten im Aufsichtsrat gern einen prominenten Kriminalisten – am besten Sie!«

»Sehr schmeichelhaft – aber das würde der Gesellschaft nach außen hin einen halbamtlichen Charakter geben.«

»Gewiss, aber dafür würde sich zugleich das Vertrauen in die Polizei heben.«

»Darf ich Ihre Frage mit einer Gegenfrage beantworten?«

»Bitte!«

»Wären Sie Ihrerseits geneigt, Ihre seltene kriminelle Begabung in den Dienst der Polizei zu stellen?«

Emil, der vor zwei Minuten noch geglaubt hatte, dass es sich um seine Verhaftung handle, war völlig verblüfft,

»Wie? ... ich soll ...?«

»Die Anregung geht direkt vom Minister aus, der auf Ihre Erfolge aufmerksam wurde.«

»Und Sie meinen?«

»Zur Bearbeitung besonders schwieriger Fälle ...«

»Die ich mir – selbst aussuchen dürfte?«

»Ganz gewiss!«

»Dieser Coeur-As zum Beispiel wäre so ein Fall, der mich reizen würde.«

»Wenn ich dem Präsidenten das melden könnte!«

»Es dürfte mir natürlich niemand hineinreden.«

»Das, glaube ich, verbürgen zu können.«

»Leicht fällt es mir nicht, denn ich habe so schon kaum eine Stunde für mich.«

»Mit ein bisschen gutem Willen geht es bestimmt.«

»Ich empfinde es ja selbst als eine Art moralische Pflicht, meine Erfahrung der Allgemeinheit nutzbar zu machen.«

»Ein Mann mit soviel Verantwortungsgefühl wäre eine Zierde für unsere Beamtenschaft.«

»Und Sie würden, wenn ich mich dazu entschlösse, in unseren Aufsichtsrat treten?«

»Ich bin überzeugt, dass der Herr Polizeipräsident unter dieser Bedingung gern die Einwilligung gibt.«

Emil stand auf, reichte dem Inspektor die Hand und sagte:

»Auf gute Kameradschaft also!«

Der Beamte schlug freudig ein und erwiderte:

»Ich kann Ihnen gar nicht sagen, wie froh ich bin, dem Minister diesen Bescheid bringen zu können.«

Als sie durch die Halle gingen, sagte Emil:

»Ich darf Sie dann wohl bitten, mir die Strafakten von Coeur-As zu schicken?«

»In einer halben Stunde haben Sie sie hier.«

»Und es bleibt dabei, dass kein anderer sich mit diesem Fall beschäftigt?«

»Mein Wort darauf.«

Der Kriminalinspektor war noch nicht aus dem Hause, da stürzte Emil zur Tür, riss sie auf und rief:

»Konstanze!! Schnell, schnell!«

»Was ist?«, rief eine Stimme.

»Eine Neuigkeit!«

Konstanze eilte herbei.

»Doch nichts Unangenehmes?«

»Ich bin durch das besondere Vertrauen des Herrn Minister ehrenamtlich zum Polizeikommissar ernannt.«

» *Du?* – Nicht möglich!«

»Und zwar wird meine erste Aufgabe sein, einen Schwerverbrecher, an dem sich bisher meine Herren Kollegen vergeblich versucht haben, unschädlich zu machen.«

»Wen denn?«

»Den ehemaligen Schiffssteward Emil Wohlgemuth alias Aufrichtig, genannt Coeur-As!«

Konstanze fiel vor Schreck und Staunen in den Sessel. Dann rief sie:

»Das ist der Gipfel!«

»Zweifelst du, dass es mir gelingt?«

»Du bringst schließlich auch das fertig.«

Viertes Kapitel,
in dem Emil seine neue Familie kennenlernt

Emil überlegte gerade, auf welche Weise er sich für die Gründungsversammlung der A.-G. noch ein paar gut aussehende Aktionäre verschaffen könne, als Redlich hereingestürzt kam und rief:

»Jetzt ist dies Fräulein Aufrichtig aus Frankfurt tatsächlich da und wünscht einen von uns zu sprechen.«

»Ausgezeichnet!«, erwiderte Emil. »Ich bin jetzt gerade in der richtigen Stimmung. Der Herr Polizeipräsident hat mir das Rückgrat gestärkt. Die neue Verwandtschaft kann stolz auf mich sein.«

»Du willst also wirklich?«

»Aber ja! – Sie möchte sich einen kleinen Augenblick gedulden – ich will nur schnell noch telefonieren.«

»Du kannst sie doch unmöglich in diesem Aufzug empfangen«, sagte Redlich, worauf Emil, der gerade vor einem Spiegel stand, ausrief:

»Wahrhaftig! Ich bin ja noch immer im Bademantel. – Aber ich finde, er steht mir ausgezeichnet. Und schließlich einer Verwandten gegenüber braucht man nicht so förmlich zu sein.«

»Du willst sie also so empfangen?«

»Ja! Ich verspreche mir davon sogar einen Erfolg.«

Redlich rief den Diener, der den Frühstückstisch abtrug, während Emil telefonierte.

»Lützow 1984. – Ist dort die Filmbörse? – Hier Redlich und Aufrichtig. – Hören Sie, ich brauche drei vorzüglich aussehende Herren – aber keine Schießbudenfiguren! Menschen mit Benehmen – verstanden? Cut, Bügelfalte und hohen Hut – was kostet das? – doppelte Taxe? – auch recht! – Nein doch! – umgekehrt! Nichts von intellektuell. Ich sage Ihnen doch, so blöd wie irgend möglich – sie sollen Aktionäre in einer Generalversammlung vorstellen – gute Haltung – angenehmes Äußere, verbindliches Lächeln – am liebsten taubstumm. – Haben Sie nicht? Schade! – Ob die Leute was können müssen? – reiten? – Haben Sie schon mal eine reitende Generalversammlung gesehen? – Na also! – Richtig! Sie haben still zu sitzen und so zu tun, als ob sie von dem, was man ihnen erzählt, etwas verständen. Herren! Keine Garnitur, die aussieht, als wenn sie aus einem Modeschaufenster entsprungen wäre, auch keine Varieténummer, bei deren Anblick man das Gefühl hat, dass sie jeden Augenblick einen Schrank, einen Stuhl und womöglich einen selbst ergreifen, um mit einem Ball zu spielen. – Haben Sie mich also endlich verstanden? – ich verlasse mich darauf.«

Er hing den Hörer an und läutete, woraufhin der Diener die Tür öffnete und Fräulein Amalie Aufrichtig ins Zimmer ließ.

Es ist begreiflich, dass Emil auf diese erste Begegnung mit einem Mitglied seiner neuen Verwandtschaft gespannt war. – Nun, Fräulein Aufrichtig bot keinerlei Überraschung. Sie war nicht jung, nicht alt, weder hübsch noch hässlich. Sie hatte ein nichtssagendes Gesicht, aber man sah ihr an, dass sie aus guter Familie war. Ein kleiner Stich ins Altjungfernhafte wurde durch Güte und Geschmack der Kleidung ausgeglichen. Die Sorgfalt, die sie auf die Pflege ihres Äußeren verwandte, gab ihr zwar keine persönliche Note, verriet aber, dass sie trotz ihrer – ja, wie alt mochte sie nur sein? – Jahre, noch nicht endgültig auf das verzichtet hatte, was man in diesen Kreisen Glück nennt, was im besten Falle aber eine zur Gewohnheit gewordene eheliche Gemeinschaft war. Und nun mag sich jeder nach seinem Geschmack ein Bild von ihr machen.

Emil fand sie nicht aufregend, aber passabel. Er trat ihr mit ausgesuchter Höflichkeit entgegen, wies auf seinen Bademantel und sagte:

»Verzeihen Sie, gnädige Frau – seit sechs Uhr versuche ich, mich anzukleiden – es ist mir nicht möglich – jeden Augenblick ein neuer Klient.«

»Ich störe also – aber Sie werden begreifen ...«

»Ich begreife durchaus – bitte, nehmen Sie Platz!«

»Ich bin so erregt, ich stehe lieber!«

Emil, der sich gerade setzen wollte, blieb stehen und sagte:

»Dann gestatten Sie, dass auch ich ...«

»Also, denken Sie, man ist bei mir eingebrochen! – Die Polizei ...«

»Halt!« fiel er ihr ins Wort. »Liegt Ihnen daran, Ihre Sachen wiederzuerhalten oder an der Ergreifung der Täter?«

»An meinen Sachen natürlich.«

»Dann sorgen Sie vor allem dafür, dass die Polizei nichts erfährt.«

»Ja – wieso?«, fragte sie erstaunt.

»Weil die Polizei durch Anschläge, Aussetzung von Belohnungen, Haussuchungen die Hehler beunruhigt.«

»Ja – und ...?«

»Die Folge davon ist, dass die gestohlenen Sachen weiterverschoben und in Sicherheit gebracht werden.«

»Und Sie? Wie machen Sie es?«

»Keine Vernehmungen, keine Protokolle – weder Reden noch Papier – einfach: Sachkenntnis und schnelles Zugreifen.«

»Ja, wozu existiert da die Polizei?«

»Sagen Sie das nicht, sie hat sich bei der Durchführung des Impfzwanges und der Hundesperre durchaus bewährt.«

»Wenn ich Ihnen also meinen Fall vortragen darf?«

»Ich bitte darum.«

»Also denken Sie, ich lege mich immer um zehn Uhr schlafen.«

»Wie denn? Sie gehen jeden Abend ...?«

»... um zehn Uhr ins Bett!«

»Ja, wozu leben Sie dann?«

»Seitdem mein Mann tot ist.«

»Oh, gnädige Frau sind junge Witwe?«

»Seit zehn Jahren.«

»Nicht möglich.«

»Wieso?«

»Dann müssen Sie ja als Kind geheiratet haben.«

»Sehr höflich. Aber ich glaube doch, dass ich gerade heute scheußlich aussehe.«

»Wie müssen Sie sonst aussehen, wenn Sie das scheußlich nennen.«

»Ich hatte natürlich weder Zeit noch Ruhe ... in solcher Erregung achtet man nicht darauf.«

»Ich muss Ihnen sagen, dass diese Erregung Ihnen ganz vorzüglich steht.«

»Oh! – So höflich ist man mir schon lange nicht begegnet.« – Sie nahm einen Handspiegel heraus, den ihr Emil sofort abnahm.

»Sie gestatten, dass ich halte?«

»Wirklich sehr freundlich«, sagte sie und machte sich vor dem Spiegel zurecht – mit einer Sorgfalt, die sie schon lange nicht mehr auf sich verwandt hatte.

»So!«, sagte sie, als sie fertig war; und Emil rief:

»Herrlich! Fast zu viel!«

Daraufhin griff sie noch einmal hastig nach dem Spiegel – wischte etwas Puder ab, wandte sich dann wieder an Emil und fragte:

»Ist es so besser?«

»Wenn Sie gestatten?«, erwiderte er und tupfte mit der Hand in ihrem Gesicht herum. Dann sagte er:

»So!« und hielt ihr den Spiegel hin. »Wenn Sie sich bitte überzeugen wollen?«

Sie erwiderte lächelnd:

»Sie haben recht! Sie haben eine Art, einen zu beruhigen. Ich staune über mich selbst.«

»Ich bitt' Sie, gnädige Frau! Sie werden sich eines Einbruchs wegen doch nicht echauffieren? Dazu sind wir da, um die Folgen – und damit den Grund zur Erregung abzuwenden.«

»Das ist gewiss sehr lieb von Ihnen. Aber mir ist von meinem Toilettentisch weg – während ich nebenan bei offener Tür schlief, mein Kollier im Werte von zehntausend Goldmark gestohlen worden.«

»Ich schätze es auf das Doppelte«, erwiderte er.

»Sie? ... Wieso Sie?«

»Gnädige Frau vergessen, dass Perlen um hundert Prozent im Werte gestiegen sind.«

»Ich verstehe Sie nicht.«

»Die große Perle in der Mitte ist allein sechstausend Mark wert.«

»Sie ... Sie ... wissen?«

Emil griff in die Tasche, holte das Kollier heraus und legte es vor sie auf den Tisch.

»Das ist es!«, rief sie.

»Der Einbruch muss vor zwölf Uhr nachts erfolgt sein, denn nach Angabe meiner Beamten, die alle Hehlernester nachts über beobachten, sind die Einbrecher bereits um zwölf Uhr dreißig mit ihrer Beute in der Grenadierstraße gewesen.«

»Das ist ja kaum glaublich!«

»Um zwölf Uhr fünfzig verließen sie den Hehler, dem meine Beamten zehn Minuten später die Beute wieder abjagten.«

Amalie, die von einem Staunen ins andere fiel, sagte:

»Ja, wie ist denn das möglich?«

»Passion, gnädige Frau! Der eine hat sein Vergnügen daran, dass er sich einen Rennstall hält, der andere fährt in seiner Yacht um die Welt, ich finde meine Befriedigung darin, meinen Mitmenschen im Kampfe gegen das Verbrechertum zu helfen.«

»Wie edel!«

»Egoismus, Verehrteste! Es wirkt auf mein Gemüt! Und stimmt mich heiter!«

»Es zeugt jedenfalls von hoher Gesinnung.«

»Eher von Kinderstube. Der Stall, aus dem man stammt und in dem man aufwächst, bestimmt unseren Charakter.«

»Sie sind demnach von altem Adel?«

»Von bürgerlichem Adel. Und ich bin stolz darauf.« – Er tat erschrocken. »Ja, vergaß ich im geschäftlichen Eifer etwa, mich vorzustellen?«

»Ich glaube wohl!«

»Verzeihen Sie!«, rief er und sprang auf, stell sich vor:

»Aufrichtig! Emil Aufrichtig!«

»Wie? – doch nicht etwa aus ...«

»Ich stamme nicht aus Berlin.«

»Ich auch nicht.«

»Der Stammsitz meiner Familie ist Frankfurt am Main.«

»Doch nicht etwa ein Abkomme von Jakob Ephraim Aufrichtig?«

»Mein Urgroßvater!«

»Nicht möglich!«

»Sie kennen ihn?«

»So alt bin ich denn doch nicht,« erwiderte Amalie. »Er starb im Jahre achtzehnhundertsiebenundzwanzig!«

»Stimmt! – Ja, woher wissen Sie so gut in meiner Familie Bescheid?«

»Weil es die meine ist.«

»Wie? ... was? ... Sie sind ...? Ja, jetzt erinnere ich mich auch Ihres Namens ...!«

»Wenn Jakob Ephraim der Urgroßvater war, dann sind Sie ein Enkel von Martin Aufrichtig.«

»Der bin ich.«

»Also ein Sohn vom Onkel Ferdinand?«

»Das ist mein Vater.«

»Ein Neffe demnach von Manfred Aufrichtig?«

Emil wurde kalt und heiß. Wie war es möglich, das alles zu behalten? Er sagte laut:

»Der gute Onkel Manfred!«

»Er ist mein Vater!«

»Nicht möglich. – Ja, dann bin ich ja ...«

»Mein Großneffe.«

»Stimmt! – Also Sie sind die Tante Amalie! – Als ich noch so ein Bub war, hat die Mama schon von Ihnen erzählt«

»Wir hingen sehr aneinander – Ella und ich ...«

»Ella? – wieso Ella?«

»Ihre Mama!«

»Die gute Mutter!«

Amalie seufzte auf. Emil seufzte noch tiefer.

»Ja wissen Sie denn?«, fragte Amalie.

»Natürlich weiß ich – alles weiß ich.«

»Ich denke, man hat es den Kindern damals verschwiegen?«

Emil entgleiste:

»Das hätten Sie vorher sagen sollen«, meinte er und Amalie fragte erstaunt:

»Wie, bitte?«

»Ich meine ... ich ... ich ... leide noch heute darunter.«

»Seit wann kennen Sie denn das Schicksal Ihrer Mutter, meiner armen Tante Ella?«

»Sprechen wir nicht davon.«

»Sie haben recht. Ich will die alten Wunden nicht wieder aufreißen.«

»Wenn Sie wüssten!«

»Ich kann mir denken!«

»Ich mir leider nicht«, dachte Emil.

»Wie Sie als Sohn darunter gelitten haben müssen.«

»Ich leide noch! Und wie!«, erwiderte Emil und litt jetzt wirklich.

»Sie gingen nach Penang damals?«

»Penang?«

»Hat man uns etwa belogen? Man hat uns erzählt, dass Ihr Vater mit Ihnen und Ihrer Schwester nach dem Unglück nach Penang fuhr.«

»Ja! Ja – da waren wir! – Tage, Wochen, monatelang!«, erwiderte Emil, ohne eine Ahnung zu haben, wo Penang lag.

»Er lebt noch?«, fragte Amalie.

»Sie wissen nicht?«

»Niemand von uns hat mehr etwas von ihnen gehört«

»Großartig!« entfuhr es Emil, und als ihn Amalie daraufhin entgeistert ansah, wiederholte er: »Großartig geht es ihm!«

»Er war ein Genie! – leider nur ein zu großer Optimist.«

»Sagen Sie nichts gegen Papa! Er war, wie er war – zu mir und meiner Schwester ...« – er hatte vergessen, wie sie hieß.

»Zu Erna?«

»Ja! Was Sie für ein Gedächtnis haben!«

»Sie war ein so schönes Kind.«

»Sie ist es noch.«

»Sie muss doch heute an die fünfundzwanzig sein?«

»Ist sie! Ist sie!«

»Verheiratet?«

»Ja! – das heißt ...«

»Am Ende nicht glücklich?«

»Doch! Doch! Aber Sie können sich denken: in – Pe ...
lang – in Berlin lebt es sich besser.«

»Was ist ihr Mann?«

»Allerhand!«

»Er hat keinen festen Beruf?«

»Wie das so bei uns in Pelang ist.«

»Furchtbar heiß, nicht wahr?«

»Entsetzlich – im Sommer vor allen Dingen.«

»Seit wann sind Sie von da fort?«

»Seit ein paar Wochen.«

»Wie? Man fährt ja doch wohl zwei Monate?«

»Für gewöhnlich. Aber wir haben einen Teil der Reise
im Flugzeug zurückgelegt.«

»Übers Meer? – Wie interessant.«

»Sehr interessant!« – Und er dachte: Wenn ich nur eine
Ahnung hätte, wo das Nest liegt!

»Und warum haben Sie sich nicht in Frankfurt sehen
lassen? Wir hätten Sie mit offenen Armen empfangen.«

»Ich wollte mir erst eine Position erringen.«

»Daran erkennt man einen Aufrichtig!«

»Ich weiß, was ich meinem Namen schulde.«

»Wie mein seliger Vater! – Als ob ich ihn vor mir sehe.«

»Das hat man mir oft gesagt.«

»Daher waren Sie mir auch gleich so sympathisch.«

»Und ich fühlte mich in der ersten Minute zu Ihnen hingezogen.«

Amalie war gerührt. Sie trat dicht an Emil heran und sagte:

»Da wir nun doch miteinander verwandt sind ...«

»Ich fühle es!«

»So wollen wir ›du‹ zueinander sagen.«

Sie hielt ihm beide Hände hin. Er ergriff sie.

»Darf ich?«, fragte er und küsste sie auf den Mund, noch ehe sie eine Antwort gab. Aber sie hielt so still, dass man sah, sie hätte nicht ›nein‹ gesagt.

Fünftes Kapitel,
in dem Coeur-As zum ersten Male seinen Sozius blufft

Großtante Amalie war kaum draußen, da wurde schon wieder der Kriminalinspektor v. Reifenbach gemeldet. Emil empfand auch jetzt noch bei Nennung des Namens Unbehagen. Was konnte der Grund sein, der ihn nach Verlauf von kaum einer Stunde schon wieder zu ihm führte? War das Ganze am Ende nur ein Manöver, um ihn in Sicherheit zu wiegen? – Dann war es herrlich erdacht. Fast zu gerissen für das, was man von dieser Behörde gewöhnt war. Coeur-As, der gefürchtete Einbrecher, bei dem man noch auf dem Transport nach dem Polizeipräsidium mit einem Fluchtversuch rechnen musste, begab sich freiwillig in die Höhle des Löwen.

Scharmant! Er meldete sich bei dem Leiter der Kriminalpolizei, um seinen Posten anzutreten und, statt ihm sein Zimmer anzuweisen, geleiteten ihn ein paar Beamte in das Polizeigefängnis. Herrlich erdacht! – Und am nächsten Morgen las der Bürger in seinem Blatt: »Genialer Trick der Polizei. Die Selbstverhaftung eines Schwerverbrechers« – schmunzelte und ließ sich in dem Gefühl, dass eine kluge Obrigkeit für seine persönliche Sicherheit sorgt, das erste Frühstück noch mal so gut schmecken.

Nein! Herrschaften! Auf meine Kosten nicht! Sagte sich Emil. Ich habe genau soviel Anspruch auf eine gesicherte bürgerliche Existenz wie ihr! Stört ihr mich dabei, sie mir zu schaffen, so kehre ich mich wieder gegen euch. Aber als Unterhaltungsgegenstand und Witzblattfigur bin ich mir zu schade. – Er ging zur Tür, öffnete selbst und sagte:

»Also bitte, Herr Kriminaloberinspektor!«

v. Reifenbach trat ein – gefolgt von einem Beamten, der ein großes Paket mit sich schleppte.

»Was verschafft mir erneut das Vergnügen?«, fragte Emil.

v. Reifenbach legte ab und sagte:

»Sie gestatten, dass ich mich setze?«

Emil, für den es nicht mehr zweifelhaft war, dass es sich um einen Kriminalistentrick handelte, bot ihm einen Stuhl an und sagte:

»Bitte!«

v. Reifenbach begann:

»Aus dem Tempo, in dem ich Ihren Fall bearbeite, wollen Sie bitte die Wichtigkeit ersehen, die ich ihm beimesse.«

»Ich bewundere Ihren Eifer.«

»Ich erfülle damit nur meine Pflicht und handle im Sinne meiner vorgesetzten Behörde.«

»Die auf einen so gewissenhaften Beamten stolz sein darf.«

»Man tut, was in seinen Kräften steht.«

»Ohne in der Wahl der Mittel besonders wählerisch zu sein.«

»Wie meinen Sie das?«

»Nun, mir sind Fälle bekannt, wo Leute, die man verhaften wollte, unter Vorspiegelung falscher Tatsachen ins Polizeipräsidium gelockt wurden.«

»Wenn man ihnen den wahren Grund genannt hätte, wären sie wahrscheinlich nicht gekommen.«

»Sie billigen das Verfahren?«

»Unter Umständen – ja.«

Emil fasste den Kommissar fest ins Auge und fragte:

»Würden Sie es bei Coeur-As zum Beispiel billigen?«

»Ohne Bedenken! – bei einem so gerissenen und gefährlichen Verbrecher.«

»Glauben Sie, dass Coeur-As sich so bluffen ließe?«

»Wenn man es geschickt anfängt – und da der Fall von heute ab in Ihren Händen liegt, so habe ich keinen Grund, daran zu zweifeln.«

»Der Präsident hätte demnach eingewilligt?«

v. Reifenbach wies auf das Riesenpaket, unter dem der Polizeibeamte an der Tür fast zusammenbrach, und sagte:

»Da, verehrter Kollege, bringe ich Ihnen die Strafakten von Coeur-As.«

Emil sperrte Mund und Augen auf. So hatte er sich also getäuscht und der Behörde unrecht getan.

»Und unter welchem Namen ...«, sagte er zögernd, während der Beamte das Paket auspackte – »werden diese Akten geführt?«

»Unter Coeur-As, seinem nom de guerre. Der Kerl trägt ein Dutzend Namen, von denen natürlich keiner der richtige ist.«

»Sehr interessant«, erwiderte Emil, während von Reifenbach einen Berg von Akten vor ihm auftürmte.

»Was denn?«, fragte Emil entsetzt. »Das kann sich doch unmöglich alles auf ein und denselben beziehen?«

»Das Aktenstück heißt Coeur-As und Genossen und enthält sämtliche Einbrüche dieser gefährlichen Bande.«

»Wie können Sie wissen, wo Sie ihn doch nicht haben, dass die Einbrüche von ihm herrühren?«

»Überall dieselbe Methode, dieselben Spuren – das Ganze liest sich wie ein Kriminalroman.«

»Etwas umfangreich für einen Roman«, meinte Emil, und der Kommissar erwiderte:

»Dessen letztes Kapitel, das von der Ergreifung des Täters handelt, hoffentlich Sie schreiben werden. Damit wir dies Aktenstück, an dem der Schweiß von einem halben Dutzend meiner besten Beamten klebt, endlich ablegen können.«

»Ich werde alles tun, um das zu erwirken.«

»Nach der Polizeiverordnung dürfen die Akten eigentlich nicht aus dem Präsidium entfernt werden. In diesem besonderen Falle glaubte der Chef, aber eine Ausnahme machen zu können.«

»Seien Sie versichert, dass sie sich bei mir in den richtigen Händen befinden.«

»Ich bin überzeugt davon.«

Emil hob mit großer Kraftanstrengung den Stoß Akten in die Höhe und sagte:

»Das scheint in der Tat ein schwerer Junge zu sein.«

»Ich wünsche Ihnen nicht, dass Sie ihm nachts begegnen.«

»Gewalttätig ist er auch?«

»Er geht über Leichen.«

»Demnach sind bei den Einbrüchen auch Menschenleben zu beklagen gewesen?«

»Das nicht! Der Kerl arbeitet derart exakt vor und begeht seine Einbrüche mit solchem Raffinement, dass er nie gestört oder auch nur bemerkt wird.«

»Ob er über Leichen geht, wäre demnach noch nicht bewiesen?«

»Ich bitt' Sie, ein Mensch, der so aussieht?«

Emil fasste sich unwillkürlich ins Gesicht.

»Wieso aussieht?«, fragte er verdutzt. »Woher wissen Sie, wie er aussieht?«

Der Kommissar blätterte in den Akten, wies auf eine Fotografie und sagte:

»Hier ist sein Bild!«

Emil betrachtete die Fotografie mit einem Gesicht, das alles andere als klug war und sagte:

»So – also – sieht – er aus.«

»Nicht fürchterlich?«

»Das kann ich nicht einmal finden.«

»Der Verbrecher steht ihm doch im Gesicht geschrieben.«

»Möglich, dass Sie mehr herauslesen. Ich finde, er macht einen ganz vertrauenerweckenden Eindruck. Aber wie kommen Sie zu dem Bild? Der Mann ist doch nie gekappt worden.«

»Ja!«, sagte der Kommissar und lächelte überlegen. »Durch gute Beziehungen, die meine Beamten zu den Mädchen jener Kreise unterhalten – natürlich nur dem Scheine nach.«

»Sie täuschen ihnen Liebe vor, um sie dann auszuhorchen – natürlich ohne dass die Mädchen wissen, wer sie sind.«

»Selbstverständlich!«

»Hm! – Feine Mittel sind das nicht.«

»Die dürften da wohl auch nichts ausrichten.«

»Und eins dieser Mädchen hat einem Ihrer Beamten« – er wies auf das Bild – »dieses Foto da geschenkt?«

»Geschenkt? Da kennen Sie die Mädchen schlecht. Die geben so etwas für kein Geld der Welt her.«

»Dann hat er es also *gestohlen?*«

Der Kommissar machte eine abwehrende Bewegung und verbesserte:

»Dienstlich requiriert hat er es.«

»Ohne dem Mädchen etwas davon zu sagen?«

»Wenn die etwas davon gewusst hätte, ich glaube, der Beamte wäre in etwas derangiertem Zustande zurückgekommen.

»Ja – und – woher weiß man denn, dass dieses gestohlene Bild diesen Coeur-As darstellt? Hat sie das vorher erzählt?«

»Aber nein! Solche Mädchen erzählen nichts. Aus denen ist ja nicht einmal etwas herauszubekommen, wenn wir sie auf dem Präsidium haben.«

»Sie vermuten also nur, dass dies Bild ...«

»Wir wissen! Denn auf der Rückseite stand: Coeur-As seiner Marie zu Weihnachten.«

»Ein ganz altes Bild natürlich?«

»Woraus schließen Sie das?«

»So einen Bart trägt heute kein Mensch mehr.«

»In den Kreisen schon. Da gilt es für schön. Und so ein Verbrecher lässt ihn sich auch nicht abnehmen. Trotz der Gefahr, dass der Bart ihn verrät. Das duldet sein Mädchen schon gar nicht.«

»Sie sind also überzeugt, dass er den Bart noch trägt?«

»Bestimmt!«

»Das beruhigt mich.«

»Wie – bitte?«

»Ich sagte, das beruhigt mich, denn dann dürfte seine Ergreifung nicht schwerfallen. – Übrigens, das Bild hat eine Ähnlichkeit.«

»Mit wem?«

»Fällt es Ihnen nicht auf?« – Emil stand gerade vor einem Spiegel. Er wies darauf hin und sagte: »Sehen Sie mal da hinein!«

Der Kommissar folgte.

»Ich sehe nur Sie!«

»Sie finden nicht, dass ich ...?«

»Dem Bilde ähnlich sehen? – Aber keine Spur. Sie haben zwar energische Züge. Aber Sie sehen doch nicht wie ein Verbrecher aus.«

»Und wenn Sie sich den Bart hinzudenken – auch dann nicht?«

»Vielleicht, dass die Stirnpartie eine kleine Ähnlichkeit aufweist – aber sonst nicht die Spur. Im Übrigen ist der Mann meiner Ansicht nach ein Schwergewicht mit« – er breitete die Arme aus – »solcher Brust – während Sie doch schlank und schmal sind.«

»Das heißt: Sie stellen ihn sich so vor?«

»Unsereins hat das im Gefühl. Es genügt der Kopf. Kennt man den, so hat man die Vorstellung von dem ganzen Menschen.«

»Das beruhigt mich – das beruhigt mich ganz ungemein.«

»Wir waren ihm übrigens schon mehrmals auf der Spur. Aber im letzten Augenblick entwischte er regelmäßig.«

»Dann wissen also Ihre Beamten, wie er aussieht?«

»Aber ja! – Ich verlasse mich ja nicht auf mein Urteil allein. Ich lasse es nachprüfen. Die Beschreibungen, die eine Anzahl von Mädchen aus diesen Kreisen unseren Beamten von Coeur-As gaben, bestätigen meine Annahme.«

»Und Sie sind überzeugt, dass die Mädchen in diesem Falle die Wahrheit sagen?«

»Sie wissen doch nicht, dass es Beamte sind, die sie ausfragen.«

»Das glauben *Sie!*«

v. Reifenbach erwiderte unwillig:

»Halten Sie die Leute etwa für schlauer als uns?«

»Ja!« platzte Emil heraus, besann sich aber, verbesserte schnell und sagte: »Nein! Schlauer nicht. Aber vielleicht vorsichtiger.«

»Ihre Erfolge machen es mir schwer, Ihnen zu widersprechen. Denn unverkennbar haben Sie, beziehungsweise Ihre Beamten in letzter Zeit größere Erfolge aufzuweisen als wir. Deshalb liegt uns sehr viel daran, die Ausbildungsmethode Ihrer Leute kennenzulernen.«

»Mein lieber Herr Kollege«, erwiderte Emil, »wenn ich meine Lehrmethode, die Geschäftsgeheimnis und der Schlüssel meiner Erfolge ist, Ihnen ausliefern soll ...«

»Wo Sie von nun ab unserem Beamtenkörper angehören, kann doch von einer Auslieferung keine Rede sein. Wir wollen ja gerade Ihre Kunst der Allgemeinheit zugutekommen lassen.«

»Sie verlangen ein großes Opfer von mir.«

»Das wissen wir. Vielleicht aber ließe sich ein Ausgleich schaffen. Wie man ein Patent erwirbt, so könnte das Ministerium des Innern Ihnen die Arbeitsmethode abkaufen.«

Emil überlegte, rief in den Hausapparat:

»Herr Kommissionsrat soll sofort herunterkommen!« – wandte sich dann wieder an Reifenbach und sagte: »Wenn es sich nur um mich handelte! Ich bin kein Geldmensch. Aber ich habe einen Associé – und ich würde durchaus begreifen, wenn Herr Redlich, der doch Familie hat, sich auf den rein praktischen Standpunkt stellen und sagen würde: ›Wie komm' ich dazu? Bin ich der liebe Gott?‹ – Ich habe das wiederholt erlebt, wenn man für wohltätige Zwecke an ihn herantrat.«

In diesem Augenblick ging die Tür und Redlich trat ins Zimmer. Als er den Kommissar sah, sagte er:

»Sie sind noch immer hier?«

»Schon wieder,« berichtigte v. Reifenbach.

»Vorhin handelte es sich nur um meine Person. Jetzt aber steht das Geheimnis unseres geschäftlichen Erfolges zur Debatte.«

Redlich entfärbte sich.

»Sie glauben doch nicht etwa ...?«, fragte er zaghaft. Emil fiel ihm ins Wort.

»Herr v. Reifenbach möchte, dass ich bei meinem Übergang zur Kriminalpolizei das Geheimnis sozusagen als Mitgift mitbrächte.«

»Wie? – Was? – Du willst?«

»Ohne deine Einwilligung ...«

»Ich soll ...? – Ja, wie komm' ich dazu? Bin ich der liebe Gott?«

Emil wandte sich an den Kommissar und wies auf Redlich:

»Da hören Sie's! Was habe ich Ihnen gesagt?«

»Ich soll mein Geschäftsgeheimnis aus der Hand geben?«

»War es nicht meine Idee?«

»Meine war es. Du hast mich darauf gebracht durch deinen Ein ...«

»Gut!« fiel ihm Emil ins Wort. »Sie gehört uns beiden.«

Redlich, der mit einem puterroten Kopf im Zimmer umherlief, erkannte jetzt erst die Unmöglichkeit der Situation. Er blieb vor Emil stehen, sah ihn groß an und sagte:

»Ja, bist du denn toll? Du willst dein – mein Geheimnis ... der Polizei ...? – Du, du weißt ja nicht, was du ...«

»Ich weiß es genau. Und ich bin fest entschlossen, es zu tun.«

»Du bist verrückt.«

»Wir sind nicht unter uns.«

»Deshalb eben!« – Er zupfte Emil unauffällig am Rock und wandte sich an den Kommissar: »Sie erlauben doch ... dass ich mich auf einen Augenblick mit meinem Associé berede?«

»Nicht nötig!«, erklärte Emil.

»Du hast doch nicht etwa im Ernst die Absicht ...?«

»Allerdings!«

Redlich war völlig verzweifelt.

»Ja, du lieferst dich ja ...«

»... der Polizei aus,« ergänzte Emil. »Dich und mich! Aber das Wohl der Allgemeinheit geht unserem persönlichen Interesse vor.«

»Der hat den Verstand verloren, Herr Kommissar! Hören Sie ihn nicht an! Er lügt!«

»Ich begreife, dass Sie Ihre Interessen so leidenschaftlich vertreten, Herr Kommissionsrat«, erwiderte v. Reifenbach und wurde förmlich. »Aber mir scheint, Sie schießen da über das Ziel hinaus. Herr Aufrichtig ist seit heute Kriminalkommissar, damit Beamter, damit mein Kollege. Ich habe also die Pflicht, ihn gegen Beleidigungen zu schützen.«

»Was?«, sagte Redlich und riss den Mund weit auf. »Sie schützen ...«

»Jawohl! Ich in meiner Eigenschaft als Vorgesetzter. Herr Aufrichtig hat sich, wie ich es von ihm nicht anders erwartet habe, als uneigennützig und als vollendeter Gentleman benommen – während Sie ...«

»Ich verliere den Verstand.«

»Herr Kollege«, rief jetzt Emil, »ich will nicht schuld an seinem Nervenzusammenbruch sein. Wenn Sie wünschen, dass ich Ihre Beamten in unsere Geschäftsmethoden einweihe, so muss Herr Redlich finanziell entschädigt werden.«

»Was nützt mir das?«, erwiderte Redlich.

»Es käme doch wohl auf die Summe an«, meinte Emil.

»Und wenn es eine Million ist! Mein Name! Mein Kind!«

»Sie werden nicht verhungern, Herr Kommissionsrat!«, sagte v. Reifenbach verächtlich.

»Da es sich um eine Lehrmethode handelt«, fuhr Emil fort, »so müsste ich als Lehrer Autorität haben.«

»Ganz gewiss!«

»Ich müsste also, falls man Bedenken hat, mich zum Polizeidirektor zu ernennen, zum Mindesten Regierungsrat sein.«

»Es ist ihm zu Kopf gestiegen,« jammerte Redlich.

»Ich will veranlassen, dass man dem Ministerium entsprechende Vorschläge unterbreitet«, erwiderte Reifenbach. »Dazu wäre es aber nötig, Ihre Methoden zum Mindesten in großen Zügen anzugeben.«

Emil dachte einen Augenblick nach und sagte dann:

»Dann bitte ich die Ihnen unterstellten dienstlich entbehrlichen Kriminalbeamten, für morgen Abend um acht Uhr hierher zu beordern. Ich werde einen Vortrag halten – vielleicht, dass Sie auch die Teilnahme von höheren Beamten erwirken können.«

»Das, glaube ich, kann ich zusagen.«

v. Reifenbach erhob sich, verbeugte sich, nicht eben tief, zu Redlich und gab Emil die Hand:

»Und nicht wahr, Herr Kollege, Sie vergessen über den Polizeidirektor nicht Coeur-As?«

»Ich habe den Fall längst zu meinem eigenen gemacht«, erwiderte Emil und begleitete den Kommissar hinaus.

Redlich sank auf einen Stuhl und sagte:

»Er hat den Verstand verloren. – Ich lasse ihn einsperren.«

Sechstes Kapitel,
in dem Emil die nähere Bekanntschaft eines Herrn aus der Gesellschaft macht

Die Ereignisse jagten einander – in einem Tempo, dass Emil bis zum Abend nicht dazu kam, einen Blick in die Akten zu werfen. In den wenigen freien Augenblicken dachte er nicht ohne eine gewisse Wehmut an das Gleichmaß zurück, in dem er vor seinem »Übertritt in eine bürgerliche Existenz« gelebt hatte. So nannte er euphemistisch die Wandlung, die sich mit ihm vollzogen hatte.

So interessant es zweifellos wäre, ihm in seinen Gedankengängen zu folgen und einen Blick in die Welt zu werfen, in der er bis vor Kurzem lebte – wir wollen den Ablauf der Ereignisse nicht aufhalten. Auch wirkt die Schilderung des Verbrechermilieus leicht romanhaft und ich möchte auf keinen Fall, dass jemand, den ich Emils Siegeszug miterleben lasse, ausruft: »genau wie im Film!« – Hoffentlich lassen Paula und Anton noch von sich hören, mit denen er bis zu dem gemeinsamen Einbruch bei Redlich ein in Bezug auf Innigkeit, Aufrichtigkeit und Gemeinsamkeit der Interessen vorbildliches Familienleben geführt hatte. Denn wenn es vielleicht auch verständlich ist, dass Emil bei der Fülle der Gesichte einer ihm neuen Welt nicht viel Zeit fand, sich mit seiner Vergangenheit zu beschäftigen, so müsste man doch annehmen, dass Paula und Anton – die mit Emil zusammen erst einen Menschen bildeten, dessen Kopf Emil, dessen Herz Paula und dessen Körper Anton war – ohne ihn nichts anzufangen wussten. Vor allem war von Paula zu erwarten, dass sie nicht Ruhe geben würde, bevor sie wusste, was aus ihm geworden war.

Da wir aber bis zum Augenblick nichts Genaues darüber wissen, so kehren wir in das Arbeitszimmer zurück, in dem Redlich noch immer mit einem roten Kopf umherlief und auf die Rückkehr Emils wartete. Redlich erwog ganz ernstlich den Gedanken, Emil wegen gemeingefährlicher Geisteskrankheit einsperren zu lassen. An sich konnte es ja nicht schwer sein, die Ärzte davon zu überzeugen, dass ein Mensch nicht normal sein konnte, der aus erster Frankfurter Kaufmannsfamilie stammte, Chef einer großen Firma war und plötzlich behauptete, jahrelang der Kopf einer der gesuchtesten Einbrecherbanden zu sein. Man würde ihn einsperren und sich gar nicht erst bemühen, derart sinnlose Behauptungen nachzuprüfen – zumal, wenn er, der Kommissionsrat Redlich, das Krankheitsbild und ein Bild von Emils Vergangenheit entwarf. Zeit war nicht zu verlieren. Emil war unberechenbar. Also stürzte er aus dem Zimmer, um mit einem befreundeten Arzt zu sprechen.

Während Emil sich in aller Eile umzog, fuhr der in der Stadt allgemein bekannte und geschätzte Hofrat Karz in seinem neuen Maybachwagen vor. Ein Häusermakler in ganz großem Stil. Wo in der Viermillionenstadt ein Neubau von besonderem Ausmaß erstand, hatte Heinrich Karz die Hand im Spiel. Er sah aus wie ein Neger. Nur ein wesentliches Merkmal fehlte: Er war weiß. Aber er fiel dadurch nur noch mehr auf. Etwa wie ein weißer

Elefant auffallen würde. Man sah ihn an und dachte: wie komisch, dass er nicht schwarz ist. Und dann stellte man ihn sich als schwarzen Steptänzer in grauem Frack und grauem Zylinder in einem Varieté vor.

Als Emil das Zimmer betrat, lag Hofrat Karz bereits in einem bequemen Lehnstuhl und rauchte eine Havanna. Er stand auch nicht auf, als Emil kam, sondern fasste ihn fest ins Auge und sagte:

»Morjen!«

»Morjen!«, erwiderte Emil und fügte hinzu: »Ich hoffe, ich störe Sie nicht.«

Karz war etwas verblüfft, erhob sich und sagte:

»Ich darf annehmen, dass Ihnen mein Name bekannt ist.«

Emil schüttelte den Kopf und sagte:

»Nein!«

»So! Na, also ich bin der Hofrat Karz« – und er wartete den Eindruck ab, den das auf Emil machen würde. Aber der erwiderte nur:

»Der, dessen Name immer auf den Gerüsten steht?«

»Eine sonderbare Charakteristik«, erwiderte Karz. »Ja, der bin ich. Aber wissen Sie nicht mehr von mir?«

»Man liest ja so allerhand in den Zeitungen.«

»Ich bin der Leiter eines der größten Konzerne der Nachkriegszeit.«

Emil verzog das Gesicht und lächelte.

»Warum lächeln Sie?«, fragte Karz.

»Ich freue mich.«

»Worüber?«

»Weil es Ihnen dann voraussichtlich doch sehr gut geht.«

»Sie wissen also?«

» Zwölfzimmerwohnung am Kurfürstendamm, Villa in Wannsee, ein Landgütchen in der Mark, drei Autos und ein Bureau in der Stadt.«

»Herr! Woher wissen Sie das?«

»Sie stehen vermutlich in unserer Kundenliste.«

»Sind Sie etwa auch über meine geschäftliche Tätigkeit unterrichtet?«

»Die dürfte höchstens den Staatsanwalt interessieren«, erwiderte Emil, und der Hofrat atmete erleichtert auf und sagte:

»Dann bin ich beruhigt.«

»Sie kommen ja wohl Ihres Einbruchs wegen?«

»Ja! Denken Sie, man hat meine gesamte Gemäldegalerie ausgeplündert. - Darunter befand sich ein Lippo Memmi, zwei Jan Steen, ein Greco, zwei Pierre Legros, ein halbes Dutzend Hübner und ein Dutzend Corinth - es kann auch umgekehrt sein - im ganzen jedenfalls achtundfünfzig Stück.«

»Sie sind demnach ein alter Sammler?«

»Ja! Ich habe vor zwei Jahren begonnen.«

»Sie sind versichert?«

»Hoch!«

»Dann würde ich den Fall doch auf sich beruhen lassen. Sie bekommen den Verlust ersetzt, kaufen sich drei Dutzend neue Bilder und haben die Reklame umsonst«

Der Hofrat sah ihn misstrauisch an.

»Goldene Worte, die Sie da sprechen. – Meinen Sie es aber auch so?«

»Es kommt zunächst einmal darauf an, wie Sie es meinen. Denn Sie kommen zu mir, um mir ein Geschäft vorzuschlagen.«

»Sie sind ein phänomenaler Kaufmann.«

»Ich habe meinen Beruf – wie Sie Ihren haben.«

»Es kommt heutzutage nicht auf den Beruf an – sondern auf die Art, wie man ihn ausübt.«

»Darüber kann bei einem Mann in Ihrer Stellung doch kaum ein Zweifel sein.«

»An sich nicht – aber es gibt Fälle ...«

»Ihr Fall liegt denkbar einfach. Sie sind bestohlen. Unser Beruf ist es, den Bestohlenen wieder zu ihren Sachen zu verhelfen. Ich kann Sie beruhigen. Sie sind bei uns gut aufgehoben. Es ist dafür gesorgt, dass kein Bild über die Grenze kommt.«

»Sie sagten doch vorhin«, erwiderte der Hofrat zögernd, »ich täte gut, den Fall auf sich beruhen zu lassen.«

»Das sagte ich, um mich zu vergewissern, wes Geistes Kind Sie sind.«

»Sie wussten doch, dass ich der Hofrat ...«

»Eben deshalb. – Ich kenne auch die Versicherungssumme.«

»Wie ist das möglich?«

»Ein Betrieb wie der unsere muss über alles informiert sein. Wenn wir mit unseren Recherchen erst bei erfolgtem Einbruch einsetzen wollten, würden wir nicht weit kommen. Im Übrigen finde ich nicht, dass die Versicherungssumme für diese Werte zu hoch ist.«

»Sie sind sicher, dass Sie die Bilder wiederbeschaffen können?«

»Wir oder ein anderer. Schließlich gelingt es der Polizei vielleicht doch mal ...«

»Das muss verhindert werden.«

»Ich begreife nicht ...«

»Sie *müssen* die Bilder in Ihre Hand bekommen.

»Ich? Wieso ich?«

»Ihre Gesellschaft. – Und wenn wir sie haben ...«

»... reden wir weiter.«

»Müssen sie verschwinden.«

»Sie wollen die Versicherungssumme haben! Bedaure! Einen derartigen Schwindel machen wir nicht mit! Wir haben zwar unsere eigenen Geschäftsusancen, die niemanden etwas angehen. Im Übrigen aber sind wir eine reelle Firma.«

»Ich biete Ihnen dreimalhunderttausend Mark!«

»Halt!«, rief Emil und rang nach Luft. Dann sagte er: »Sie leben wohl noch in der Inflation?«

»Dreimalhunderttausend Goldmark,« wiederholte Karz.

»Und – wofür – bieten – Sie das?«, fragte Emil, der sich einem Schwindelanfall nahe fühlte.

»Für geräuschlose Beschaffung und ebenso geräuschloses Verschwinden der Bilder.«

»Mich bringt so leicht nichts aus der Ruhe«, sagte Emil. »Ich war in Situationen, ohne auch nur mit der Wimper zu zucken, in denen die hartgesottensten Verbrecher den Kopf verloren. Bei diesem Angebot verwirren sich mir die Begriffe. Dreimalhunderttausend Mark! Da könnte man hier ja liquidieren.«

»Sie brauchen keinen Finger mehr zu rühren.«

»... und sein Leben lang ein anständiger Mensch sein.«

»Auch das! Wenn Sie darauf gerade Wert legen.«

Emil stutzte, fuhr aus seinen Gedanken auf und fragte:

»Sie etwa nicht?«

»Was man heutzutage so anständig nennt«, erwiderte er. »Es ist ein weiter Begriff geworden. Man muss sich schon anstrengen, um es nicht zu sein.«

»Wer Geld hat, hat überhaupt nicht nötig, gegen das Gesetz zu verstoßen.«

»Was heißt nötig?«, fragte Karz. »Wenn das Ehrlichsein eine Bedürfnisfrage wäre, hätten Sie recht. Bei den meisten Menschen aber ist das Bedürfnis, mehr zu haben als der andere, stärker als das Bedürfnis, ein anständiger Mensch zu sein. Daher das Kompromiss, das die Gesellschaft stillschweigend schloss, wonach es genüge, als anständig zu *gelten*.«

»Ich habe kein Verlangen nach diesen Kreisen.«

»Meine Kreise sind die beste Gesellschaft.«

»Sie sind wie Sie!«

»Nicht alle. Aber die meisten.«

»Und man weiß es voneinander?«

»Man legt keinen Wert darauf, es zu wissen. Hin und wieder ein kleiner Skandal – gewiss ganz nett! Und es gibt Kreise, die davon leben. Aber es ist eine gefährliche Sache. Ein Skandal bleibt oft nicht auf seinen Herd beschränkt. Er wächst sich aus – man wird mit hineingezogen. Wozu sich also in Gefahr begeben?«

»So also sieht das aus?«, sagte Emil erstaunt und der Hofrat fuhr nicht weniger erstaunt fort:

»Ja, in was für einer Welt leben Sie denn?«

»In einer anderen. Die auch nicht schön ist. In der man auch in ständiger Gefahr lebt – die aber ohne Lüge ist.«

»So eine Welt gibt es nicht! – Wenigstens nicht unter gut erzogenen und gebildeten Menschen.«

In Emil ging eine Veränderung vor. Es war, als wenn er sich von etwas frei machte, was ihn beschwerte, sodass er nun wieder frei atmen konnte. Er lachte laut auf.

»Was ist Ihnen?«, fragte der Hofrat.

»Ich bin Ihnen dankbar. Ich freue mich.«

»Wofür? Worüber?«

»Dass ich nicht zu den Gebildeten und gut Erzogenen gehöre.«

»Ja, wozu gehören Sie denn?«

»Zu den anderen! – Wenn Sie wüssten, wie wohl das tut – obschon es mit Gefahr verbunden ist.«

Der Hofrat sah ihn ängstlich an.

»Sie sind überarbeitet – Sie sollten ausspannen.«

»Das heißt, Sie halten mich für verrückt.«

»Aber nein! Ich empfehle Ihnen nur Schonung.«

»Ich nehme an, dass Sie nicht deshalb zu mir kamen.«

»Das Geschäftliche war ja wohl erledigt.«

»In welcher Form?«

Das Gesicht des Hofrates ließ erkennen, dass die Zurechnungsfähigkeit Emils für ihn tatsächlich nicht außer Zweifel stand. Das war auch der Grund, aus dem er jetzt bat:

»Wir machen es vielleicht schriftlich.«

Emil schob ihm ein Blatt Papier hin und sagte:

»Bitte!«

Hofrat Karz schrieb:

»Der endunterzeichnete Generaldirektor Aufrichtig verpflichtet sich, alle ihm verfügbaren Hilfsmittel zur Wiederbeschaffung der dem Herrn X durch Einbruch entwendeten Gemälde einzusetzen und sämtliche Gemälde sofort nach erfolgter Wiederbeschaffung zu vernichten. Für diese Tätigkeit verpflichtet sich der Endunterzeichnete X dem Generaldirektor Aufrichtig Mark dreihunderttausend zu zahlen, von denen hunderttausend bei Abschluss des Vertrages, weitere hunderttausend am Tage der Erfüllung, die restlichen vier Wochen nach Erfüllung zahlbar sind.«

»So«, sagte der Hofrat. »Dies Papier unterzeichnen Sie! Und da wir es besser nicht der Maschine anvertrauen, so haben Sie wohl die Freundlichkeit, es handschriftlich noch einmal abzuschreiben, damit auch Sie etwas in Händen haben.«

»Sehr lustig!«, sagte Emil und begann zu lesen. »X sind vermutlich Sie!«

»Eine rein äußerliche Sache.«

»Dann gestatten Sie wohl, dass auch ich anstelle meines Namens Y setze.«

»Ich habe leider nicht den Vorzug, Sie zu kennen.«

»So wenig wie ich Sie.«

»Über mich können Sie bei jeder Berliner Auskunftei Erkundigungen einziehen. Ich bin gut für den hundertfachen Betrag.«

»Wenn Sie aber nicht zahlen *wollen?*«

»Lesen Sie die Auskünfte. Ich habe zufällig eine von ...« – er griff in die Tasche und zog ein Papier heraus – »von wo war sie doch?« – Er entfaltete das Blatt und las: »Richtig, vom Nordstern. Es interessiert einen doch, auch einmal zu hören, was man für ein Mensch ist und wie die Welt über einen denkt. – Also hier steht: Hofrat Karz gehört zu den prominenten und angesehenen ...«

»Schiebern,« fiel ihm Emil ins Wort.

Der Hofrat sprang auf:

»Herr, was erlauben Sie sich?«

»Ich erlaube mir, die Wahrheit zu sagen.«

»Sie werden ...«, fauchte der Hofrat.

»Nein!«, erwiderte Emil. »Ich werde nicht. Weder werde ich zurücknehmen, noch Ihnen Genugtuung geben. Aber Sie brauchen sich nicht zu erregen, es hat niemand außer Ihnen und mir gehört.«

Der Hofrat wandte sich um.

»Die Türen sind zu und mit Filz belegt,« beruhigte ihn Emil. »Bitte, setzen Sie sich, damit wir das Geschäft endlich zu Ende bringen.«

Der Hofrat machte noch ein paar Bewegungen mit dem Arm, die darauf schließen ließen, dass er gern noch etwas gesagt hätte.

»Es ist wirklich nicht nötig, Herr Hofrat«, beteuerte Emil. »Ich weiß im Voraus alles, was Sie sagen wollen.«

Karz setzte sich, wies auf das Blatt und sagte:

»Wünschen Sie, dass ich weiter lese?«

»Wozu? Die Leute glauben Ihnen doch mehr als mir.«

»Wer?«, fragte der Hofrat zaghaft.

»Die Auskunfteien. Ich könnte also berichtigen, soviel ich wollte – die würden doch bei ihrer Schilderung bleiben, wonach Sie der prominente, angesehene ...«

»Sie glauben doch nicht etwa, dass diese Auskünfte von mir stammen?«

»Natürlich glaube ich das. Irgendwoher müssen die Leute den Schwindel doch haben.«

»Schwindel?«

»Und da nur Sie ein Interesse daran haben, so stammen die Auskünfte, wenn vielleicht auch indirekt, von Ihnen.«

»Ich gebe Ihnen mein Ehrenwort ...«

»Das ich dankend ablehne.«

»Sie beleidigen mich in einem fort«

»Sie irren sich. Ich gestatte mir nur den Luxus, nicht zu lügen.«

»Das ... geht ... aber ... nicht. Ich kann mir unmöglich von Ihnen ...«

»Solange wir zu zweit sind, sehe ich nicht ein, warum es nicht gehen sollte. – Also, wie ist es, mit dem Vertrag X-Y, sind Sie einverstanden?«

»Werden Sie zu Ihrem Y stehen?«

»Bevor ich mich entscheide, muss ich wissen, weshalb Ihnen an der Vernichtung der Bilder so viel liegt. Sind Sie gestohlen?«

»Herr!«, rief der Hofrat und sprang auf. »Sie scheinen nicht zu wissen, mit wem ...«

Emil schüttelte lächelnd den Kopf.

»So bleiben Sie doch endlich sitzen und seien Sie froh, dass Sie mal eine Viertelstunde lang nicht Theater zu spielen und sich nicht künstlich zu erregen brauchen.«

»Sie werfen mir Diebstahl an den Kopf und verlangen, dass ich dabei ruhig sitzenbleibe?«

»Ja«, erwiderte Emil vollkommen ruhig. »Ich habe Ihnen doch schon gesagt, es hört uns niemand. – Also bitte, setzen Sie sich.«

Und Karz sagte, indem er wieder Platz nahm:

»Die Bilder sind natürlich nicht gestohlen.«

»Was sind sie denn?«

»Um mich zu verstehen ...«

»Ich verstehe Sie sehr gut«

»Es war im Jahre neunzehnhundert ...«

»Wenn Sie mir ein Märchen erzählen wollen – bitte nach Geschäftsschluss.«

»Zur Zeit der Inflation ...«

»Ich will wissen, was mit den Bildern ist?«

»Sie – sind – falsch!«

Emil riss den Mund weit auf.

»Wissen Sie das genau?«

Der Hofrat nickte mit dem Kopf.

»Und dann machen Sie uns die Arbeit?«

Das war, zum Mindesten für Karz, nicht ganz verständlich. Er ging denn auch nicht weiter darauf ein.

»Wenn ein anderer als Sie die Bilder wiederbeschafft, sie in den Handel bringt ...«

»Kommt der Schwindel raus und man verhaftet Sie wegen Versicherungsbetrugs.«

»Ich könnte ja auf die Versicherungssumme verzichten. Aber ich bin gesellschaftlich blamiert«

»Und Sie haben zwei Jahre lang den Betrug aufrechterhalten?«

»Hin und wieder hat mal einer die Echtheit angezweifelt. Man hat ihn überzeugt – Sie verstehen – daraufhin hat er erklärt, es sei ein Irrtum gewesen. Ich kann Ihnen sagen, die Kopien sind meisterhaft.«

»Ich weiß! Ich weiß!«

»Wie denn? – Sie kennen …?«

»Das sagte ich ja schon. Wir wissen genau Bescheid, wo Wertobjekte sind, die Einbrecher anziehen könnten. Über Ihre Galerie haben wir erst ganz vor Kurzem ein Gutachten von einem Kenner, der in Ihrem Hause verkehrt, eingeholt … einem … ja, wie hieß er doch? – Es war ein Doppelname … Born – Born – richtig Boerne! Doktor Peter Boerner. Er hat dreihundert Mark liquidiert.«

»Ja, Verehrtester, da haben Sie Pech gehabt. Der Mann war befangen. Er gehört zu denen, die dank meinem –« er machte eine nicht misszuverstehende Handbewegung – »warmen Zuspruch umlernten. Sie können doch unmöglich von einem Mann der Gesellschaft verlangen, dass er heute seiner Überzeugung nach sagt: ›Nein‹ – morgen dank meinem Zuspruch: ›ja‹ – und übermorgen, weil Sie ihn darum bitten, wieder: ›Nein‹ – Dann hätten Sie ihm mindestens das Dreifache bieten müssen.«

Emil sah nach der Uhr und sagte:

»Also, Herr Hofrat, jetzt ist es fünf Uhr dreißig.« – Er nahm den Hörer ab und rief: »Transportabteilung! – Ja? Hier Direktion. Wie viel Automobile haben Sie frei? – Genügt! – Fahren Sie sofort nach dem Lehrter Bahnhof. Um fünf Uhr achtundvierzig kommt der Bremer Zug mit unseren Leuten, die heute Nacht den Hehlerautos die Beute aus dem Einbruch in die Grunewaldvilla abgejagt haben.«

Der Hofrat schob den Oberkörper über den Schreibtisch und brachte den Kopf dicht an den Apparat, um sich zu überzeugen, ob Emil tatsächlich telefonierte oder sich nur einen Scherz mit ihm erlaubte. Er hörte, wie eine tiefe Männerstimme »Jawohl, Herr Generaldirektor!« in den Apparat rief. Dann sprach Emil wieder:

»Die Autos fahren vom Lehrter Bahnhof aus nach dem Grunewald, Herthastraße eins, und stellen die Gemälde dem Eigentümer Herrn Hofrat Karz wieder zu.«

»Sie haben die Bilder schon?«, fragte der Hofrat und sank auf seinen Sessel zurück.

»Ich nehme an, dass sie es sind«, erwiderte Emil, nahm den Hörer wieder ab und rief:

»Außenabteilung! – Hier Direktion. – Sagen Sie, haben unsere Leute, die heute Nacht die Hehler im Auto in Richtung Bremen verfolgten, von unterwegs telefoniert, was für Bilder sie ihnen abgenommen haben? – Wie viel? – Achtundfünfzig – eins beschädigt?«

»Stimmt!«, sagte Karz und wischte sich mit einem feinen Batisttuch den Schweiß von der Stirn. »Achtundfünfzig – und das beschädigte ist der Greco – es sind meine Bilder! – Gott sei Dank! – Ich atme wieder! – Sie sind ein Genie, Herr Generaldirektor! Und Sie werden jetzt Order geben, dass die Leute mir die Bilder nicht ins Haus bringen. Sie werden sie in einem Ihrer Depots unterstellen, achtgeben, dass kein Feuer ausbricht – Leinwand ist empfindlich – und dafür sorgen, dass, wenn durch Ihre Unvorsichtigkeit doch etwas passiert, das Feuer auf diesen einen Schuppen beschränkt bleibt. – So!« Er zog ein Scheckbuch aus der Tasche – »und nun gebe ich Ihnen einen Scheck über dreihunderttausend Mark – was sagen Sie nun?« – Er nahm eine Feder vom Schreibtisch und schrieb den Scheck aus. – »Leicht verdientes Geld für eine kleine Unvorsichtigkeit.«

Er reichte Emil den Scheck. Der betrachtete ihn und fragte:

»Wie hoch war doch die Versicherungssumme? Mir ist die Zahl entfallen.«

»Ziemlich erheblich«, erwiderte Karz.

»Die Summe will ich wissen.«

»Zwei Millionen und dreihundertfünfzigtausend Mark.«

»Großer Gott!«, rief Emil und hielt sich am Schreibtisch fest. »Sie betrügen im Großen.«

»Was für ein hässliches Wort! Es ist ein Geschäft – vielleicht etwas anders als die üblichen ...«

»Dann stimmt der Scheck wohl«, sagte Emil.

»Inwiefern?«

»Unsere Bedingungen lauten: zehn Prozent des wiederbeschafften Gutes. Sie haben uns überzahlt. Und zwar mit fünfundsechzigtausend Mark. – Falls das kein Versehen ist ...«

»Es ist Absicht.«

Emil erhob und verbeugte sich.

»Vielen Dank im Namen der Firma und ihrer Angestellten.«

Er drückte auf einen Knopf, eine Sekretärin erschien, der er den Scheck mit den Worten überreichte:

»Geben Sie den Scheck bitte zur Kasse. Zweihundertfünfunddreißigtausend gehen auf Einnahmekonto, fünfundsechzigtausend auf Konto des Pensionsfonds der Angestellten« – und während die Sekretärin hinausging, fuhr er zu Karz gewandt fort: »Die nächtlichen Transportspesen und den Rücktransport nach dem Grunewald berechnen wir nicht besonders.«

Der Hofrat fuhr auf:

»Sie haben doch nicht im Ernst die Absicht, mir die Bilder ...«

»Kein Wort mehr über diesen Punkt.«

»Dann geben Sie mir den Scheck wieder zurück.«

»Der Fall ist ordnungsmäßig erledigt – ich wüsste also nicht, wie ich dazu käme!«

»Das ist Betrug!«, rief Karz. »Ich gehe zur Polizei!«

»Den Weg können Sie sich ersparen, Herr Hofrat! Sie stehen dem Kriminalkommissar Emil Aufrichtig gegenüber.«

Karz hielt sich am Schreibtisch fest.

»Wa ...? Sie ... sind ... Krimi ...?«

»... nalkommissar!«, ergänzte Emil. »Das Wort scheint Ihnen Unbehagen zu bereiten.«

»Ich ... ich ... habe ... weit hinaufreichende Beziehungen.«

»Brandstiftung wird mit Zuchthaus bestraft.«

»Ich ... kann ... Ihnen ... in Ihrer ... Karriere ... förderlich sein.«

»Der Anstifter wird wie der Täter bestraft.«

»In meinem – Hause ... verkehrt ... der Minis ...«

»Auch der Versuch ist strafbar.«

»In ... meinem ... Konzern ... ist ein Aufsichtsratsposten ... zu ... ver ... geben.«

»Auch kann auf Aberkennung der bürgerlichen Ehrenrechte erkannt werden.«

»So ein Posten erfordert keine Arbeit und trägt an die dreißigtausend Mark im Jahre.«

»Herr, reden Sie sich hier nicht um Kopf und Kragen, sondern machen Sie, dass Sie hinauskommen.«

Der Hofrat zog sein Scheckbuch wieder heraus.

»Ein Blankoscheck«, murmelte er und bot Emil das Scheckbuch an. »Nehmen Sie!«

»Hinaus!«, brüllte Emil und öffnete die Tür.

Der Hofrat griff nach seinem Zylinder und kroch wie ein geschlagener Hund zur Tür.

»Und lassen Sie sich ja nicht wieder bei mir blicken!«, sagte Emil, als der Hofrat an ihm vorbeischlich. Dann schlug er hinter ihm die Tür zu, sagte: »Pfui Teufel!«, und riss das Fenster auf.

Siebentes Kapitel,
in dem gezeigt wird, wie Emil bei einem diplomatischen Tee den Vogel abschießt

Um dieselbe Zeit, zu der Hofrat Karz sich bei Emil seine Niederlage holte, errang Baron Koppen gelegentlich eines kleinen Empfanges beim Minister des Äußern seinen ersten Erfolg auf dem Parkett eines diplomatischen Salons. Und das kam so:

Die Frau Reichsminister empfing. Wen sie empfing, wusste sie selbst nicht. Das war in der Kanzlei bestimmt worden. Der Herr Gemahl hatte bei Tisch nur gesagt:

»Zwanzig Personen zum Tee. Ich habe heute früh auch gewusst, wer. Aber ich hatte inzwischen elf Konferenzen und habe es vergessen. Es kann also nicht so wichtig sein.«

»Die portugiesische?«, fragte Frau Gemahlin.

»Möglich! Aber es kann auch eine andere sein.«

»Also lasse ich mich überraschen. – Wissen möchte ich nur, wann ich wieder einmal Leute bei mir sehen kann, die mir passen.«

»Nach der nächsten Abstimmung im Reichstag – wenn wir abgesägt sind.«

»*Wir?* – du meinst *dich. Ich* habe meine Rolle als Frau Reichsminister jedenfalls zur Zufriedenheit aller Beteiligten gespielt und in meinen Salons gesellschaftliches Niveau gewahrt – soweit dumme Rücksicht auf deine kluge Politik mich nicht genötigt hat, Leute zu empfangen, die mit den Händen in die Zuckerdose fahren und die Kartoffeln mit dem Messer schneiden.«

»Das ist heutzutage nicht anders«, erwiderte der Minister – »dafür begegnet man jetzt hin und wieder unter den Diplomaten Leuten, die außer Namen und Familie auch Geist haben.«

»Ach nein!«

»Was wundert dich daran?«

»Fallen die denn nicht aus dem Rahmen?«

Der Minister machte ein etwas verdutztes Gesicht und fragte:

»Stoße ich denn an? Falle ich denn aus dem Rahmen?«

»Du nicht«, erwiderte die Gattin.

»Das heißt also, dass ich ... du, das ist, beleidigend.«

»So mein' ich's nicht. Du bist eine Ausnahme. Wenn auch vielleicht nicht nach der geistigen Seite hin, so doch in Bezug auf dein Anpassungsvermögen.«

»Das ist ein großes Kompliment«, erwiderte der Minister, »denn es gehört viel Klugheit dazu, sich im richtigen Moment dumm zu stellen.«

Als es fünf Uhr schlug, waren die Frau Minister und die Salons empfangsbereit. – Als erster erschien der Baron v. Koppen.

Aha! Dachte die Frau Minister. Also eine interne Angelegenheit! Das Personal! Man braucht sich also nicht anzustrengen. Und das Nachmittagskleid hätte es auch getan.

Der Baron verbeugte sich und sagte:

»Exzellenz haben mich ersucht – ich bin nämlich in Russland aufgewachsen.«

»Ach so!«, erwiderte die Frau Minister, die sich längst abgewöhnt hatte, hinter dem, was man auf diplomatischen Tees sprach, einen Sinn zu suchen. – Sie sagte nur: »Das arme Russland!«, und der Baron erwiderte:

»Es ist sehr zu bedauern.«

Der Diener meldete ein paar Namen, die russisch klangen.

Ach Gott! Ach Gott! Dachte die Frau Minister. Die Sowjets! Da hätte ja das Pariser Modell vom vorigen Jahr genügt. – Und ein paar Damen von der russischen Botschaft traten ein. Sie begrüßte sie auf Französisch – und sie antworteten auf Deutsch.

Die Frau Minister stellte vor und sagte:

»Der Baron spricht russisch.«

»Oh! Wie aufmerksam,« erwiderte eine der Damen und fragte den Baron etwas auf Russisch. Auf seine Antwort hin wandte sich die Dame ab und sagte verärgert:

»Ich verstehe nicht Polnisch.«

»Aber Baron!«, rief die Frau Minister. »Ich denke, Sie haben in Russland Ihre Kindheit verbracht?«

»In Warschau«, erwiderte der Baron. »Daher glaubte wohl Se. Exzellenz, ich spräche ...«

»Schon gut!« winkte die Frau Minister ab. Aber der Baron hielt sich für verpflichtet, seinen Chef zu verteidigen.

»Ich habe nur in polnischen Kreisen verkehrt«, fuhr er fort, »aber ich wollte Sr. Exzellenz nicht widersprechen.«

»Bodenlos ungeschickt!«, dachte die Frau Minister und begrüßte die Frau des Justizministers, die eben in den Salon trat, mit den Worten:

»Wie lange habe ich nicht die Freude gehabt,« dabei dachte sie: Ich hätte mich überhaupt nicht anzuziehen brauchen.

Aber im selben Augenblick kamen ein paar Damen der Hochfinanz, die zur season in London gewesen waren und die neuesten Modelle trugen und verwirrten sie.

Sie gab dem Baron Koppen ein Zeichen und trug ihm auf, ihren Mann, den Minister zu fragen, ob er sich nicht heraufbemühen möchte, da sie mit dieser gemischten Teegesellschaft nichts anzufangen wisse.

Der Herr Minister nahm den Hausapparat und fragte den Staatssekretär:

»Sagen Sie mal, was sind das eigentlich für Leute, die heute bei meiner Frau den Tee nehmen?«

Der Staatssekretär erwiderte:

»Einen Augenblick, Exzellenz!« und stellte die Verbindung zu einem der Ministerialdirektoren her.

»Was für ein diplomatischer Tee findet heute bei der Frau des Chefs statt?«

»Da muss ich bei den Abteilungen anfragen.«

»Das dauert zu lange. Der Minister wartet« – und in dessen Apparat rief er hinein: »Einen Augenblick, Exzellenz. Ich lasse eben recherchieren.«

Bei Ihrer Exzellenz, der Frau Minister des Äußern, erschienen inzwischen ein paar japanische Damen in europäischer Kleidung, mit denen sie ganz und gar nichts anzufangen wusste. Man unterhielt sich von dem frühen Herbst, der Baron meinte, das käme am deutlichsten in dem gelben Laub der Bäume zum Ausdruck, während die Gattin des Ministers des Innern meinte:

»In meinem Garten sind ein paar Bäume noch grün.«

»Gewiss sind sie der Sonne weniger ausgesetzt«, erwiderte der Baron.

»Mehr, meinen Sie!«, widersprach die Russin.

Es entspann sich eine Diskussion über die Wirkung der Sonne auf das Blühen und Welken der Bäume.

Gott sei Dank! Dachte die Wirtin. Sie haben ein Thema! Und sie wünschte den Baron zum Teufel, der aus der Bibliothek ein Buch herausholte und durch Vorlesen von ein paar Zeilen aus einem wissenschaftlichen Buche, die niemand verstand, dem Streit und damit der Unterhaltung ein Ende bereitete.

Der Staatssekretär meldete seinem Chef, dem Minister des Äußern, gerade:

»Das Dezernat der Abteilung Ostasien hatte diesen Tee angeregt, weil die japanische Botschaft den Wunsch geäußert hatte, mit den Damen der russischen Botschaft bekannt zu werden, die sich bisher von allen Empfängen ferngehalten hatten.«

»Aha! Und wo steckt der Dezernent?«

»Verzeihung, Exzellenz, den hatte man vergessen zu laden.«

»Unerhört! Was soll denn meine Frau mit der Gesellschaft anfangen. Der hat doch sicherlich bestimmte Tipps ...«

»Eine ganze Reihe von Wünschen, die der japanische Botschafter hatte.«

»Er soll sich schleunigst in meine Wohnung begeben. Auch wenn er keinen Cut anhat.«

»Exzellenz verzeihen, aber er ist schon nach Haus.«

»Dann rufen Sie bei ihm zu Haus an.«

»Ist bereits geschehen – leider ohne Erfolg.«

»Wovon sollen die Leute denn reden, wenn er die Themen nicht angibt? Die haben doch gar keine Berührungspunkte. Ich wünsche, dass man meine Frau nicht vor so unlösbare Aufgaben stellt.«

»Es ist gewiss sehr peinlich. Der Dezernent hatte ein ganzes Programm.«

»Und jetzt haben wir von dem Programm nur die Pausen. Grauenhaft! Gehen Sie hinauf! Helfen Sie meiner Frau. Ich kann nicht fort, ich erwarte den französischen Botschafter.«

»Es wird mir ein Vergnügen sein, Exzellenz.«

Als der Minister den Hörer aus der Hand legte, dachte er:

Das Gesicht möchte ich sehen, mit dem er das gesagt hat – es wird ihm ein Vergnügen sein.

Als der Staatssekretär die Salons betrat, kam er in eine Atmosphäre der Langeweile. An ein paar Tischen saßen die Damen beim Tee, lächelten verbindlich, wenn sich ihre Blicke trafen. Einmal sagte die Russin zur Frau des Hauses:

»Diese Petits-fours sind vorzüglich.« – Worauf die Frau des Ministers lächelnd erwiderte:

»Ich freue mich, dass sie Ihnen schmecken.«

Die andern dachten: wie spießig, über das Essen zu reden.

Die Gattin des Ministers des Innern, die mit den japanischen Damen an einem Tische saß, meinte:

»Hat Ihnen Madame Butterfly in der Staatsoper gefallen? Ich fand die Aufführung in Paris viel besser.«

»Hier wie da«, erwiderte die Japanerin, »gibt sie eine völlig falsche Vorstellung von japanischem Wesen.«

Wie ungeschickt, dachte die Frau des Hauses – jetzt fehlt nur noch, dass ... – Sie hatte den Gedanken noch nicht zu Ende gedacht, da platzte der Baron auch schon damit heraus und sagte:

»Mit Taifun ...«

»Ein grässlicher Kitsch,« fiel ihm die Frau Minister ins Wort, und zu der Japanerin gewandt sagte sie: »Ihr Land soll so schön sein. Wie schade, dass es von Berlin nach Tokio so weit ist.«

»Nicht weiter als von Tokio nach Berlin«, erwiderte die kleine Frau. »Man spricht so viel von unserem Land und macht sich nicht die Mühe, es aus eigener Erfahrung kennenzulernen.«

Die anderen Japanerinnen rissen die Augen weit auf und staunten ihre Landsmännin an. Wie konnte sie so dreist sein, auszusprechen, was sie dachte.

»Zwei Monate Seefahrt von Genua bis Yokohama«, meinte eine andere Dame. »Wer hat heutzutage die Zeit zu solchen Reisen?«

»Dreißig Tage durch Russland«, erwiderte die Japanerin. »Und über Amerika geht es noch schneller.«

»Ich möchte auch niemandem raten, durch Sibirien zu reisen«, sagte der Baron.

»Und warum nicht?«, fragte die Russin.

Die Frau des Hauses warf dem Baron einen Blick zu, dass er verstummte. Dann sagte sie:

»Nach allem, was ich hörte, soll die Reise durch Russland ebenso bequem wie sicher sein.«

»Wieso auch nicht?«, fragte die Russin. »Wir sind doch keine Wilden.«

»Ich würde sofort«, beteuerte die Frau Minister »durch Russland reisen, wenn ich nach Japan wollte.«

Nach einer Weile meinte die Gattin des Minister des Innern:

»Hoffentlich hält das schöne Herbstwetter an.«

»Es ist wie im Frühling.«

»Dabei haben wir schon November.«

»Der Winter soll ja sehr kalt werden.«

»Meinen Sie wirklich?«

»Dann wird man endlich einmal seine Pelze der Kälte und nicht der Mode wegen tragen.«

»Die armen Leute!«

»Die keine Pelze haben.«

»Es gibt noch Ärmere.«

»Ich habe davon gehört.«

»Furchtbar muss das sein.«

»Besonders in Russland«, erwiderte der Baron.

»Warum gerade da?«, fragte die Russin.

»Weil es da noch kälter ist.«

»Die Bevölkerung ist daran gewöhnt,« parierte die Frau des Ministers und stellte den Staatssekretär vor. Dann flüsterte sie ihm zu: »Entfernen Sie den Baron!«

Die Damen griffen wieder zu ihren Tassen.

»Ja, ja!«, sagte die Russin, und die Frau des Ministers erwiderte:

»Sie haben ganz recht.«

»Sie werden hier nicht mehr benötigt«, sagte der Staatssekretär zu dem Baron – woraufhin der in seinem

Schreck so laut, dass eine der Russinnen es hörte, erwiderte:

»Und ich wollte gerade mein Kunststück zeigen.«

Der Staatssekretär sah ihn erstaunt an, aber die Russin wandte sich um und sagte laut:

»Was ist das für ein Kunststück?«

»Ein Kartenkunststück«, erwiderte er.

Jetzt kam Bewegung in die Gesellschaft.

»Oh, wie interessant!« – »Zeigen Sie's!« baten die Damen. Und die Frau des Ministers, die nicht mehr ganz objektiv war, meinte:

»Aber blamieren Sie uns nicht.«

Der Baron zog die Karten aus der Tasche.

»Entzückend!«, rief eine Dame. »Sie tragen die Karten immer bei sich?«

»Seit heute«, erwiderte er, trat zum Tisch, mischte, ließ drei Damen Karten ziehen, bat sie, sich die Karten anzusehen, sie sich zu merken und sie dann der Frau des Hauses verdeckt zur Aufbewahrung zu übergeben. Dann sagte er: »Ich habe nur ein Spiel von zweiunddreißig Karten in der Hand. Jede Karte also nur einmal. Und nun werde ich Ihnen sagen, welche Karten Sie gezogen und Ihrer Exzellenz zur Aufbewahrung gegeben haben.«

Große Spannung herrschte.

Der Baron dachte nach – oder er tat doch so und sagte dann:

»Pique-Dame, Treff-neun, Coeur-Bube!«

»Falsch!«, riefen alle drei und sagten zur gleichen Zeit »Coeur-As!«

Aber der Baron schüttelte den Kopf, die Frau Minister öffnete die Hand und zeigte: Pique-Dame, Treff-neun, Coeur-Bube.

»Aber ich habe doch deutlich Coeur-As ...«

»Ich auch!«

»Ich könnte es beschwören«, beteuerte die dritte, aber der Baron erwiderte:

»Ich glaube nicht, meine Damen! Es können doch nicht drei Coeur-As in einem Spiel sein.«

Die Erregung wuchs.

Der Baron wiederholte das Kunststück.

Mit dem gleichen Erfolg.

Die Damen waren ganz aus dem Häuschen.

»Das ist ja kaum glaublich!« – »Wunderbar ist das!« – »Hochinteressant!« – »Unheimlich!« – »Welch amüsanter Nachmittag.«

»Mein lieber Baron«, flötete die Dame des Hauses. »Nachdem Sie uns so glänzend unterhalten haben, geben Sie uns das Geheimnis preis!«

Der Baron, der mit seinem äußeren Erfolge auch innerlich wuchs und nun sehr viel sicherer auftrat, erwiderte:

»Ein Diplomat darf bluffen, aber er muss zu schweigen verstehen.«

»Bravo!«, sagten die Damen und klatschten in die Hände. Aber ihre Neugier war doch zu groß.

»Sagen Sie uns wenigstens, wo Sie das Kunststück her haben«, bat die Russin.

»Von dem Generaldirektor der Wiederbeschaffungs-A.-G.«

»Von der hört man doch Wunderdinge.«

»Der Mann ist ein Genie«, erklärte der Baron.

»Warum lernt man solche Leute nicht kennen?«, fragte die Russin, und die Frau Minister erwiderte:

»Man weiß ja nicht, wer er ist.«

»Soweit ich weiß, ein Mann aus bester Familie«, sagte der Baron.

»Also! Also!«, riefen die Damen, und der Baron schränkte sein Lob ein und fuhr fort:

»Allerdings aus bürgerlicher.«

»Das macht heutzutage keinen Unterschied«, sagte die Hausfrau. »Meinen Sie, lieber Baron, dass man ihn bitten könnte?«

»Gewiss!«, erwiderte der und die Damen, die noch vor einer halben Stunde wie die Mimosen an ihren Petitsfours geknabbert hatten – haben Sie Mimose übrigens schon mal knabbern sehen? – waren nun ausgelassen wie die Kinder.

»Kommen lassen!«, riefen sie. »Endlich einmal ein Erlebnis!« – Und zur Frau des Hauses gewandt sagten sie: »Nein, Exzellenz, bei Ihnen ist es auch zu nett.«

Der Baron telefonierte. Und dies Gespräch nahm folgenden Verlauf.

»Ich bin hier bei der Frau Minister des Äußern. Lauter Damen der Diplomatie.«

»Jung? – hübsch?«

»Nein! Aber einflussreich.«

»Interessiert mich nicht. Also, was ist?«

»Ihr Kartenkunststück hat wie eine Bombe eingeschlagen.«

»Werden Sie avancieren?«

»Ich habe den Legationsrat in der Tasche.«

»Also! Seien Sie froh! Oder wollen Sie gleich Gesandter werden?«

»Die Damen wollen Sie kennenlernen.«

»Wieso mich?«

»Ich habe Ihnen natürlich gesagt, dass Sie der Erfinder des Kunststücks sind.«

»Sind Sie toll? – Wie konnten Sie? – Sind Leute von der Polizei da?«

»Polizei? – Hier sind nur Damen der hohen Diplomatie.«

»Sagen Sie, das Kunststück ist von Ihnen.«

»Ich schmücke mich nicht mit fremden Federn.«

»Sie werden es nie zu was bringen.«

»Also kommen Sie!«

»Ich denke nicht daran.«

»Wenn Sie mir doch helfen wollen! Ich würde die Damen enttäuschen, wenn ich sagen müsste, Sie wollen nicht kommen.«

»Also gut! Auf fünf Minuten!«

»Tausend Dank!«

Die Erregung und Spannung der Damen wuchs mit jeder Minute. Sie sprachen nur noch von Einbrüchen, nächtlichen Überfällen, Raub auf offener Straße – von allen diesen furchtbaren Dingen, die Ruhe und Leben des rechtschaffenen Bürgers bedrohten, und priesen den Generaldirektor, der Jagd auf diese Ruhestörer machte, sie zur Strecke brachte und ihnen die Beute wieder abjagte.

»Ein Wohltäter der Menschheit!«

»Ein Held!«

Die Begeisterung hatte ihren Höhepunkt erreicht, als Emil, ungenierter und sicherer als wenn er in einen Kreis intimer Freunde träte, auf die Damen zuging und der Frau Minister, die er sofort als die Dame des Hauses erkannte, die Hand drückte.

»Wir sind Ihnen dankbar, dass Sie uns ein paar Minuten von Ihrer gewiss kostbaren Zeit schenken«, sagte die Frau des Ministers.

»Für meinen Freund, den Baron, bringe ich auch größere Opfer«, erwiderte Emil, worauf die Russin erklärte:

»Ein Opfer ist es also, mit uns zusammen zu sein?«

»Das Opfer sind meine Klienten, denen ich diese Zeit entziehe.«

»Wir sind ganz entzückt von dem Kartenkunststück, das uns der Baron gezeigt hat«

»Denken Sie, das stammt von einem gefürchteten Einbrecher, mit dessen Verfolgung mich die Polizei betraut hat.«

»Wie interessant!«

»Von wem hat so ein Mann das?«

»Aus sich heraus. Es ist sein Geschäft, sozusagen sein Artikel, mit dem er auf Tour geht.«

»Aber dazu gehört doch Geist, umso etwas zu erfinden.«

»Ganz gewiss.«

»So ein Mann brauchte doch nicht einzubrechen. Der wäre doch nutzbringender zu verwenden.«

»Es ist alles so überfüllt heutzutage.«

»Wenn auch! – Ein Mann, der imstande ist, so etwas zu erdenken, ist bestimmt doch auch sonst kein gewöhnlicher Mensch,« meinte die Frau des Ministers.

»Er ist weit über dem Durchschnitt.«

»Sie kennen ihn?«, fragte die Russin.

»Ganz genau. Er ist ein organisatorisches Genie. Wenn es dem einfiele, die Verbrecher zu organisieren, hätten die Berliner keine ruhige Nacht mehr.«

»Bei uns in Russland würde so ein Mann eine politische Rolle spielen. Die Regierung würde die Kräfte eines solchen Mannes dem Volke dienstbar machen.«

»Das wäre jedenfalls gescheiter von ihr als ihn einzusperren«, erwiderte Emil.

»Man kann doch nicht einen Einbrecher ...«, meinte der Baron. Aber die Frau des Ministers fuhr ihm über den Mund:

»Warum kann man nicht?«, fragte sie. »Der Mann bricht doch wahrscheinlich nur ein, weil er keine seiner Begabung entsprechende Beschäftigung findet.«

»Ja, wenn ich aus irgendeinem Grunde gezwungen würde, der diplomatischen Laufbahn zu entsagen,« sprang der Staatssekretär dem Baron bei, »so würde ich darum doch nie auf die Idee kommen, Einbrecher zu werden.«

»Wir sprachen von besonders veranlagten Menschen«, erwiderte Emil, »die – na, wie sage ich? – eigenwillig, vielleicht auch zu starke Persönlichkeiten sind, um einen Beruf auszuüben, der ihnen nicht liegt.«

»Und den Mann wollen Sie zur Strecke bringen?«, fragte die Russin.

»Nicht ohne Hemmungen – das dürfen Sie mir glauben«, erwiderte Emil.

Niemand merkte, dass der Herr Minister inzwischen selbst erschienen war und, um das Gespräch nicht zu stören, in dem vorderen Salon Platz genommen hatte, von dem aus er der Unterhaltung folgen konnte.

»Haben Sie in Ihrem Betrieb denn keine Verwendung für solchen Mann?«, fragte die Frau des Ministers.

»O doch! Sogar ausgezeichnete.«

»Nun also!«

»Frau Minister unterschätzen die Findigkeit der Polizei. Der Mann wäre keine vierundzwanzig Stunden bei mir, dann hätte die Polizei ihn auch schon entdeckt.«

»Wenn Sie für ihn einstehen?«

»Und wenn Ihr Gemahl und sämtliche Minister ihn deckten – der Buchstabe des Gesetzes hat mehr Macht.«

»Demnach könnte so ein Mensch ja niemals mehr auf einen gehobenen Posten.«

»Was dem Staate damit verloren geht.«

»Wenn er noch der Einzige wäre – aber es gibt doch gewiss viele.«

»Ich allein kenne ein halbes Dutzend, die sich von keinem Poincaré und keinem Lloyd George etwas hätten vormachen lassen.«

»Ja, aus was für einem Milieu stammt so ein Mann denn?«

»Dieser gesuchte Coeur-As war Steward auf einem Ozeandampfer. Die beste Vorbildung für einen Diplomaten! Er kennt Sprachen, er lernt Menschen aus allen Ländern und aus allen Berufen kennen. Ihm gegenüber geben sie sich, wie sie sind. Das Meer übt eine sonderbare Wirkung auf die Menschen aus. Es erweckt das Bedürfnis, sich jemandem mitzuteilen. Seinesgleichen gegenüber tut man es aus Prinzip nicht. Der Steward ist sozusagen der Beichtvater der Passagiere. Es ist so ein Mittelding zwischen Gesellschaft und Angestelltem. Man hat das Gefühl, man vergibt sich nichts, wenn man mit ihm spricht und sich ihm anvertraut. Mit einem Wunsch fängt es an. Es gibt keinen Passagier auf einem

Ozeandampfer, der keinen Wunsch hätte. Dem einen ist die Kabine zu klein, dem andern passt die Lage nicht, der dritte will kein Oberbett, wieder ein anderer hat Wünsche hinsichtlich der Placierung bei den Mahlzeiten, der wieder muss nach ärztlicher Vorschrift essen oder er sucht die Gelegenheit mit der Dame aus Kabine neun bekannt zu werden – es ist das nur eine ganz geringe Auslese. Auf alle Fälle: Für jeden Wunsch jedes dieser Hunderte von Passagieren bin ich ...«

»Wieso Sie?«

»Ich wollte sagen: Ist der Obersteward zuständig. Da entwickelt sich ein gewisses Vertrauensverhältnis. Natürlich immer mit einer gewissen Distanz. Die meist nicht der Passagier, sondern der Steward wahrt. So ein Mann kennt die Menschen, ihm macht so leicht niemand etwas vor.«

»Und was kann so ein Mann werden?«

»Nichts! Unzählige Versuchungen treten an ihn heran. Er braucht nicht einmal schwach zu sein, um nicht zu widerstehen. Ein kleines Eigentumsdelikt, eine kleine Untreue – es braucht nicht einmal das zu sein – jedenfalls: Die geringste Freiheitsstrafe, und er ist aus der Bahn geworfen. Er wird sein Talent nur noch außerhalb der bürgerlichen Gesellschaft betätigen können.«

»Wie ungerecht«, sagte die Russin, »wo er doch nur das Produkt der Verhältnisse ist.«

Und die Frau des Ministers meinte:

»Man kann sich damit trösten, dass es eine Ausnahme ist. Für den gewöhnlichen Mann macht es ja nicht viel aus, wenn er einmal gesessen hat. Daran stößt man sich in seinen Kreisen nicht. Er findet schon Arbeit.«

»Gerade der nicht!« berichtigte Emil. »In einer Fabrik lehnen es die Arbeiter ab, mit jemandem im gleichen Raum zu arbeiten, der einmal im Zuchthaus saß. Der muss verkommen.«

»Wie grässlich!«, sagten die Damen.

»Wer das erste Mal gestrauchelt ist und nach verbüßter Strafe herauskommt, der versucht's ja wohl. Aber er findet nichts. Und wenn er was findet, dann jagen sie ihn nach kurzer Zeit wieder davon. Na, was soll er machen? Er bricht wieder ein. Und das nächste Mal, wenn er wieder in Freiheit ist, versucht er's gar nicht erst, sich auf anständige Weise fortzuhelfen.«

Der Minister des Äußern trat aus seinem Versteck hervor. Er begrüßte die Damen und ließ sich durch den Staatssekretär dem Generaldirektor Aufrichtig vorstellen. Die Frau Minister erzählte den Hergang und schloss mit den Worten:

»... Und Herr Generaldirektor hatte die große Freundlichkeit, ließ seine Arbeit im Stich und entsprach unserer Bitte – wofür wir ihm sehr dankbar sind. Nicht wahr, meine Damen?«

Sie stimmten, lauter als man sich sonst in diesen Kreisen zu äußern pflegt, der Frau des Ministers zu.

»Ich bin Ihnen mit Interesse gefolgt«, sagte der Minister zu Emil gewandt. »Die Übelstände sind mir natürlich nicht unbekannt. Sie bestehen auf der ganzen Welt. Es gibt aber Verbände für die Fürsorge entlassener Strafgefangenen ...«

»... die denkbar unbeliebt sind und mehr als Zwang denn als Wohltat empfunden werden.«

»Dann ist den Leuten eben nicht zu helfen.«

»O doch! Man muss sich nur die Mühe geben, auf ihre Psyche einzugehen. Ein Mensch, der drei Jahre gesessen hat, ist natürlich mit anderen Maßen zu messen als irgendein Durchschnittsmensch, der sich in Freiheit befindet. Man muss in der Behandlung also andere Grundsätze anwenden. Wer saß, auch wenn er schuldig ist, hat das Gefühl, dass ihm Unrecht geschah. Entweder war die Strafe zu hoch, oder der Richter voreingenommen oder trotz seiner Tat fühlt er sich doch frei von Schuld, weil die Verhältnisse, Erziehung, Hunger, Frau, Kinder, Not ihn zwangen, und der Staat seiner Ansicht nach die Pflicht hat, dafür zu sorgen, dass, wer arbeiten will, auch Arbeit hat – kurzum: Unter hundert Eingesperrten ist selten einer, der seine Strafe als gerecht empfindet. So ein Gefangener ohne Ablenkung geht also nun Tag für Tag, Stunde für Stunde mit dem Gefühl herum, ihm sei ein Unrecht geschehen. Das verändert den Menschen – von Grund aus. Er wird verbittert, widerspenstig, Feind des Staates, Feind der Gesellschaft, Feind der Arbeit – alles Dinge, über die er früher nie nachgedacht hat. – Was ist die Folge, wenn er herauskommt? Der Fürsorge steht er natürlich voller Misstrauen gegenüber. Verfolgen Sie mal so einen Strafentlassenen. Er geht durch die Straßen. Ein paar Groschen erarbeiteten Geldes hat er in der Tasche. Wo soll er hin? Er geht in die Kneipe. Er trinkt. Er spielt. Er sucht ein Obdach. Das Geld ist schnell zu Ende. Die Überlegung dauert nicht lange. Die Wahl ist nicht groß. Diebstahl, Raub, Einbruch wechseln miteinander ab. Er wird erwischt. Er sitzt von Neuem –«

»Das sind doch ganz bekannte Dinge«, sagte der Minister. »Wissen Sie Reformen? Können Sie's ändern?«

»Bessern kann ich's. Das Prinzip der Strafe müsste aufhören.«

»Na hören Sie mal! Was soll denn an seine Stelle treten?«

»Das Prinzip der Arbeit.«

»Das ist ein Schlagwort.«

»Nein, Exzellenz! Das ist eine Weltanschauung. Mit der Verhängung der Strafe schließen Sie den Menschen aus der bürgerlichen Gesellschaft aus. Mit der Gewöhnung an Arbeit machen Sie aus einem Außenseiter ein Mitglied der bürgerlichen Gesellschaft. Die Arbeit darf keine Strafe, darf auch kein Zwang, muss vielmehr eine Wohltat sein und als solche empfunden werden. Die Aufgabe des Staates, in diesem Falle also der Vollzugsbehörden, ist es, bei den Gefangenen die Liebe zur Arbeit zu erwecken. Das Schicksal der Gestrauchelten darf nicht hungrigen, ungebildeten und schlechtbezahlten Subalternnaturen anvertraut werden. Wenn der Staat sich das Recht nimmt, einen Menschen der Freiheit zu berauben, so darf er es nur, wenn er die Zeit der erzwungenen Unfreiheit dazu benutzt, den Menschen zu bessern. Das aber ist eine Aufgabe des Edelsten wert. Die Besten sind für diese Aufgabe gerade gut genug. Man muss die Gefangenen mit guten Menschen zusammenbringen. Und wer sich dieser Aufgabe widmet, muss in der Gesellschaft eine geachtete Stellung einnehmen. Das ist ja das Unglück, dass diese Art Menschen nur immer mit ihresgleichen verkehren und was nicht ihresgleichen ist, als ihren Feind empfinden. Da liegt der Kern. Wenn man ihnen zeigt, dass gute Menschen es gut mit ihnen meinen, wenn man so ihr Vertrauen gewinnt, so ist der Weg zur Besserung schon beschritten.«

»Sehr wahr ist das!«, sagten die Damen.

»Aber bessern Sie nur, wenn Sie auch die Möglichkeit haben, zu *helfen!* Sonst machen Sie die Menschen noch unglücklicher.«

»Ihre Gedanken sind gut«, sagte die Frau des Justizministers. »Nun machen Sie aber auch praktische Vorschläge für Reformen.«

»Für die Tendenz, statt zu strafen, zu bessern und für die Methode, auf der sich die Besserung vollziehen soll, will ich gern Entwürfe machen.«

»Tun Sie das!«, bat der Minister.

»Auswirken kann es sich natürlich erst mit der Zeit.«

»Und was soll mit den Entlassenen geschehen?«, fragte der Minister.

»Anstellung von Strafgefangenen, die arbeiten wollen, in staatlichen Betrieben wäre eine Ehrenpflicht. Es dürfte nicht mehr heißen: vom Zuchthaus auf die Straße, von der Straße zum Asyl, vom Asyl zum Einbruch, vom Einbruch zurück ins Zuchthaus. Dieser ewig sich schließende Kreis muss durchbrochen werden. Vom Zuchthaus in eine saubere Stube – was glauben Sie wohl, was das ausmacht für den aus dem Zuchthaus Tretenden, wenn die erste Frage gelöst ist: ›wohin?‹ – wenn man ihn in eine saubere Stube führt und sagt: ›Hier wohnst du‹ – und auf den Tisch eine Blume stellt – ich versichere Sie: Das Unterste in diesen Menschen kehrt sich zuoberst. ›Und morgen früh um sieben, da gehst du zur Arbeit oder du fährst, und von fünf ab bist du frei!‹ – Und die guten Menschen, die sich während der Strafzeit um ihn gekümmert haben, nehmen sich in den ersten Tagen seiner an – bis er unter den Leuten im Betrieb Anschluss findet. Es ist so leicht, mit Menschen umzugehen! Man braucht nichts weiter zu tun, als sie menschlich zu behandeln.«

»Verzeihen Sie, meine Damen«, sagte der Minister. »Sie sind gekommen, um sich zu unterhalten, nicht aber, um sich einen Vortrag über strafentlassene Verbrecher halten zu lassen.«

Sie widersprachen leidenschaftlich:

»Aber nein!« – »Im Gegenteil!« – »Ganz im Gegenteil!« – »Reden Sie nur weiter!«

Die Japanerin stand auf und sagte:

»Ich bliebe sehr gern noch, um Sie zu hören. Aber es ist halb acht.«

»Halb acht!«, riefen nun alle und sprangen auf.

»Wie die Zeit vergeht bei so anregender Unterhaltung.«

»Darf ich Sie bitten, bei uns Besuch zu machen«, sagte eine Dame aus der Hochfinanz zu Emil.

»Ich bitte ebenfalls«, sagte eine andere. Und die Russin ließ Emils Hand gar nicht wieder los, bedankte sich für den anregenden Nachmittag und sagte:

»Ich werde meinem Mann erzählen. Es wird ihn sehr interessieren. Und wann dürfen wir Sie erwarten?«

Sie standen jetzt alle um ihn herum, während die Frau des Ministers dem Baron die Hand gab und sagte:

»Lieber Baron! Sie sprechen zwar nicht Russisch, aber dankbar bin ich Ihnen doch. Ihr Freund ist eine gesellschaftliche Akquisition ersten Ranges.«

»Nicht nur gesellschaftlich«, erwiderte der Minister. »Der Mann muss ins Ministerium.«

»Ich glaube kaum, dass er ...«, wandte der Baron ein.

»Was heißt denn das?«, erwiderte der Minister. »Auf einen gehobenen Posten natürlich.«

»Ob man ihn nicht bei seiner gesellschaftlichen Gewandtheit lieber im Auswärtigen Dienst verwendet«, meinte die Frau Minister. »In Brüssel ist doch der Gesandtschaftsposten frei.«

»Das dürfte denn doch eine etwas überstürzte Karriere sein«, erwiderte der Minister.

»Ich bitte dich«, widersprach seine Gattin, »heutzutage ...!«

Jetzt erst gaben die Damen Emil frei und verabschiedeten sich von der Gastgeberin. Sie versicherten ihr erneut, lange nicht einen so amüsanten Nachmittag verlebt zu haben. Als sie schon in dem vorderen Salon waren, wandte sich die dunkle Dame aus der Haute Finance noch einmal nach Emil um und sagte:

»Und Sie vergessen nicht Ihr Versprechen: Ich werde diesen Coeur-As kennenlernen?«

»Mein Ehrenwort!«

»Bis wann glauben Sie, werden Sie ihn haben?«

»Ihre Ungeduld wird meinen Eifer beflügeln.«

»Wie artig Sie sind! Glauben Sie, ich werde enttäuscht sein?«

»Wenn ich Sie nicht zu arg enttäuscht habe, so wird Ihnen Coeur-As auch gefallen.«

»Ähnelt er Ihnen etwa?«

»Man sagt es.«

»Sie werden mir immer interessanter.«

Emil küsste der dunklen Dame aus der Haute Finance die Hand. – Als er die Treppe hinunterging, kam der Baron hinter ihm hergestürzt.

»Herr Generaldirektor!«, rief er ganz aufgeregt.

Emil, in dessen Unterbewusstsein immer so etwas wie die Bereitschaft auf eine unangenehme Überraschung schlummerte, blieb stehen und fragte:

»Was ist?«

»Versprechen Sie mir, mich mit nach Brüssel zu nehmen?«

»Was soll ich in Brüssel?«, fragte Emil.

»Sie sollen Gesandter werden.«

Emil zitterten die Knie. Er setzte sich mitten auf die Treppe und wiederholte:

»Ich ... soll ...«

Weiter kam er nicht. Denn der Staatssekretär, der hinter dem Baron die Treppe hinuntergegangen war und das Gespräch mitangehört, hatte, klopfte dem Baron auf die Schulter und sagte:

»Sie werden nie ein Diplomat werden.« – Dann wandte
er sich an Emil und beruhigte ihn: »Ihnen so einen
Schreck einzujagen! Es war natürlich nur ein Scherz von
dem Minister. Aber Ihre Berufung ins Ministerium des
Innern als Dezernent für das Gefangenenwesen haben
Sie in der Tasche.«

»Ministerium des Innern – Gefangenenwesen,« wiederholte Emil und suchte das Geländer. »Bitte, meine
Herren, halten Sie mich fest, ich stürze sonst die Treppe
hinunter.«

Sie hoben ihn hoch, nahmen ihn unter den Arm und
halfen ihm in ein Auto. Dann verabschiedeten sie sich
von ihm. Als der Wagen um die Ecke bog, sagte der
Staatssekretär zu dem Baron:

»Der hat eine große Karriere vor sich.«

Emil aber saß zurückgelehnt in seinem Auto, lächelte
und dachte:

Meine Familie in Frankfurt kann stolz auf mich sein.

Achtes Kapitel,
in dem Emil die Bekanntschaft eines Filmstars macht

Glaubt ja nicht, liebe Leute, dass Bedenken, die euch
jetzt kommen, nicht auch Emil, dem ehemals so sympathischen jungen Manne, der sich inzwischen zu einer
Persönlichkeit ausgewachsen hat, gekommen wären.
Das Tempo dieses Tages fand er genau so beängstigend
und unerträglich wie ihr. Das ist kein solider und ver-
dienter Aufstieg, der sich auf Leistungen stützt, sagte er
sich, der allein durch die Voraussetzungslosigkeit, mit
der ich an alle Dinge herantrete, noch lange nicht be-

gründet ist. Als Folge eines Bluffs wäre der Aufstieg denkbar. Aber womit bluffe ich? Wenn die Menschen wüssten, wer ich bin, die Welt hörte für ein paar Sekunden auf, sich zu drehen, und die Menschheit hielte sich den Bauch vor Lachen. Da man in mir aber nichts anderes als einen jungen Mann namens Emil sieht, der aus einer angesehenen Frankfurter Kaufmannsfamilie stammt, so könnte an sich Millionen Menschen täglich das gleiche passieren, was mir passiert. Aber es passiert ihnen nicht. Also muss irgendetwas von dem, was sich hinter mir verbirgt, ohne nach außen in die Erscheinung zu treten, eine Art Suggestion auf die Umwelt ausüben. Das ist gewiss eine psychologisch interessante Feststellung, der nachzugehen sich verlohnte. Vorausgesetzt, dass man Zeit dazu hat. Ich habe die Zeit nicht, sagte er sich, denn, wenn ich jetzt in mein Bureau zurückkomme, sitzt bestimmt schon wieder ein halbes Dutzend Menschen und wartet. Immerhin: Da ich mir über die inneren Erfolge klar bin, so weiß ich auch, in welcher Gefahr ich mich befinde. Lebt in dem Unterbewusstsein vieler tatsächlich so etwas wie eine Ahnung – wie schnell kann Unterbewusstsein bewusst, Ahnung zu Verdacht, Verdacht zur Gewissheit werden! – Und er sagte sich weiter: Darin also liegt der Erfolg. Das Tempo aber bestimme ich. Ohne es zu wissen. Der Instinkt diktiert es mir. Der Instinkt sagt mir: je höher du steigst, umso sicherer stehst du. Wenn Polizisten sich irren, fliegen sie. Das Weltbild erfährt dadurch keine Veränderung. Wenn Kommissare sich irren, gibt es einen kleinen Skandal, aus dem Reporter Profit ziehen. Lässt sich der Präsident bluffen, so werden Minister und Presse mobil. Es droht öffentlicher Skandal. Man hat also Interesse, es zu vertuschen. Wird aber ein Minister zur komischen Figur, so gerät die Autorität des Staates ins Wanken. Lohnt sich das eines Einbrechers wegen? Wo es deren hunderttausend und nur ein Dutzend Minister gibt? – Nein und nein! Vorausgesetzt freilich, dass die Herrschaften ebenso logisch denken wie ich – was noch nicht bewiesen ist. Ich tue also gut, ehe ich noch höher emporsteige, zuvor für die Sicherheit von Coeur-As zu sorgen.

Mit diesem Entschluss betrat er sein Arbeitszimmer, in dem Redlich ihn bereits mit Ungeduld erwartete.

»Eine Dame wartet draußen ...«

»Eine? Die ganze Halle sitzt voll von Leuten, die mich sprechen wollen.« – Er legte Hut und Mantel ab. – »Ich verstehe gar nicht, bei all den Leuten kann doch unmöglich eingebrochen worden sein.«

»So rate doch erst, wer dich zu sprechen wünscht.«

»Interessiert mich nicht. – Wenn bei all denen, die da warten, eingebrochen worden ist,« – sagte Emil mehr zu sich – »das würde ja eine Konjunktur bedeuten ...« – er überlegte und fuhr dann fort: »Dieser Berufswechsel war am Ende doch übereilt.«

»Du bedauerst am Ende, ein anständiger Mensch geworden zu sein«, sagte Redlich – und in der Art, wie er es sagte, lag ein stiller Vorwurf.

Da lachte Emil laut auf und sagte:

»Anständiger Mensch nennst du das?« und wies auf den Schreibtisch. »Mich mit einem Menschen wie du es bist zu etablieren und meine alten Freunde ... und ...« –

er dachte an Paula, sprach ihren Namen aber nicht aus –
»im Stiche zu lassen.«

In diesem Augenblick stürzte eine Dame ins Zimmer.
Was sage ich da? Eine Dame? – Ein Star! – Wissen Sie,
was ein Star ist? Eine Frau zwischen fünfundzwanzig
und fünfzig. Von der in allen Papierhandlungen An-
sichtskarten hängen, an denen die heranwachsende Ju-
gend sich berauscht. Chauffeure und Nähmädchen na-
geln diese Karten als Schmuck an die Wände ihrer Ar-
beitsstätten. Sie haben meist einen verklärten Blick und
einen entblößten Oberkörper. Ihr Toilettentisch sieht aus
wie das Schaufenster eines erstklassigen Parfümeriela-
dens. Ihr charakteristisches Merkmal ist ihr Name. Sie
heißen nicht wie gewöhnliche Sterbliche Martha Schulz
oder Else Meyer – Pardon, sie heißen wohl so, aber sie
nennen sich Pia de Groot oder Astarte Avalun – ohne
selbst zu wissen, was das bedeutet. Man begegnet dieser
Gattung Mensch selten im Leben, wo man sie wohl
kaum beachten würde, sondern im Kino, wo sie auf der
Leinwand allerlei tragische Schicksale erleiden, am Ende
aber zur Freude des Publikums stets zum Guten erlöst
werden. Wir brauchen mit dieser Art Frauen, von denen
wir ein besonders gut entwickeltes Exemplar jetzt kennenlernen werden, also kein Mitleid zu haben.

Ich sagte ja schon: Eine Dame stürzte ins Zimmer. Eine
Dame, die ein Star war. Ein kleiner runder Hut, der wie
aufgeklebt auf dem Kopfe saß, darunter ein feines,
schmales Gesicht, das aussah, als sei es eben einem
Schminktopf entstiegen, und Augen, die wie zwei rie-
senhafte Flecke tiefschwarzen Pechs auf einer Schüssel
Mehl hingekleckst schienen. Eine zum Zerbrechen zierli-

che Figur, mit Armen, die fortgesetzt in Bewegung waren, und einem Gang, der bei jedem Schritt die Stellen markierte, an denen in einer formfreudigeren Zeit einmal die Hüften saßen. Ein zierlicher Fuß und ein auffallend gutes Bein – das aber erst im Laufe der Unterhaltung zum Vorschein kam – sehr bewusst und aus kluger Berechnung immer nur für wenige Augenblicke. Das Ganze aber steckte in einem Zobel, der am Hals bis an den Band des Hutes und – der Mode entgegen – unten bis an die schlanken Knöchel reichte. Und alles das hörte auf den Namen Assunta Lu, ohne dass man wusste, ob Lu der Ruf- oder der Vatername war.

So, und nun lassen wir sie eintreten. Eine Assunta Lu kommt nicht wie jede andere Dame, die eine gewisse Hemmung zu überwinden hat, wenn sie das Bureau eines ihr fremden Herrn betritt, mit einer Zurückhaltung, die beinahe schüchtern wirkt – o nein! Eine Assunta Lu macht sich draußen bemerkbar, noch bevor der Diener die Hand auf die Klinke legt. Dabei spricht sie einen ganz fremdländischen Akzent, sodass man annehmen sollte, sie könne sich in einem ihr fremden Milieu gar nicht recht zu Hause fühlen. Hört man aber, was sie sagt, so wird man sehr schnell eines Besseren belehrt. Sie spricht stark russischen Akzent.

»Weg, Sie Affe!«, ruft sie erregt, reißt die Tür auf, schiebt den Diener beiseite und stürzt ins Zimmer: »Ich bin nicht gewöhnt, zu warten.«

Emil wandte sich um, schien im Gegensatz zu Redlich, dessen Gesicht höchste Begeisterung verriet, von dem Anblick durchaus nicht geblendet und sagte, indem er auf den Diener wies, der hilflos dastand:

»Wissen Sie, dass das gegen seine Instruktion geht, Klienten unangemeldet hereinzulassen? Dass ihm das unter Umständen seine Stellung kostet?«

»Was ist da groß bei?«, erwiderte Assunta und wandte sich an den Diener: »Wenn man Ihnen entlässt, engagiere ich Ihnen mit das doppelten Gehalt.«

Emil stutzte und sagte:

» *Soo?*«

»Wundert Ihnen das? Sie wissen, scheint's, nicht, wen Sie vor sich haben.«

»Eine sehr schöne, aber etwas lebhafte Dame.«

»Ausgezeichnet! Schön, lebhaft! – Und sonst nichts? – Fällt Sie gar nichts auf an mir?«

»Sie tragen einen Zobel von unschätzbarem Wert.«

»Trage ich? Sie wird es interessieren: Ich besitze ein Dutzend Pelze, darunter einen Hermelinmantel, der mit hundertfünfunddreißigtausend Goldmark versichert ist.«

»Das interessiert mich in der Tat ganz außerordentlich.«

»Aber mich nicht!«, fuhr sie ihn an. »Ja, in was für einer Welt leben Sie denn, dass Sie nicht wissen, wer ich bin?« – Sie wandte sich an Redlich, der sich drehte und spreizte und gar nicht wusste, wie er seiner Bewunderung Ausdruck geben sollte. »Gott, wie komisch!«, rief sie. »Genau wie der alte Ge ...« – sie besann sich. »Ja, wissen Sie etwa auch nicht, wer ich bin?«

»Das Schönste, das Herrlichste, das Begehrenswerteste, was mir in meinem ...«

»... fünfundsechzig Jahren begegnet ist,« fiel sie ihm ins Wort, und er verbesserte leidenschaftlich:

»Fünfundfuffzig, wenn ich bitten darf.«

»Zehn Jahre! Was machen das aus in das Alter? Ein bisschen mehr oder weniger verkalkt – stimmt's?«

»Ich ... ich ...«, widersprach Redlich und schob sich näher an sie heran.

»Sie nicht! Ich weiß. Das merken immer nur die andern.« – Dann lachte sie wieder. »Genau wie der alte Geheimrat – das aufgedunsene Gesicht, die freche Nase, der spitze Bauch ... und Sie wissen wirklich nicht, wer ich bin?«

»Ich ... ich ... glaube ...«

»Quatsch!« – Sie wandte sich an den Diener, der noch immer an der Tür stand. »Blamieren Sie Ihre Chefs! Zeigen Sie, dass Sie mehr von die Kunst verstehen als sie.«

Der Diener sagte zögernd:

»Das ist doch die bekannte Filmdiva ...«

»Assunta Lu!«, rief Redlich erlöst und machte eine tiefe Verbeugung.

Sie nahm die Huldigung als etwas ganz Selbstverständliches hin und sagte zu Emil:

»Schämen Sie sich nicht?«

»Ich habe leider keine Zeit, Kinos zu besuchen.«

»Zu meinem neuen Film werden Sie kommen! – Und zwar in meiner Loge! Ein Mann, der aussieht wie Sie, muss sich zeigen. Das ist auch für Ihre Geschäfte eine

Reklame. Das Publikum fragt, wer sind der Herr, der in der Künstlerloge hinter die Assunta sitzt?«

»Unser Unternehmen hat keine Reklame nötig.«

»Was? Sie brauchen keine Reklame? Sie wollen behaupten, mit reellen Mitteln so schnell groß geworden zu sein?«

»Das gerade nicht. Aber durch Leistungen.«

»Wenn Sie aber die richtige Reklame machen, brauchen Sie nichts zu leisten. Wozu anstrengen sich, wenn man es bequemer hat?«

»Sie sind vermutlich nicht gekommen, um mir das zu sagen?«

»Unhöflicher Mensch! Wenn Sie mir nicht gefielen, wäre ich Sie sehr böse.«

»Also, was wünschen Sie?«

»Zunächst einmal eine Zigarette.«

Emil zog sein Etui heraus. Aber Redlich war schneller. Er stand bereits mit krummem Rücken, einer offenen Schachtel in der rechten und einem brennenden Streichholz in der linken Hand vor ihr.

»Grotesk komisch!«, sagte Assunta und nahm Zigarette und Feuer. »Sie sind auch nicht in seidenes Pyjama auf die Welt gekommen.«

»Zu meiner Zeit trug man ...«

»Hemden! Ich weiß. Aber wir Russen haben ein gutes Blick für Kinderstube. Mein Vater, der Graf Assunta Ludowicz, pflegte zu sagen: Vieh bleibt Vieh. Auch wenn man es in einen goldenen Stall sperrt.«

»Sie haben eine ganz reizende Art, einem Menschen Liebenswürdigkeiten zu sagen,« erklärte Emil. Aber Redlich nahm sie in Schutz und sagte:

»Eine Frau, und noch dazu eine Gräfin, die aussieht wie Sie, kann sich alles erlauben.«

»Aber ich denke doch, wir sprechen nun endlich über geschäftliche Dinge«, meinte Emil.

»Wollen Gräfin nicht den Pelz ablegen?«, fragte Redlich und stand im selben Augenblick auch schon wie ein Lakai mit ausgebreiteten Armen hinter ihr.

»Um Himmelswillen, nein! Was denken Sie? Ich komme direkt aus Atelier und habe mir nicht einmal die Zeit genommen, mich anzukleiden.«

»Den Eindruck, als ob Sie es sehr eilig hätten, machen Sie nun gerade nicht«, sagte Emil.

»Wenn man zu Leuten kommt, die man erst muss aufklären über die Bedeutung von eine Assunta Lu für die heutige Kultur«, erwiderte sie.

»Also bei Ihnen ist eingebrochen worden«, sagte Emil, um zur Sache zu kommen. Assunta Lu sprang auf und sagte:

»Herrlich! Wann? Während ich im Atelier war?«

»Aber nein! Ich vermutete nur, dass Sie darum kommen.«

»Das tue ich ja auch.«

»Nun also.«

»Man hat mir gesagt, Sie wären Spezialisten für alle einschlägigen Fragen, die mit Einbruch zusammenhängen.«

»Das kann man wohl sagen.«

»Dann kennen Sie auch meine Kollegin Ulla Ull?«

»Ist das die Diva, die beim Motorbootrennen in den Bodensee gestürzt ist?«

»Da hören Sie's! Die Reklame! Schändlich! Jeder Mensch hat es gelesen.«

»Sie ist ja wohl gerettet worden?«

»Gerettet! Wenn ich das höre! Die Möglichkeit, dass hier die Decke einstürzt und mich unter sich begräbt, ist größer als die Gefahr des Ertrinkens für sie war.«

»Eine tüchtige Frau. – Aber wollen Sie nicht wenigstens den Kragen öffnen?«

»Nein!«, rief Assunta energisch und schloss den Kragen noch fester. »Ich habe Ihnen doch gesagt, ich komme aus dem Atelier und hatte nicht Zeit, mich anzuziehen.«

»Etwas werden Sie ja wohl anhaben?«

»Wer sagt Ihnen das? Nichts habe ich an. Ich spiele die Monna Vanna.«

»Es ist sehr warm«, sagte Redlich, und sie erwiderte:

»Mir nicht.«

»Sie kommen also Ihrer Kollegin Ulla Ull's wegen«, sagte Emil.

»Quatsch!«, erwiderte Assunta. »Für die gehe ich noch nicht von hier bis an das Tür. Aber wenn Sie Ulla Ull kennen, dann ist Ihnen wahrscheinlich auch der Name Tuki Taki geläufig?«

»Ist das nicht die Diva, die sich aus unglücklicher Liebe unter einen Eisenbahnzug geworfen hat?«

»Natürlich!«, rief Assunta und lief wie rasend im Zimmer umher. »Kopf und Beine sind sie abgefahren worden und das Rückgrat hat sie sich auch gebrochen.«

»Entsetzlich!« jammerte Redlich. »Dann ist sie vermutlich ihren Verletzungen erlegen?«

»I Gott bewahre! So eine Diva hält was aus. Es hat sie fast nichts gemacht. Sie ist noch am selben Abend in eine Sketsch aufgetreten – den Kopf hat sie im linken Arm gehalten und die Beine im rechten. Das Publikum hat gerast.«

»Wenn Sie uns amüsante Reklametricks erzählen wollen, dann muss ich Sie schon bitten, zu einer anderen Zeit wiederzukommen.«

»Wenn Sie das amüsant finden – ich finde es dumm. Sie hat sich auf die Schienen geworfen, hundert Meter hinter das Wärterhaus, nachdem sie den Beamten vorher bestochen hatte, den Zug zum Stehen zu bringen.«

»So ein Luder!«

»Ich muss schon sagen, man mutet mir etwas viel zu. Erst lassen man sich drei Stunden lang in das Atelier als Monna Vanna von einem Schimmel durchrütteln und dann muss man hier von zwei erwachsenen Menschen zu hören bekommen, wie berühmt eine Ulla Ull und Tuki Taki ist, während man eine Assunta Lu nicht einmal dem Namen nach kennen.«

»Aber gnädigste Gräfin! Ich wusste doch ...«, sagte Redlich, um sie zu beruhigen.

»Sagen Sie nicht immer Gräfin! Gräfinnen gibt es wie das Sand am Meer. Aber eine Assunta Lu existieren nur einmal.«

»Wenn ich Sie recht verstanden habe«, sagte Emil, »so leiden Sie unter der Reklame Ihrer Kolleginnen?«

»Was heißt leiden? Ich tobe! Ich platze! Ich komme um!«

Redlich, der die Heizung angestellt hatte, war wieder dicht an die Diva herangetreten.

»Es ist die Hitze, Gräfin! Wollen Sie nicht doch lieber den Pelz ...«

»Ferkel!«, rief Assunta und kehrte ihm den Rücken, während Emil sagte:

»Sie müssen Ihre Kolleginnen also übertrumpfen!«

»Gott sei Dank!«, rief sie und atmete auf. »Endlich haben Sie mich verstanden!«

»Ich muss Sie leider enttäuschen«, erwiderte er. »Wir sind kein Reklamebureau.«

»Was hat das damit zu tun? Ich bin eine schöne Frau – und Sie sehen aus wie ein Kavalier!«

»Vielleicht, dass ich es wäre, wenn ich Zeit dazu hätte.«

»Sie werden sie haben für mich. Ich habe eine große Idee.«

»Nämlich?«

»Ich besitze ein Perlenkollier.«

»Das Ihnen gestohlen werden soll.«

»Erraten!«

»Die Idee haben schon andere vor Ihnen gehabt.«

»Ja, mein Lieber, mit meinem Perlenkollier hat es aber eine besondere Bewandtnis.«

»Nämlich?«

»Wenn Sie das erraten?

»Es ist doch nicht etwa ...?«

»Doch! Es ist echt!«

»Das ist allerdings noch nicht da gewesen.«

»Nicht wahr?«

»Sie wollen riskieren, dass man es Ihnen stiehlt?«

»Ja! Da staunen Sie!«

»Und Sie haben in den Kreisen, in denen Sie verkehren, einen Menschen, der bereit ist, Ihnen das Kollier zu stehlen?«

»Ein halbes Dutzend.«

»Bei dem Sie sicher wären, dass er es Ihnen auch wieder zurückgibt?«

»Nein! Und darum bin ich hier. Für diese Sicherheit sollen Sie sorgen.«

»Eine Kleinigkeit. Wir jagen es ihm innerhalb vierundzwanzig Stunden wieder ab.«

»Das ist ja gerade meine Angst. Das dürfen Sie nicht.«

»Ja, was wollen Sie denn, dass wir tun?«

»Nichts! – Wenigstens zunächst. Der Einbruch müssen sich erst auswirken.«

»Ich verstehe. Sie meinen die Reklame durch die Presse?«

»Überhaupt die ganze Skandal. Denken Sie, ein Mann, der nachts zu mir ins Zimmer steigt ...«

»Sie schlafen bei offenem Fenster?«, fragte Redlich.

»In *der* Nacht bestimmt.«

»Darf man fragen, wie hoch?«

»Hochparterre. Für Ihnen mit das Bauch also unerreichbar.«

»Schade! – Aber man könnte am Ende auch durch die Tür ...«

»Wie denn? Sie wären bereit?«

»Noch heute Nacht, wenn Sie es wünschen.«

»Das wäre natürlich das einfachste«, erwiderte Assunta. »Und bei Ihnen wären ich ja wohl sicher, dass der Schmuck nicht in falsche Hände kommt. Der Einbruch müsste aber täuschend echt sein. Die Polizei sein Damen vom Film gegenüber argwöhnisch, sie müssen alles finden, was zu ein fachmännisches Einbruch gehört.«

»Darin könnten Sie sich auf uns verlassen«, sagte Redlich. »Wir liefern Ihnen einen Einbruch mit allen Schikanen. Fingerabdrücken, Fußspuren, Teerpapier, zurückgelassenen Einbruchswerkzeugen und irgendeinem Halstuch, das auf die Spur des Täters weist.«

»Ausgezeichnet! Sie sind also doch brauchbarer als ich dachte.«

»Ich hoffe sehr, Ihnen das heute Nacht noch beweisen zu dürfen.«

»Es ist natürlich ganz ausgeschlossen, dass du das machst«, erklärte Emil.

»Ja ... warum denn?«, fragte Redlich.

»Schlimm genug, wenn du nicht weißt, was du mir und meiner Stellung schuldig bist!«

»Aber es geschehen doch nur zum Schein«, sagte Assunta Lu, um zu vermitteln.

»Man kann nie wissen, was für Verwicklungen daraus entstehen.«

»Haben Sie einen andern, auf das Verlass ist? Ich kapriziere mich ja nicht gerade auf ihm.«

»Aber ich mich!«, erwiderte Redlich. »Endlich mal ein Fall, für den ich mich erwärme. Ich dulde einfach nicht, dass ein Fremder ...«

Emil kam auf einen Gedanken, den er aus verschiedenen Gründen nicht aussprach. Er fiel Redlich ins Wort und sagte:

»Kein Fremder!«

»Du gönnst es mir nicht. Du selbst willst ...«

»Um jedes Irrtum vorzubeugen, meine Herren, und die Abwicklung an Ort und Stelle nicht zu erschweren: Es handelt sich um das Kollier, nicht um mich.«

»Eben darum wird sich weder mein Associé, noch werde ich mich in die Gefahr begeben, sondern ein Dritter wird es machen, für den ich mich verbürge.«

»Ausgezeichnet! Wie hoch würde mich der Einbruch zu stehen kommen?«

»Für so eine Bagatelle berechnen wir nichts.«

»Aber Sie müssen den Mann, der den Einbruch vollführt, doch bezahlen?«

»Er macht es nebenher – mehr ehrenamtlich als beruflich.«

»Dann wird er am Ende Anforderungen an mich stellen. Bedenken Sie die Situation. – Ich darf nicht schreien, sonst erwecken die Dienerschaft – und er wird ergriffen.«

»Der Mann wird Ihnen nichts tun.«

»Ich vertraue Sie. – Jetzt wird mir aber wirklich heiß.« – Sie öffnete den Kragen und den untersten Knopf des Pelzes. Im selben Augenblick stand Redlich auch schon wieder neben ihr. »Können Sie nicht das Fenster ein wenig öffnen?«

»Nein! Ich hol' mir den Tod!« widersprach Redlich. »Aber da wir Ihnen sozusagen den Einbruch zum Geschenk machen, so dürften Sie schon für ein paar Augenblicke den Pelz ablegen.«

»Du wirst nie ein feiner Mann werden«, sagte Emil, und zu Assunta Lu gewandt fuhr er fort: »Wie hoch ist der Wert des Kolliers?«

»Dreimalhundertfünfzigtausend Mark.«

»Ich meine nicht den Wert, den Sie für die Zwecke des öffentlichen Skandals angeben, sondern den wahren Wert.«

»An die dreißigtausend Mark.«

»Dann würden die Kosten der Wiederbeschaffung dreitausend Mark betragen.«

»Das ist der Skandal mir wert.«

»Ich darf Sie dann wohl mit dem Herrn, der heute Nacht bei Ihnen einbrechen wird, bekannt machen?«

»Muss das sein?«

»Ich denke es mir für Ihre Nerven zuträglicher, wenn Sie sich nicht mitten in der Nacht einem völlig fremden Gesicht gegenübersehen.«

»Sie sind sehr rücksichtsvoll.«

Emil sah nach der Uhr und sagte zu Redlich:

»Du hast, soviel ich weiß, um sechs Uhr eine Aufsichtsratssitzung – es ist bereits Viertel sieben.«

»Sie können mein Auto benutzen, wenn Sie wollen«, sagte Assunta.

»Danke!«, erwiderte Redlich und verabschiedete sich von Assunta Lu. »Ich habe hoffentlich bald das Vergnügen, Sie einmal außergeschäftlich sehen zu dürfen.«

»Aber natürlich! Das Vergnügen können Sie alle Tage haben,« erwiderte Assunta Lu.

»Sie machen mich glücklich«, sagte Redlich.

»Dazu brauchen Sie nur in eine Kino zu gehen. Irgendwo spielen man immer eine Film mit Assunta Lu.«

Redlich zuckte zusammen, sagte:

»Ich empfehle mich, Gräfin!« nahm ihre Hand und küsste sie.

»Labbern Sie nicht!«, rief Assunta und zog die Hand mit einem kräftigen Ruck zurück.

Redlich verbeugte sich an der Tür nochmals und ging.

Als er draußen war; trat Emil an sie heran, fasste sie unters Kinn und sagte:

»Sieh mich mal an!«

»Sind Sie toll?«

»Und nu lass den Quatsch mit dem russischen Akzent und sprich, wie dir der Schnabel gewachsen ist«

»Mein Herr!«, rief Assunta – »das ist empörend.«

»Ich tippe auf Berlin N! – Stimmt's? Es kann auch NO sein.«

»Wie kommen Sie darauf?«

»Weil die meisten Menschen etwas anderes vorstellen als sie sind.«

»Das sollte Ihnen einmal jemand sagen!«

»Ich würde mich höchstens über seinen Scharfsinn wundern.«

»Sie wollen mir womöglich einreden, dass Sie ein Prinz sind?«

»Ich würde den Prinzen jedenfalls besser spielen als du deine Gräfin.«

»Duzen Sie mich nicht.«

»Mir imponiert solche Frechheit!«

»Wenn ich nur wüsste, was Sie eigentlich von mir wollen?«

»Aber Kind! Einen so idiotischen Namen wie Assunta Lu wählt doch nur eine Frau, die von nichts eine Ahnung hat – nicht einmal von der deutschen Grammatik, um einen Vorwand für die falsche Anwendung der Artikel zu haben. Und belabbern sagt eine russische Gräfin auch nicht. Ich denke mir, Sie heißen etwa Klara Schulze.«

»Das ist nicht wahr!«

»Oder Frieda Müller.«

»Lotte Krause heiße ich!« platzte Assunta unbeherrscht heraus, woraufhin Emil die Arme ausbreitete und strahlend sagte:

»Na also, Lotte! Komm in meine Arme!«

Assunta warf sich ihm an den Hals und sagte schluchzend:

»Mich so zu quälen!«

»Ist dir jetzt nicht leichter?«, fragte er.

»Ja«, schluchzte Assunta. »Du hast mir gleich gefallen und ich bin ja so froh, wenigstens einen Menschen zu haben, bei dem ich nicht Assunta Lu zu sein brauche.«

»Als Lotte Krause gefällst du mir auch viel besser.«

»Immer diese Verstellung! Es ist entsetzlich!«

»Niemand fühlt dir das nach wie ich.«

»Wie gut du bist«

»Wie bist du nur auf die verrückte russische Tour gekommen?«

»Durch einen indischen Film.«

»Indischen? – Richtig, ich erinnere mich von meinen Fahrten her, Assunta ist ja wohl eine indische Göttin?«

»So was Ähnliches kann es sein.«

»Und was bedeutet Lu?«

»Das ist die Büchse der Pandora.«

»Was heißt denn das?«

»Ich weiß nicht. Aber es gibt, glaube ich, ein Stück, in dem eine Frau vorkommt – ich kenne es nicht, aber ein Student, der bei meinen Eltern wohnte, hat immer zu mir gesagt: Fräulein Krause, Sie sind die geborene Lu! – Was er damit gemeint hat, weiß ich nicht.«

»Das kann ich mir ungefähr denken. Aber was hat das alles mit dem russischen Grafen zu tun?«

»Das habe ich mir selbst gemacht. Assunta Krause ging doch nicht. Und einen Vatersnamen musste ich doch haben – da habe ich aus Lu einfach Ludowicz gemacht – das klingt doch russisch.«

»Findest du?«

»Es kann auch polnisch sein!«

»Oder berlinisch. – Und dann hast du dich in den Grafenstand erhoben.«

»Ja! Auf meinen Karten steht: Assunta Gräfin Ludowicz und darunter in Klammern Assunta Lu. – Jedes Kind weiß, was das heißt.«

»Lotte Krause!«

»Nein! Aber die berühmte Filmdiva, die gerade im Begriff steht, einen dreijährigen Vertrag nach Amerika abzuschließen, um eine hohe Gage zu erzielen, zuvor aber einen Skandal braucht.«

»Richtig, der Einbruch!«

»Du wolltest mich doch mit dem Einbrecher bekannt machen?«

Emil sah nach der Uhr und sagte:

»Wenn ich nicht irre, wollte er um halb acht ... er müsste also ...« – Emil ging an das Haustelefon und rief: »Hallo! Sind Sie da?« – Ausgezeichnet! – Kommen Sie bitte schnell mal zu mir herüber.«

»Ist er gefährlich?«, fragte Lotte Krause.

»Nach welcher Richtung?«, erwiderte Emil.

»Gewalttätig, meine ich.«

»Aber nein!«

Der Diener meldete.

Ein Herr trat ein.

Emil stellte vor:

»Baron v. Koppen – Gräfin Ludowicz, die gefeierte Diva Assunta Lu.«

Der Baron trat an Fräulein Krause heran, schlug die Hacken zusammen, verbeugte sich und sagte:

»Ich habe die Ehre, verehrteste Gräfin.«

»Sie werden heute Nacht die noch größere Ehre haben, bei der Gräfin einzubrechen.«

Der Baron taumelte ein paar Schritte zurück.

»Ich ... soll ...«, stammelte er.

»Sie werden Ihren Onkel also unbehelligt lassen und statt dessen« – er wandte sich an Fräulein Krause und fragte: »Um welche Zeit passt es Ihnen, Gräfin?«

Fräulein Krause war ziemlich verlegen und sagte zu dem Baron:

»Ich weiß ja nicht, Baron, wie Sie über die Nacht disponiert haben. Mir würde so gegen zwei Uhr am besten passen.«

»Und was, wenn ich fragen darf, soll ich ...?«

»Ein Perlenkollier, das auf dem Toilettentisch der Gräfin ...«

»Nachttisch,« verbesserte Fräulein Krause, die den Baron nicht mehr aus den Augen ließ.

»Gräfin werden anwesend sein?«, fragte der Baron.

»Wenn es Sie recht ist, Baron, so werde ich in der Bett liegen, vor das der Nachttisch steht.«

»Es wird mir ein Vergnügen sein.«

»Ganz meinerseits«, erwiderte sie und fuhr fort: »Und Sie werden es mir nicht nehmen übel, wenn ich Ihnen nicht auffordere, zu bleiben. Aber in dieser Situation – Sie begreifen.«

»Durchaus, Gräfin! – Und wo – wenn ich fragen darf – wäre das?«

»Leibnizstraße elf, Hochparterre rechts. Aber steigen Sie nicht aus Versehen links hinein. Es könnten für Ihnen eine üble Überraschung geben – eine von die Boxers mit seiner Frau wohnen da.«

»Ist das Parterre hoch?«, fragte Emil. »Aber du siehst ja aus, als ob du klettern könntest.«

»Um in das Schlafzimmer Assunta Lu's zu gelangen, nehme ich es mit jedem Fassadenkletterer auf.«

Emil stutzte, und die Gräfin sagte drohend:

»Baron! Sie wissen, der Einbruch geht nur bis an den Nachttisch.« – Sie reichte erst Emil, dann dem Baron die Hand und sagte: »Auf Wiedersehen also gegen zwei Uhr.«

»Gräfin nehmen es mir nicht übel, aber ich werde kaum Zeit finden, vorher meine Karte bei Ihnen abzuwerfen.«

»Sie sollten ihn aber vorher mit den Örtlichkeiten vertraut machen«, riet Emil.

»Sie hören doch, der Baron hat keine Zeit.«

»Er wird sie sich schaffen«, erwiderte Emil und fragte den Baron: »Was hast du vor?«

»Ich wollte mit Fräulein Konstanze in die Oper gehen.«

»Das wird zu viel für einen Abend«, erwiderte Emil. »Geh du jetzt mit der Gräfin mit – ich entschuldige dich schon bei Konstanze.«

Der Baron riss die Tür auf und ging mit Fräulein Krause hinaus. Emil kehrte an den Schreibtisch zurück, schüttelte den Kopf und sagte:

»Wir Wilden sind doch bessere Menschen.«

Neuntes Kapitel,
in dem wir erfahren, was aus Emils früheren Freunden wurde

Gern hätte ich es euch, meine Lieben, die ihr Emils Einbruch in die bürgerliche Gesellschaft bis hierher miterlebt habt, erspart, mit mir in die Niederungen menschlichen Daseins hinabzusteigen. Aufstieg ist ja stets erfreulicher als Zusammenbruch. Wenn der auch nicht immer die Folge moralischer Minderwertigkeit zu sein braucht – so wenig wie der äußere Aufstieg eines Menschen besondere Leistungen der Charaktereigenschaften voraussetzt. Mit allgemeinen Moralbegriffen darf man sich – will man ihnen gerecht werden – jedenfalls nicht zu denen da unten begeben. Man wird gleich sehen, weshalb.

Als unser junger Freund Emil jenen, für die nächsten Monate seines Lebens so bedeutungsvollen Einbruch bei dem Kommissionsrat Redlich verübte, war – wie wir uns erinnern – die schwarze Paula nur schwer zu bewegen gewesen, ihren Freund in seiner verzweifelten Lage zurückzulassen. Wäre es nach ihr gegangen, so hätte sie sich nicht von der Stelle gerührt. Aber Emils Wille galt. Und wie falsch es war, ihm zuwiderzuhandeln, hatten viele schon am eigenen Leibe gespürt. Wo aber er die Richtung wies, da war noch keiner zu Schaden gekommen.

Das hatte sich auch Paula gesagt, als sie in jener Nacht aus dem Fenster der Villa stieg und schweren Herzens mit Anton den Heimweg antrat.

Der hatte sie zu beruhigen versucht:

»Emil hat schon in ganz anderer Klemme gesessen«, sagte er, »und ist doch losgekommen. Er wird auch diesmal nicht hängen bleiben.«

Aber Paula, die mutig war und den Kopf nicht leicht hängen ließ, sagte ein Gefühl:

»Diesmal nicht.«

Sie fuhren mit den Teppichen zu einem Hehler in der Beußelstraße. Er war ein Türke, der seine Freude über die schönen Stücke nur schwer verbergen konnte und sagte:

»Ich habe schon Besseres gesehen. Also dreihundert Mark. Äußerst. Das ist eine Menge Holz heutzutage.«

Anton und Paula sahen sich an. Sie dachten beide: Wäre doch Emil hier. – Dann sagte Anton:

»Nicht unter sechs.«

Da lachte der Türke laut auf und rief:

»Warum nicht tausend?«

»Wert sind sie's,« erwiderte Paula. »Und mehr als das.«

»Was kosten sie euch? – na?« – Er wies auf Antons zerfetztes Beinkleid und fuhr fort: »'ne alte Hose – mehr nicht.«

»Wer weiß auch«, erwiderte Anton, und Paula sagte mit Tränen in den Augen:

»Das kann uns niemand bezahlen – was sie uns kosten.«

Der Türke sah auf und fragte:

»Is wer alle geworden?«

Paula senkte den Kopf.

»Emil etwa?«, fragte er weiter.

Paula und Anton gaben keine Antwort. Und der Türke sagte mit gedämpfter Stimme – als spräche er von einem Toten:

»Dann allerdings.«

Nach einer Weile stieß Anton hervor:

»Er wird schon loskommen!«

Aber der Türke widersprach:

»Den, wenn sie'n haben – den halten sie fest.«

»Abwarten«, sagte Anton.

»Wenn sie Emil'n haben, is die Zore heiß!«, erwiderte der Türke. »Ich zahl' nicht mehr als dreihundert.«

»Schuft!«, rief Anton und warf ihm die Teppiche vor die Füße. Der Türke ging, holte das Geld und gab es Anton. Dann trat er nahe an Paula heran, sah sie begehrlich an und sagte:

»Wenn Emil alle is, komm zu mir!«

Paula rief:

»Dreckskerl!« und stieß ihn zurück.

Anton zählte das Geld.

»Du wirst schon von selber kommen«, sagte der Türke und legte den Arm um sie.

Da schlug ihm Anton die Faust unters Kinn. Der Türke schlug lang hin und blieb bewusstlos liegen.

»Komm!«, sagte Anton und nahm Paula bei der Hand. Und als sie draußen waren, schoben sie sich die Häuser entlang bis zur nächsten Ecke und verschwanden in einem Hausflur.

»So geht's jedem, der dich anrührt!«, sagte Anton.

»Ich dank' dir,« erwiderte Paula und drückte ihm die Hand.

*   *
*

Und nun begann Paulas Leidensweg. Es ist die wahre Geschichte eines schwachen, aber in der Liebe starken Mädchens, die ich euch erzähle und nicht zu Romanzwecken etwa erfinde. Ich verschweige ihren Namen, ich übergehe ihre freudlose Kindheit, schweige von der Schande der Mutter, die zugleich die Schande des Vaters war, der von ihr lebte. Man pflegt zu sagen, dass Mädchen dieses Milieus »der Versuchung leichter ausgesetzt« sind als die Mädchen bürgerlicher Herkunft. Wie falsch ist das! Sie sind keiner Versuchung ausgesetzt, sie sind der Straße ausgeliefert. Kein Mensch fragt danach. Und die zu Hause kümmern sich zu allerletzt darum. Schon viel, wenn so ein Mädel sich über die Schulzeit hinaus hält und etwas lernt. Die Straße lacht sie aus. »Wozu braucht 'n Mädel, das aussieht wie die, zu arbeiten«, sagen die Burschen. – »Hält sich eben für was Besseres,« spotten die Mädchen und lachen hinter ihr her. – Paula stenografiert und schreibt Maschine. Sie erträgt die schmutzigen Menschen zu Haus nicht, verlässt sie und zieht in ein anderes Viertel. Hier arbeitet die Versuchung mit feineren Mitteln. Hier sagt man nicht, was man will. Man heuchelt, beteuert und verspricht. Aber Paula bleibt fest. Sie kennt die Gefahr. Da hinab – nie wieder! – Ein Kellner, der in der Welt herumgekommen ist und spricht wie ein gebildeter Mensch, müht sich um sie. Er gefällt ihr. Er ist zwar vorübergehend ohne Stellung. Denn er ist wählerisch. Er war in ersten Hotels beschäftigt, spricht drei Sprachen, hat also ein Recht, Ansprüche zu stellen. Wirft man sich erst einmal weg, meint er, nachher kommt man an guten Stellen nicht wieder an. Sie glaubt ihm. Aber sie will geheiratet sein. Was macht es ihm aus? Für ein Mädel, das ausschaut wie sie, lohnt sich schon ein Gang zum Standesamt. Als sie am nächsten Morgen aufstehen und ins Bureau gehen will, hält er sie fest und sagt: »Bist du verrückt? Meine Frau hat nicht nötig, zu arbeiten.« – »Ja, wovon wollen wir leben, bis du Stellung hast?« – Er verkuppelt sie an einen reichen Freund. Wehrt sie sich, so setzt es Prügel. Ihre Widerstandskraft erlahmt. Nach ein paar Wochen schickt er sie auf die Straße. – So lernt sie Emil kennen. Die beiden fühlen sich zueinander hingezogen. Irgendein gleiches Gefühl verbindet sie. Der Kellner will Paula nicht freigeben. Die Faust entscheidet. Zu Emils Gunsten. – Paulas Versuche, Arbeit zu finden, scheitern an ihrer Vergangenheit. Bekennt sie, so weist man sie ab. Verschweigt sie's, so bringen es polizeiliche Recherchen an den Tag und man jagt sie fort. Der Eifer erlahmt. Sie wird verbittert. Aus Bitterkeit wird Hass. Sie hasst die Reichen, die Bourgeoisie, kurz alle, in denen sie die Verantwortlichen für ihr Schicksal erblickt. In ihrem Hass begegnet sie sich nun mit Emil. Aber in beiden steckt irgendwie ein Rest sittlicher Kraft. Sie sinken. Gewiss! Aber das Bewusstsein für das, was sie tun, schwindet für keinen Augenblick, weder bei ihm noch bei ihr. Was sie tun, nennen sie: Einen Kampf führen aus Notwehr, die man ihnen aufzwang. – Aber irgendwie dämmert bei beiden die Sehnsucht nach einem geregelten Leben. Sie haben die Aussichtslosigkeit, es je zu finden, erkannt. Sie betäuben sich. – Einmal sagt Paula zu ihm:

»Manchmal habe ich so das Gefühl, als gäbe es doch etwas, wodurch wir dahin kommen könnten, wie andere Menschen zu leben und zu arbeiten.«

»Hoffst du immer noch?«, fragte Emil, und sie erwiderte:

»Es gibt Stunden, da glaube ich fest daran.«

»Ich möchte wissen, was das sein soll.«

»Ich will es dir sagen. Aber du darfst nicht lachen, Emil.«

»Sag's nur!«

»Wenn wir glauben könnten.«

»Glauben?«

»Ja! Wenn wir einen Glauben hätten!«

Emil lachte nicht. Er war sehr ernst und sagte:

»Würden wir dann nicht Reue haben?«

»Vielleicht – aber dann würden wir eben anders sein. Denn wenn man an etwas glaubt, so von innen, mit dem Herzen – wie ich an dich glaube –, dann fürchtet man sich auch nicht.«

»Fürchtest du dich denn, Paula?«

»Manchmal. Wenn du nicht da bist. Vor dem Alleinsein habe ich Furcht – und vor der Ruhe.«

»Wir dürfen uns nicht viel Zeit zum Denken lassen, Paula! Wir müssen immer in Bewegung sein. Dann geht es schon.«

»Das ist es ja, dass man diese Furcht vor der Ruhe hat – und sich dann doch wieder so nach Ruhe sehnt.«

»Menschen wie wir dürfen nicht fühlen, Paula. Es bringt uns um.«

So sprachen sie abends, nachts stiegen sie dann mit Anton in die Villa des Kommissionsrats Redlich ein. Eine Stunde später saß Emil fest und Paula war allein.

* * *

In dem Polizeibericht, der am nächsten Tage in den Mittagsblättern stand, hieß es, dass der verwegene Einbrecher Coeur-As bei Eintreffen der Polizei im letzten Augenblick durch einen Sprung aus dem Fenster zwar entkommen sei, dass man aber seine Spur aufgenommen habe und seine Festnahme bevorstehe.

Da sie demnach annehmen musste, dass er sich auf der Flucht vor seinen Verfolgern befand, so verhielt sie sich zunächst ganz still und zog keinerlei Erkundigungen über ihn ein. Denn damit lenkte sie die Spur auf sich und gefährdete ihn, der vielleicht eines Tages wieder erschien und bei ihr Zuflucht suchte. Endlos gingen ihr die Tage und Nächte hin. Obschon sie sich nichts gönnte, war das Geld, mit dem sie den sogenannten Haushalt bestritt, schnell zu Ende. Anton bot ihr seine Hilfe an. Ihr blieb keine Wahl. Sie nahm sie an. Als er aber nach einer Woche etwa sagte:

»Gib's endlich auf! Emil ist über alle Berge,« da sagte sie nur:

»Ich warte.«

»Er wird ins Ausland sein.«

»Dann fahre ich ihm nach.«

»Dazu musst du erst wissen, wohin.«

»Ich werd's erfahren.«

»Ich möchte wissen, wie.«

»Er wird mich schon kommen lassen, wenn es Zeit ist.«

»Da kannst de sitzen bis de schwarz wirst.«

»Gar so arg wird es nicht werden.«

»Der hat sich längst wieder auf ein Schiff geschmuggelt. Er hat so ja schon immer weggewollt.«

»Mit mir.«

»Du siehst ja, wie er dich hat sitzen lassen.«

»Hetz' nicht!«

»Ich sag' ja nichts. Gegen Emil'n schon gar nicht. Er fehlt mir auch. Er fehlt uns allen. Aber so'n Mensch wie er klebt nicht wie unsereins.«

»Wie meinst du das?«

»Na ja. Wir kleben doch hier wie die Wanzen. Immer in dieselben Häuser, immer in dieselben Spelunken. Dabei kennt die Polente hier jedes Versteck. Als ob ganz Berlin nur aus das Stück Moabit bestände. Emil is aufs Meer jenau so zu Hause wie in de Beußelstraße. Und ob der dir aufs Knie schaukelt oder ne Schwarze – das is für den man kein großer Unterschied.«

»Und *du* willst Emil kennen?«

»Vielleicht irr' ich mir. Aber ich glaube nich. Wenn der jetzt in Hajiti oder Honolulu sitzt – da hat er dir und mir und uns alle hier längst verjessen.«

»Das redst du ja nur – ich weiß auch warum – das glaubst du ja selbst nicht.«

»Was dran is schon.«

»Wünschst du's, dass es so wäre?«

Anton zögerte:

»Für dich, da wünsch ich's ja jrade nich – aber wenn ich an mir denke, da denk' ich anders.«

»Du bist wenigstens ehrlich.«

»Bei mir, Paula, da wärst du sicher – da käm' so leichte niemand nich ran.«

»Aber ich liebe dich nicht.«

»Ich weiß!«

»Ich werde dich nie lieben.«

»Vielleichte doch mal.«

»Ich werde immer nur Emil lieben – ganz gleich, ob er in Moabit oder in Honolulu ist.«

»Wenn Emil aber nu 'ne andere liebt?«

»Wenn er hier ist, liebt er nur mich.«

»Und wenn er nich hier is?«

»Denn erfahr' ich's nicht.«

»Er auch nich.«

»Was meinst du?«

»Ob du mit'm andern bist.«

»Mach' mich nicht toll! Ich sage nein – und ich will nicht.«

»Es braucht ja nicht heut zu sein.«

»Morgen auch nicht und auch übermorgen nicht – und überhaupt nicht! – so! Und nun weißt du's! Und wenn du willst, dass ich nicht davonlaufe, dann red' nicht mehr davon. Nie mehr!«

»Gut! Ich versprech's dir!« – Er reichte ihr die Hand, und sie schlug ein. »Aber eins muss ich wissen.«

»Was?«

»Das mit Emil'n – gut, das gilt! – Und das is mir auch recht so. – Aber wenn er nich kommt und er lässt nichts hören – und du hast keine Lust mehr, zu sitzen und zu warten – dann, wenn de jemand brauchst und du nimmst 'n andern an seine Stelle – der andre, Paula, muss ich sein – das versprich mir.«

»Ich kann nichts versprechen, was nie sein wird.«

»Und in drei Jahren – wenn er da noch immer nich kommt – was tust de dann?«

»Ich warte.«

»Und nach nochmal zwei Jahren? – Wart'st de da noch immer?«

»Ja!«

»Ich duld's aber nich, dass du dich verzoddelst und verbrauchst. Du sollst was haben vom Leben.«

»Ich – und was vom Leben haben! Was sollte das wohl sein?«

»Viel is es nich – da hast de recht – aber mehr als jetzt is es schon.«

»Schlag dir das ausm Kopf – für heut und für ...«

»Sag' nich für immer,« fiel er ihr ins Wort. »Sag' mir: wenn nich Emil, denn ich.«

»Das kann ich dir versprechen.«

»Tu's!«

»Aber wenn du so stehst zu mir – wenn auch nur in Gedanken –, dann nehm' ich kein Geld mehr von dir.«

»Pfui, Paula! Glaubst du, ich treib's ein – auf die Art?«

»Das trau' ich dir nicht zu. Es ist meinet-, nicht deinetwegen. Es liegt im Gefühl, dafür kann man nicht!« – Anton hielt noch immer die Hand hin. – »Wenn du also willst, dass ich ...«

Und Anton, nur von dem Gedanken beherrscht, dass, wenn je ein andrer an Emils Stelle trat, dass dann er es war, überlegte nicht die für Paula schweren Folgen, die sich daraus ergeben mussten, wenn sie es ihm versprach.

»Schlag ein!«, sagte er zitternd – und sie erwiderte:

»Da du es willst« – und legte ihre Hand in seine.

Und Anton, der Koloss, fiel vor ihr nieder, drückte sein Gesicht in ihre Hand und – ihr mögt es glauben oder nicht – weinte wie ein Kind. –

Paula wusste, dass es wenig Zweck hatte, nächtelang
die Lokale und Schlupfwinkel nach Emil abzusuchen.
Wenn er nicht weit fort war, so fand er schon die Möglichkeit, ihr Nachricht zu geben. *Wie* weit er sich – trotz
örtlicher Nähe – von ihr entfernt hatte, ahnte sie nicht.

Nach einer Woche, die sie stark herunterbrachte, gab
sie es auf, ihn zu suchen. Was sie an Kleidung und in ihren zwei Stuben an Möbeln entbehren konnte, versetzte
sie. Es reichte für ein paar Tage. Und dann – ja, dann gab
es für sie keine Möglichkeiten mehr. An Arbeit war nicht
zu denken. Die Lungen machten ihr selbst bei ruhigem
Leben zu schaffen. Anton bot ihr Geld, drängte es ihr
auf, legte es ihr heimlich hin.

»Es geht ja nicht, und es darf nicht sein«, sagte sie.
»Dass du das nicht einsiehst, Anton!«

»Und weshalb geht es nicht?«

»Emils wegen.«

»Gib es mir wieder – später!«

»Wovon?«

»Vielleicht hast du Glück.«

Paula, die weiß, wie der Tod aussah und tiefe Ränder
um die Augen hatte, trat dicht an ihn heran und fragte:

»Sieht so ein Mensch aus, der Glück hat?«

»Ich schleppe mich nicht länger mit deinem Geld herum«, sagte Anton und legte ihr hundert Mark hin.

»Was soll das?«, fragte Paula.

»Dein Drittel – von damals«, erwiderte er, und da sie
noch immer nicht zu begreifen schien, was er meinte, so
fügte er hinzu:

»Als wir das letzte Mal mit Emil'n waren.«

»Hast du Emil betrogen?«

»Paula!«

»Du hast mir doch damals gesagt, es war die Hälfte, was du mir für ihn gabst?«

»Nich ein Groschen weniger.«

»Ich verstehe! – Das war schlecht von mir. Verzeih mir!«

»Wenn du's nimmst! – Es kommt dir zu. Du und Emil, ihr habt mehr getan als ich. Ohne euch wär' ich mein Lebtag nicht da hingekommen.«

»Das mach' mit Emil ab. Ich habe damit nichts zu tun.«

»Wenn er doch nicht da ist?«

»So warte – und heb's ihm auf.«

»Du brauchst es doch.«

»Dein Geld brauch' ich nicht.«

»Denn nimm seins. Ich weiß doch, dass du 'n paar Tausender für ihn aufbewahrst.«

»Da ich es aufbewahre, so bewahre ich es auf – das ist doch ganz einfach.«

»Wenn er da wär', so würd' er dich zwingen, dass de davon nimmst, um zu leben.«

»Er ist aber nicht da.«

»Du sollst so leben, wie er es haben will.«

»Und wenn du nun recht hast, dass er eine andere liebt und uns längst vergessen hat, und er denkt eines Tages an das Geld und verlangt's – was dann?«

»Dann soll ihn der Teufel holen!« polterte Anton heraus – »wenn er so gemein ist.«

»Du sagtest es – nicht ich,« erwiderte Paula. »Aber sein Geld, das rühr' ich nicht an.«

»Und wovon willst du leben?«

Paula senkte den Kopf und seufzte schwer.

»Ach so!«, sagte er und kehrte ihr den Rücken. »Na denn man zu.« – An der Tür blieb er stehen, wandte sich zu ihr um und sagte: »Und du meinst, das wird Emil'n recht sein?«

»Ich werde es ihm erklären – und er wird es verstehen.«

»Dann is er schlauer als ich.«

»Anton, ich weiß, du meinst es gut mit mir – es lässt sich nicht ändern.«

»Ich duld' es nicht!«

»Du wirst es nicht verhindern.«

»Das werden wir sehen.«

Er kehrte ihr den Rücken und ging.

* * *

Paula glaubte noch immer, dass Emil nichts von sich hören ließ, weil er aus Gründen der Sicherheit oder Gesundheit außerstande war, ihr Nachricht zu geben. Zwar war sie entschlossen, den letzten Schritt zu machen. So nannte sie es, wenn sie das Gewerbe wieder aufnahm, zu dem ihr Mann sie einst gezwungen hatte. Vorher aber suchte sie, frierend und mit leerem Magen, noch einmal alle Krankenhäuser, Ambulatorien, Schlupfwinkel und

Kaschemmen ab. Kam sie des Abends todmatt nach Hause, fand sie regelmäßig auf dem Tisch ein paar belegte Brote und daneben in einem Glase mit Wasser standen ein paar Blumen.

»Der Anton!«, sagte sie laut und dankte ihm im Stillen.

Aber mit der Absicht, auf die Straße zu gehen, war es dann vorbei.

Am nächsten Morgen schrieb sie, bevor sie fortging, einen Zettel, legte ihn auf den Tisch. Darauf stand:

»Lieber, guter Anton! Ich danke Dir, aber, bitte, tu das nicht. Es ist ja doch dasselbe, als wenn Du mir Geld gibst.

Paula.«

Als sie an diesem Abend halbtot nach Hause kam, stand nichts zu essen da. Aber der Zettel war umgedreht und darauf stand:

»Wie Du willst, Paula, aber, bitte, geh nich. Bis morgen habe ich eine stelung führ Dich gefunden. Ich pase auf.

Anton.«

Paula saß, den Kopf in die Hände gestützt, über dem Papier. Immer wieder las sie die Worte: »Bis morgen habe ich eine stelung führ Dich gefunden.«

Sie saß den Abend und die ganze Nacht – und Anton war noch eine Treppe tiefer, da sagte sie schon:

»Herein!«

Mit letzter Kraft richtete sie sich hoch und quälte sich zur Tür. Es waren noch ein, zwei Schritte – da schob sich ein Dietrich ins Schloss – und Anton trat ein.

»Hast – du – die – Stellung?«, fragte Paula und sah ihn mit flehenden Augen an.

In Antons Gesicht stand die Antwort. – Er senkte den Kopf.

Da schlug Paula lang hin und blieb bewusstlos liegen. – Anton hob sie auf und trug sie die Treppe hinunter. Er fühlte kaum, dass er etwas im Arm hatte. Er legte sie in ein Auto und brachte sie in ein Krankenhaus.

Als der Riesenkerl die schwere Last in der Aufnahmehalle des Krankenhauses niederlegte, fragte der Arzt:

»Ist das Ihr Kind?«

Anton nickte.

»Sie ist halb verhungert. Warum geben Sie ihr nichts zu essen?«

»Sie isst nicht.«

»Worüber hat sie geklagt?«

»Ich glaube, sie hat's auf den Lungen.«

Der Arzt beugte sich über Paula.

»Sie pfeift aus dem letzten Loch«, sagte er. »Warum sind Sie nicht früher gekommen?« – Bevor Anton eine Antwort gab, wandte sich der Arzt zum Wärter und fragte: »Haben wir überhaupt Platz?«

Der Wärter schüttelte den Kopf.

»Bitte, behalten Sie sie«, flehte Anton. »Ich bezahle alles.«

»Was sind Sie denn?«

»Auf einem Bau«, log Anton und legte ein paar Markstücke auf den Tisch.

»Erst geben Sie Ihre Personalien an«, sagte der Arzt und wies auf eine Tür, an der »Bureau« stand.

»Wollen Sie denn nicht erst die Paula ...?«, sagte Anton.

»Das lassen Sie unsere Sorge sein«, fuhr ihn der Arzt an. »Sie hätten sich früher um sie kümmern sollen.« – Er hatte Paula Rock und Bluse ausgezogen. »Kein Pfund Fleisch am Leib.« – Anton sah über die Schulter des Arztes hinweg und schloss die Augen. »Und hier«, sagte der Arzt und wies auf ein paar schlecht vernarbte Wunden auf dem Rücken, »geschlagen haben Sie sie auch.«

»Ich nicht«, beteuerte Anton.

»Wer denn?«

»Ihr Mann – der Hund!«

»Sie ist verheiratet?«

Anton, der glaubte, man werde sie dann vielleicht besser behandeln, sagte:

»Ja.«

»Dann muss der Mann ihre Aufnahme beantragen.«

»Wenn er sie doch schlägt.«

»Das kümmert uns nicht.«

»Er ist tot.«

»Wenn er tot ist, kann er sie nicht schlagen. – Herr, Sie kommen mir sehr verdächtig vor.«

»Früher – das sind doch Jahre her.«

Der Arzt wies auf das Bureau:

»Gehen Sie jetzt da hinein. Und ich rate Ihnen, machen Sie keine falschen Angaben. Wir prüfen nach. Und wenn, was Sie angeben, nicht stimmt, sitzt das Mädel morgen auf der Straße und Sie fliegen ins Loch.«

Anton warf noch einen Blick auf Paula, dann ging er wie ein verprügeltes Tier schwer und langsam in das Bureau.

* * *

Als er am nächsten Morgen wieder in das Bureau kam, um sich nach dem Befinden seiner Tochter zu erkundigen, führte man ihn in ein kleines Zimmer, das man, ohne dass er es merkte, von außen abschloss. Es dauerte keine fünf Minuten, da kam der Bureauvorsteher mit einem Polizisten und fuhr ihn an:

»Sie haben gestern falsche Angaben gemacht, obgleich der Oberarzt Sie gewarnt hat.«

»Das war doch man nur, weil ich dachte, dass Sie das Mädchen am Ende sonst nicht aufnehmen.«

»Damit haben Sie eine intellektuelle Urkundenfälschung begangen.«

»Ich hab' nichts unterschrieben.«

»Stellen Sie sich hier nicht dumm. Wir wissen auch, wer das Mädchen ist.

»Is se denn wieder uff'm Damm?«

»Um für Sie Geld zu verdienen.«

»Um was?«, rief Anton und ging mit erhobener Faust auf den Beamten zu. »Sagen Se das noch mal!«

Der Beamte fiel ihm in den Arm. – Mit einem Ruck befreite sich Anton von ihm. Der Beamte taumelte an die Wand.

185

»Was haben Se von dem Mädchen jesagt?«

Der Beamte sah ängstlich zu dem Polizisten, der den Gummischlauch aus dem Gurt zog, und erwiderte:

»Wir wissen Bescheid!«

»Hund!«, rief Anton und schlug ihm die Faust ins Gesicht. Im selben Augenblick streckte der Gummischlauch des Polizisten ihn nieder. Während er bewusstlos am Boden lag, legte ihm der Polizist Fesseln an.

Er kam schnell wieder zu sich. Über die gefesselten Hände war er keinen Augenblick lang erstaunt. Er erhob sich.

»Vorwärts!«, befahl der Polizist.

Anton wandte sich an den Beamten, der ein blutunterlaufenes Auge hatte, und sagte:

»Entschuld'gen Se! Aber, bitte, sagen Se mir, wie es das Mädchen geht.«

»Raus ist sie!«, brüllte der Beamte. »So was gehört hier nicht her.« Und da Anton mit gesenktem Kopf wie ein Stier auf ihn losging, schlug ihm der Polizist noch einmal den Knüppel über den Kopf. Dann zerrte er ihn zur Tür.

»Pack!«, schimpfte der Beamte hinter ihm her.

Zehntes Kapitel,
in dem Emil beinahe ein Opfer des § 51 geworden wäre

Der Staatssekretär bat gleich nach dem diplomatischen Tee der Frau Minister seinen Freund, den ehemaligen Staatsanwalt Spicker zu sich. Der hatte schon frühzeitig seinen Abschied genommen, weil er es vorzog, den

Kampf gegen die Verbrecher statt als Amt als Sport zu betreiben. In seiner Eigenschaft als Beamter war er durch tausenderlei Rücksichten und Paragrafen gehemmt. Er war bei sämtlichen Staatsanwaltschaften der Welt so angesehen, wie er in der Gilde des internationalen Verbrechertums gefürchtet war. Mit ungewöhnlichem Spürsinn und persönlichem Mut verband er einen eisernen Willen, der durchsetzte, was er sich vornahm, keine Schwierigkeit und keine Gefahr scheute, rücksichtslos und brutal auf sein Ziel losging, ohne viel zu fragen, ob sein Opfer lebend oder tot in seine Hände fiel.

Die Staatsanwaltschaft bediente sich dann auch noch nach seinem Weggang in besonders schwierigen Fällen seiner Dienste, die er unentgeltlich aus Liebe zum Metier, wie er es nannte, in Wahrheit aber wohl mehr aus Ehrgeiz und Abenteuerlust leistete. Ein bisschen Freude an Sensation war wohl auch dabei. Wie anders könnte man sich sonst erklären, dass ein Mann in seiner sozialen Stellung einen Preis in Höhe von zwanzigtausend Mark für den aussetzte, dem es gelang, ihn zu überlisten. Oder war es nichts weiter als Geschäftssinn? Jedenfalls verdoppelte sich die Auflage seiner Zeitschrift: »Jagd auf Verbrecher«, in der er dies Preisausschreiben bekanntgab und die in aufregender Form die Kampfszenen um diesen Preis mit Verbrechern und Laien schilderte.

Als sein Freund, der Staatssekretär, ihm Vorhaltungen machte und sagte, dass er durch diese laute Art seinem Prestige schade, antwortete er:

»Mein Vermögen gestattet es mir, auf mein Prestige zu pfeifen. Wem meine Art nicht passt, soll mir vom Leibe bleiben. Vorläufig genieße ich das Vertrauen der Behörden noch in höherem Maße als mir lieb ist. Meine Schränke sind bis oben hinauf mit Strafakten gefüllt – alles Fälle, in denen die Behörden nicht weiterkommen.«

Der Staatssekretär trug ihm den Fall des Generaldirektors Aufrichtig und dessen beabsichtigte Übernahme in das Ministerium vor.

Der Oberstaatsanwalt äußerte Bedenken gegen die Besetzung eines so wichtigen Postens mit einem Beamten, von dem man nur wusste, dass er besondere Fähigkeiten besaß und aus guter Familie stammte.

»Hat er wenigstens seine Examina gemacht und als Beamter schon irgendwo gearbeitet?«, fragte der Oberstaatsanwalt

»Ich glaube kaum«, erwiderte der Staatssekretär. »Er ist ein Selfmademan, wie viele heutzutage.«

»Ein gewagter Versuch, der aller Überlieferung ins Gesicht schlägt.«

»Ich sehe nicht ein, warum man von all den Talenten, die sich heute frei entwickeln, nicht auch mal eines der Beamtenschaft zuführen soll. Müssen sie denn alle in die Industrie?«

»Man sollte ihn sich dann doch mindestens erst einmal genau ansehen und seine Vergangenheit beklopfen.«

»Die Damen der Herren Minister haben ihn gesehen und sind entzückt.«

»Ich will gewiss nichts gegen den Geschmack dieser Damen sagen. Ich werde mich sogar hüten.«

»Sie sind stolz darauf, ihn entdeckt zu haben, und erklären, ihn auf ihren diplomatischen Tees und Empfängen nicht mehr entbehren zu können.«

»So soll man im Etat einen Posten für einen diplomatischen Maître de plaisir aufnehmen.«

»Sie irren, lieber Freund. Der Mann ist kein Scharlatan, ist durchaus ernst. Er besitzt außer seinen gesellschaftlichen Vorzügen sogar Geist.«

»Wie sieht er aus?«

»Wie guter alter Adel.«

»Besitzt er Fantasie?«

»Er hat Ideen! Ich will nicht sagen, dass sie gut oder auch nur originell sind. Aber die Art seines Vortrags wirkt faszinierend.«

»Was sind das für Ideen?«

»Über Strafgefangenen-Reform und über die Fürsorge Strafentlassener.«

»Großer Gott! Das ist ja furchtbar! Wenn in diese Bewegung ein Führer von Format kommt, dann werden die Zuchthäuser sehr bald beliebte Vergnügungsstätten. Bei Besetzung guter Stellen wird der Bewerber den Nachweis eines mehrjährigen Aufenthalts in einer Strafanstalt erbringen müssen.«

»Sie übertreiben.«

»Nein! Die Gefahr besteht. Die ganze Strafrechtspflege gerät durch diesen Humanitätsdusel ins Wanken. Wenn der Mann wirklich eine Kanone ist ...«

»Die ist er. Das hat er in seiner geschäftlichen Tätigkeit bewiesen.«

»Dann müssen Sie ihn ins Ministerium übernehmen.«

»Also doch?«

»Aber ja! Wenn er frei herumläuft, kann er das größte Unheil anrichten. Wenn er aber Beamter ist, hat man die Möglichkeit ihn zu beschäftigen, wie man will. Bisher ist in der Atmosphäre eurer Ministerien noch in jedem Stürmer das Feuer erloschen und die Lust vergangen, zu reformieren. So wird es auch ihm ergehen. Also wo steckt der Mann?«

»Vorläufig hat ihn mal die Polizei mit Beschlag belegt.«

»Als was?«

»Als Kommissar.«

»Das ist unmöglich. Ein bisschen Reform ist ganz nett. Aber man kann nicht plötzlich alle Begriffe auf den Kopf stellen. Aus einem Kommissar kann kein Vortragender Rat im Ministerium werden. Dazu gehören Übergänge.«

»Denken Sie an Napoleon!«

»Gut! Machen Sie ihn zum Kaiser. Ich bin einverstanden.«

»Sie meinen also, vom Kommissar zum Kaiser« – er machte eine Pause und die entsprechende Handbewegung – »das ginge eher?«

»Es würde jedenfalls weniger Beunruhigung in der Beamtenschaft hervorrufen.«

»Wir wollen doch ernst bleiben.«

»Ich bitte sehr, mein Lieber, was ich sage, ist durchaus ernst. Den Scherz mit Napoleon erlaubte nicht ich mir zu machen. Ich bin mit Ihnen der Ansicht, dass dieser gefährliche Mensch auf einen Posten muss, von dem aus er der Strafrechtspflege und dem Strafvollzug nicht schaden kann. Das muss, damit er nicht ablehnt, ein gehobener Posten sein.«

»Schon aus gesellschaftlichen Rücksichten. Man kann den Damen der Herren Minister nicht zumuten, sich von einem Polizeikommissar unterhalten zu lassen.«

»Man kann aber auch den Herren Räten als Vorgesetzten nicht plötzlich einen Polizeikommissar vor die Nase setzen.«

»Reden wir mit dem Mann.«

»Das wird entschieden das Beste sein.«

Der Staatssekretär ließ sich verbinden. Es kam zu folgendem Gespräch:

»Herr Generaldirektor?«, fragte der Staatssekretär.

»Ich selbst.«

»Ich wundre mich, dass Sie des Abends zu Hause sind. Ein Junggeselle wie Sie ...«

»Arbeit, Herr Sekretär. Wenn man nachmittags zum Tee so hochgestellte Damen unterhalten muss.«

»Hätten Sie nicht Lust, ein Glas Whisky bei mir zu trinken? Ich würde gern wegen – na, Sie wissen schon.«

»Ich bedaure – aber ich weiß wirklich nicht.«

»Der Herr Minister hat da heute Nachmittag doch angeregt ...«

»Ach so! Sie meinen ...«

»Ihre Übernahme ins Ministerium.«

»Leider wird sich das nicht machen lassen.«

»Ja, warum denn nicht?«

»Ich habe heute Nacht noch einen wichtigen Einbruch ...«

»Was haben Sie?«

»Natürlich nicht ich. Aber mir ist zu Ohren gekommen, dass ...«

»Sie werden doch damit nicht Ihre Zeit verbringen?«

»Manchmal ist das ganz lohnend.«

»Wir sind nämlich gerade dabei, Ihre Ernennung zum Polizeikommissar rückgängig zu machen.«

»Nein, nein, das dürfen Sie nicht!«

»Kein Posten für Sie, Verehrtester!«

»Er reizt mich aber.«

»Wir werden Ihnen Reizvolleres bieten.«

»Da bin ich begierig.«

»Ich darf Sie also erwarten?«

»In einer Viertelstunde.«

Emil hatte den Hörer eben angehängt, da trat, ohne dass er es merkte, Redlich ins Zimmer. Hinter ihm ein kleiner Herr mit Glatze, goldener Brille und grauem Spitzbart. In der offenen Tür standen zwei Männer, die wie Berufsboxer in Zivil aussahen. Der Herr mit dem grauen Spitzbart flüsterte ihnen etwas zu und machte ihnen die Tür vor der Nase zu, dann gab er Redlich, unter Hinweis auf Emil, der ihnen noch immer den Rücken zukehrte, ein Zeichen. Das schien so viel zu heißen, als dass er ihm den Vortritt überließ – eine Ehre, die Redlich nicht zu schätzen wusste. Jedenfalls hielt er sich ängstlich hinter dem älteren Herrn, der nun vorsichtig auf

Emil zuschritt, in einer Entfernung von etwa zwei Schritten stehen blieb, sich räusperte und sagte:

»Bitte!«

Emil wandte sich um und fragte:

»Wie sind Sie denn hier hereingekommen?«

Der Herr wies auf Redlich, der in der Richtung auf die Tür hin ein paar Schritte zurückgegangen war, und sagte:

»Der Herr Kommissionsrat war so freundlich. – Bitte, nehmen Sie Platz.«

»Wer?«, fragte Emil. »Etwa ich?«

»Ja, Sie stehen ja.«

»Stört Sie das?«

»Für das, was ich mit Ihnen zu besprechen habe, ist es vorteilhafter, wenn Sie sitzen.«

»Wer sind Sie denn?«

»Dr. Ignaz Koch.«

»Der Irrenarzt?«

»Sie kennen mich?«

»Und *wie!* Sie sind doch der menschenfreundliche Herr, der auf liebenswürdiges Zureden für den Paragraf einundfünfzig plädiert.«

»Nur, wo die wissenschaftlichen Voraussetzungen dazu vorliegen.«

»Na ja! Die meisten Menschen sind ja wohl Grenzfälle.«

»Nur wo die Grenze überschritten wird, pflege ich einzugreifen.«

»Ich werde Sie für kommende Fälle vormerken«, erwiderte Emil. »Bei einem Leben, das reich an Zwischenfällen ist, wie mein's, kann man in Situationen kommen, wo man wünscht, – Sie verstehen?«

»Nein!«

»Diese Grenze überschritten zu haben und die Wohltat des Paragraf einundfünfzig für sich in Anspruch zu nehmen.«

»Darum bin ich hier.«

»Sie, das ist eine fabelhafte Idee! Wenn es soweit ist, dass man es braucht, und man kann nachweisen, dass man es schon war, bevor man es brauchte, dann glaubt es einem jeder.«

»Sie reden durcheinander.«

»Reden Sie mir nichts ein.«

»Ich stelle nur fest.«

»Richtig! Sie müssen ja daran glauben.«

»Suchen Sie mich nicht zu irritieren.«

»Wenn Sie wollen – und es Ihr Gewissen beruhigt, so spiel' ich verrückt!«

»Das haben Sie nicht nötig.«

»Bevor Sie Ihre Feststellungen machen, müssen wir uns über das Honorar einigen. Ich bin nicht kleinlich. Aber ich brauche ein Gutachten, das mich von jeder Verantwortung befreit, zugleich aber vor Internierung schützt.«

»Das wird sich in diesem Fall schwer machen lassen.«

»Dann verzicht' ich.«

»Ich aber nicht.«

»Herr! Sie wollen mich doch nicht etwa zwingen?«

»Ich hoffe sehr, es wird ohne Gewalt gehen.«

In diesem Augenblick riss Redlich die Tür auf, der Arzt gab ein Zeichen und die beiden Männer traten ins Zimmer.

Emil lachte laut auf.

»Das hast du arrangiert, Kurt! So dumm kannst nur du sein. Du hast dem Dr. Koch womöglich auch erzählt, dass ich mir einrede, ich sei gar nicht der Emil Aufrichtig aus Frankfurt am Main, sondern ein längst gesuchter Einbrecher ...«

»Das ... hat ... er ... mir ... allerdings ... erzählt«, sagte der Arzt mit einem Gesicht, das nicht gerade klug war, und fügte hinzu: »Sie reden sich das also gar nicht ein? Es war demnach nur ein Scherz von Ihnen? Ein sehr schlechter, muss ich sagen. Denn Sie werden zugeben, dass, wenn Sie das wirklich glauben würden, Sie unheilbar verrückt sein müssten.«

»Das will ich mit dieser Bestimmtheit nun gerade nicht behaupten«, erwiderte Emil.

»Jedenfalls würde kein Arzt der Welt Sie für zurechnungsfähig halten«, beteuerte Dr. Koch.

»Das freut mich zu hören«, erwiderte Emil. »Aber wie wäre es nun im umgekehrten Falle?«

»Das kann ich mir nicht vorstellen. Das hieße doch ...«

»... dass ein Einbrecher plötzlich erklärte, er wäre der Generaldirektor Aufrichtig von der Gesellschaft für Wiederbeschaffung ...«

»Das wäre natürlich ebenso verrückt.«

»Ich hätte also die doppelte Sicherheit,«, sagte Emil.

»Und weshalb haben Sie vor Herrn Redlich diese Komödie gespielt?«

»Damit er aus Ihrem Munde hört, dass wir nichts zu fürchten haben. – Er ist nämlich ein Angsthase, wittert hinter allem die Polizei.«

»Fürchtet er sie denn?«

»Er ist sehr nervös. Mit Rücksicht auf ihn habe ich bereits einen höheren Posten bei der Polizei übernommen. An sich liegt mir das gar nicht – aber ich sage mir, wenn er mich dort weiß, wird ihm das ein Gefühl der Sicherheit geben.«

»Sie ... sind ...?«, fragte der Arzt.

»Ab heute Kommissar der Kriminalpolizei – aber es ist sehr leicht möglich, dass ich schon morgen Dezernent für Strafvollstreckung im Ministerium bin.«

Der Arzt wich ein paar Schritte zurück, wandte sich an Redlich und sagte unsicher:

»Es scheint doch, dass er etwas gestört ist.«

Emil tat, als hörte er es nicht und fuhr fort:

»Ich weiß noch nicht, ob ich annehme. Jedenfalls aber werde ich meinen Einfluss dahingehend geltend machen, dass die Menschheit gegen die Leichtfertigkeit geschützt wird, mit der Nervenärzte geistig gesunde Menschen für verrückt erklären.«

»Jetzt lasse ich Sie auf alle Fälle einsperren«, erwiderte der Arzt und wollte eben den beiden Gehilfen ein Zeichen geben, ihn zu ergreifen, als das Telefon läutete.

Emil nahm den Hörer ab und rief in den Apparat:

»Bitte, wer? – Ah so! – Einen Augenblick, Herr Staatssekretär!« – Dann wandte er sich an den Arzt, reichte ihm den Hörer und sagte: »Bitte, Herr Doktor, sagen Sie dem Staatssekretär, dass ich leider verhindert sei, seiner Einladung zu folgen, da Sie mich einsperren müssten.«

Der Arzt stand hilflos mit dem Hörer in der Hand. Die Stimme des Staatssekretärs war deutlich hörbar:

»Wo bleiben Sie denn? Wir warten auf Sie! Der Minister hofft ...«

Bei diesem Wort entfiel dem Arzt der Hörer. Emil fing ihn auf und rief hinein:

»Ich komme!« – Dann wandte er sich an den Arzt und Redlich, winkte ihnen zu und sagte:

»Auf Wiedersehen, meine Herren! – Und auf Sie, Doktor, verlass' ich mich, wenn ich Sie brauche.« – Dann ging er eilig hinaus.

Die Gesichter, mit denen die anderen zurückblieben, kann man sich vorstellen.

Elftes Kapitel,
in dem Emil mit einem Oberstaatsanwalt die Klingen kreuzt

Die Besprechung auf dem Ministerium dauerte nur wenige Minuten.

Der Staatssekretär stellte die beiden Herren einander vor. Als er sagte:

»Herr Oberstaatsanwalt Spicker,« zuckte Emil merklich zusammen, und Spicker, dem es nicht entging, dachte:

»Ein etwas nervöser Mensch!«

Emil verbeugte sich und sagte:

»Habe ich das Vergnügen, dem berüchtigten« – er verbesserte schnell – »ich wollte sagen berühmten Staatsanwalt Spicker gegenüberzustehen?«

»Jawohl«, erwiderte der Oberstaatsanwalt und fügte lächelnd hinzu: »Solange Sie mir nicht als Angeklagter gegenübertreten, haben Sie nichts zu fürchten.«

Und der Staatssekretär ergänzte:

»Im privaten Verkehr ist der Herr Oberstaatsanwalt ganz gemütlich.«

»Man erzählt sich ja Dinge von Ihnen ...«

»Kommen Sie mit Verbrechern in Berührung?«, fragte der Oberstaatsanwalt.

Auch dieser unbewusst versetzte Hieb saß. Emil zuckte abermals zusammen, und der Oberstaatsanwalt sagte:

»Scheinbar nicht. Denn Sie zittern ja schon bei der bloßen Vorstellung.«

»Sie werden als so grausam geschildert.«

»Also vor mir zittern Sie?«

»Aber nein! Warum sollte ich?«

Unverkennbar verlor Emil dem Oberstaatsanwalt gegenüber einen guten Teil seiner bisherigen Sicherheit und Überlegenheit.

»Sie haben ja wohl einen hohen Preis für den ausgesetzt, dem es gelingt, Sie zu überlisten.«

»Hätten Sie nicht Lust?«, fragte der Oberstaatsanwalt. »Sie werden mir als ein besonders gescheiter und – verzeihen Sie, in meinen Augen ist das ein Kompliment –

gerissener Mensch geschildert. Zwanzigtausend Mark sind in heutiger Zeit ja kein Pappenstiel.«

Jetzt hatte sich Emil wieder in der Gewalt.

»Geld hat für mich keinen Reiz. Im Übrigen fehlt mir die Zeit für derartige Scherze.«

»Das klingt ja beinahe verächtlich«, meinte der Oberstaatsanwalt.

»Wenn nur die Hälfte von dem wahr ist, was man sich von Ihnen erzählt ...« brauste Emil auf. Der Oberstaatsanwalt fiel ihm ins Wort und sagte:

»Was ist dann?«

Emil besann sich, schalt sich im Stillen einen Tölpel und erwiderte:

»Dann sind Sie weit gerissener als ich.«

»Wenn Sie das glauben, müsste das Match Sie umso mehr reizen.«

»Ich sagte ja schon ...«

»Ich verdoppele die Prämie.«

»Haben Sie mich dazu hergebeten?«, fragte Emil und wandte sich an den Staatssekretär.

»Natürlich nicht«, erwiderte der. »Ich nahm an, Sie würden erstaunt sein ...«

»Ich wundere mich längst über nichts mehr.«

»Es handelt sich um die Anregung Seiner Exzellenz von heute Nachmittag. Es ist an sich natürlich ungewöhnlich. Schon, dass ein Privatmann plötzlich Kommissar wird, ist ein Fall, den ich während meiner Dienstzeit noch nicht erlebt habe. Dass aber ein Kommissar ohne jeden Übergang Regierungsrat im Ministerium wird – das grenzt bereits an Umsturz.«

»Ich dränge mich nicht danach.«

»Das weiß ich. Und es lag mir fern, Ihnen einen Vorwurf zu machen. Ich sehe im Gegenteil darin ein Opfer. Denn Sie entziehen damit Ihre wertvolle Arbeitskraft einem Unternehmen, das Ihnen großen Gewinn abwirft.«

»Ich nehme an, dass Sie sich genau über mich informiert haben?«

»Der Name Ihrer Familie ist mir Gewähr genug.«

»Es gibt Außenseiter – auch in den besten Familien.«

»Zu denen Sie nicht gehören, es sei denn im guten Sinne.«

»Das klingt nicht gerade schmeichelhaft für meine Familie.«

»Ich wollte damit nur auf Ihre besonderen Fähigkeiten hinweisen. Im Übrigen teile ich damit die Ansicht Ihrer Familie.«

»Woher wissen Sie das?«

»Ich habe mir erlaubt, Fühlung zu nehmen.«

»Mit wem? – Das war in der kurzen Zeit doch wohl kaum möglich?«

»Eine Verwandte von Ihnen, die in Berlin lebt.«

»Tante Amalie etwa?«

»Eben diese Dame hat mir alles über Sie erzählt.'

»Und Sie sind sicher, dass sie Ihnen nichts verschwiegen hat?«

»Durchaus. Die Schwierigkeiten, unter denen Sie sich im Gegensatz zu allen übrigen Mitgliedern Ihrer weitverzweigten Familie durchsetzen mussten, und die Art, wie Sie sich durchgesetzt haben, sprechen nur für Sie.«

»Ich gebe zu, ich habe es nicht leicht gehabt«

»Jedenfalls ist Ihr Vorleben so, dass man auch in Bezug auf die Beamtenkarriere mit Ihnen eine Ausnahme machen kann.«

»Eine derartige Beurteilung meines früheren Lebens aus einem so berufenen Munde wie dem Ihren tut mir besonders wohl.«

Diese Phrasen, dachte der Oberstaatsanwalt; sprach es aber nicht aus.

»Immerhin«, fuhr Emil fort, »gibt es in meinem Vorleben Dinge, die meine Tante Amalie nicht weiß oder Ihnen absichtlich verschwiegen hat«

»Was wird das groß sein. Weibergeschichten.«

»So begann's.«

»Ein Mann von Welt wie Sie erlebt natürlich mehr als ein anderer. Das gerade hebt Sie aus der üblichen Beamtenatmosphäre heraus.«

»Es war nicht alles so harmlos, was ich trieb.«

»So werden Sie Erfahrungen gesammelt haben.«

»Das habe ich.«

»Umgebracht haben Sie ja wohl niemanden«, scherzte der Oberstaatsanwalt, und Emil erwiderte:

»Das ist aber auch so ziemlich das Einzige, was ich nicht getan habe.«

»Nun also! Dann darf ich wohl hoffen, Sie nehmen an?«

»Der Polizeipräsident dürfte damit nicht einverstanden sein.«

»Was heißt denn das? Wir verfügen einfach. Das ist mit einem Telefongespräch erledigt.«

»Nicht für mich. – Ich habe da eine Aufgabe zu erledigen, die mich reizt und an der sich bereits ein paar Kommissare vergebens versucht haben.«

»Was ist denn das für eine Aufgabe?«, fragte der Staatssekretär.

»Es handelt sich um den berüchtigten Einbrecher Coeur-As.«

»Ein Teufelskerl!«, sagte der Oberstaatsanwalt. Aber der Staatssekretär erwiderte:

»Ich bitte Sie, das ist doch keine Aufgabe für einen Mann wie Sie! Sie werden doch nicht damit Ihre Zeit verbringen.«

»Der Mann interessiert mich.«

»Dieser Einbrecher?«

»Das kann ich verstehen«, sagte der Oberstaatsanwalt. »Mich interessiert er auch.«

Emil wandte sich blitzartig zu ihm um und fragte:

»Wieso Sie? Sie sind, soviel ich weiß, doch gar nicht mehr im Amte?«

»Das hindert nicht, dass die Behörden, wenn sie einen besonders schwierigen Fall haben, mit dem sie nicht weiterkommen, auch heute noch meine Hilfe in Anspruch nehmen.«

»Und im Falle Coeur-As ...«

»Ist das auch geschehen.«

»Darf man fragen, mit welchem Erfolg?«

»Ich sitze gerade über den Akten. Der Junge gefällt mir.«

»Das ist sehr freundlich. Aber die Akten habe ich.«

»Wieso ist das freundlich?«

»Weil Sie mir die Arbeit abnehmen.«

»Sie sagten doch eben, Sie haben die Akten. Mir hat man nur die Auslandsakten ausgehändigt. Wohl, weil ich die Sprachen beherrsche.«

»Das tue ich auch. Und ich darf Sie wohl bitten, mir die Akten zuzustellen.«

»Ich habe soviel Freude an dem Jungen, dass ich Sie bitten möchte, sie mir zu überlassen.«

»Als Bedingung für die Annahme der Berufung habe ich ausdrücklich verlangt, dass man den Fall Coeur-As mir überweist.«

»Das ist keine Aufgabe für Sie«, beteuerte der Staatssekretär, und Emil parierte:

»Wenn der Herr Oberstaatsanwalt sich nicht zu gut dafür dünkt.«

»Zum Umgang mit Verbrechern gehört Übung«, erwiderte der, »die ich in mehr als zwanzigjähriger Praxis in reichem Maße gehabt habe. Der Junge reizt mich. Im Übrigen überlässt man das Pack am besten den Subalternen.«

»Ob die immer den richtigen Ton finden?«, fragte Emil.

»Ich bitt' Sie!«, erwiderte der Oberstaatsanwalt. »Die sind nicht so feinfühlig. Für die Art Menschen ist der Gummiknüppel immer noch das probateste Verständigungsmittel.«

»Vorausgesetzt, dass man sie hat.«

»Darin muss ich dem Generaldirektor recht geben«, sagte der Staatssekretär. »Aber für das Einfangen von Verbrechern sind Sie mir wirklich zu schade. Dazu sind die Polizeihunde und Kriminalbeamten da.«

»Ein Vermittlungsvorschlag«, erwiderte Emil. »Lassen Sie mich zuerst diesen einen Fall erledigen – einmal, weil durch den Herrn Oberstaatsanwalt mein Interesse für Coeur-As erwacht ist, dann aber aus Rücksicht auf den Polizeipräsidenten, durch den Sie ja erst auf mich aufmerksam wurden und den ich nicht gern vor den Kopf stoßen möchte.« – Und er dachte, sprach es aber nicht aus: Denn man kann nie wissen, wozu man ihn noch mal braucht.

»Sie stellen sich dem Präsidenten gegenüber gesellschaftlich statt behördlich ein«, erwiderte der Staatssekretär. »Im Dienste gibt es nur über- und untergeordnete Instanzen. Die einen verfügen, die anderen gehorchen.«

»Sie vergessen, dass ich *noch* nicht Beamter bin.«

»Das bezog sich natürlich auf den Präsidenten, nicht auf Sie.«

»So habe ich es auch aufgefasst – dass ich dem Präsidenten noch als Privatmann gegenüberstehe.«

»Könnten Sie vielleicht angeben, wie lange Sie für den Fall gebrauchen würden?«, fragte der Staatssekretär.

»Falls ich das Material zusammen habe – also auch die in Ihren Händen befindlichen Akten bekomme, Herr Oberstaatsanwalt ...«

»Lassen Sie uns den Fall doch zusammen bearbeiten. Meine Erfahrung wird Ihnen eine große Hilfe sein.«

»Ich lege gerade Wert darauf, ohne jede Hilfe zum Ziel zu kommen.«

»Sie haben doch nicht nötig, einen Befähigungsnachweis zu erbringen.«

»Fassen Sie es als Sport! Als Marotte!«

»Dafür habe ich in dienstlichen Angelegenheiten kein Verständnis«, erwiderte der Staatssekretär. Der Oberstaatsanwalt widersprach und sagte:

»Ich ja!« – Und zu Emil gewandt fuhr er fort: »Also gehen wir gesondert vor. Jeder auf eigene Faust. Das kann ganz lustig werden. Sie haben das für die Ergreifung wertvollere Material, ich habe die Erfahrung voraus. Unsere Chancen sind also gleich groß. Ein interessantes Match.«

»Aber meine Herren! Wir sind doch im Dienste und nicht auf dem Sportplatz!«

»Unter unserem sportlichen Ehrgeiz kann die dienstliche Abwicklung nur gewinnen«, erwiderte Oberstaatsanwalt Spicker und wandte sich wieder an Emil. »Ich wette zehntausend Mark. Halten Sie die Wette?«

»Formulieren Sie sie.«

»Sehr einfach: Wem es gelingt, Coeur-As zur Strecke zu bringen, hat gewonnen.«

»Gleichgültig, ob lebend oder tot?«

»Selbstverständlich! Was liegt an dem Leben eines solchen Menschen? Schade um die Mühen und Kosten, die sein Prozess macht.«

»Da er in Ihren Augen ein wildes Tier ist und es für einen Jäger, der auf wilde Tiere jagt, besonderen Reiz hat, seinen Löwen oder Elefanten lebendig zu fangen, so müsste das auch für diesen Coeur-As gelten.«

»Meinetwegen«, sagte der Staatsanwalt und hielt Emil die Hand hin. Der schlug in dem Gefühl, zum Mindesten sein Leben gerettet zu haben, ein – und dachte: Jetzt brauchte er mich nur festzuhalten.

Zu weiteren Betrachtungen, die gewiss interessant gewesen wären, ließ es der Staatssekretär nicht kommen. Denn schon hielt auch er Emil die Hand hin und sagte:

»Und nach diesem Match gehören Sie mir.«

»Mit besonderer Einwilligung des Oberstaatsanwalts«, erwiderte Emil.

»Wieso?«, fragte der Staatssekretär. »Was hat er damit zu tun?«

»Da Sie ihn zu der Besprechung hinzugezogen haben, so muss das doch seine Gründe haben.«

»Der Oberstaatsanwalt Spicker ist nicht nur mein Freund, sondern auch ein Menschenkenner, der sich selten irrt.«

Emil wandte sich an Spicker und fragte:

»Und Sie billigen die Wahl des Herrn Staatssekretärs?«

Der erwiderte:

»Durchaus!«

Woraufhin Emil sich auch dem Staatssekretär gegenüber durch Handschlag verpflichtete.

Dann entschuldigte er sich mit Geschäften und ging. Als er fort war, fragte der Staatssekretär:

»Welchen Eindruck haben Sie von ihm?«

»Aalglatt. Der typische Diplomat. Also völlig ungefährlich.«

»Sie halten also nichts von ihm?«

»Oder aber ein ganz Gehenkter.«

»Das sind doch Gegensätze.«

»Gewiss! Wenn das Gesicht, das er hier gezeigt hat, wahr ist, dann rate ich Ihnen: Verwenden Sie ihn weiter in den diplomatischen Salons. Er wird stundenlang die Unterhaltung führen, ohne etwas zu sagen. Wenn, was er zeigt, aber eine Maske ist, dann bedeutet er auf jedem Posten, auf den Sie ihn stellen, eine Gefahr. Ich würde dann vorschlagen, ihn als Gesandten nach Bolivien oder Haiti zu schicken.«

»Was wäre in diesem Fall Ihrer Ansicht nach der Grund, aus dem er Maske macht und sein wahres Gesicht verbirgt?«

»Das habe ich in den zehn Minuten natürlich nicht feststellen können.«

»Sie sind so sehr daran gewöhnt, mit Leuten zu tun zu haben, die etwas verbergen müssen, dass Sie von vornherein jeden Menschen für unaufrichtig halten.«

»Da ich die meisten Erfolge meines Lebens darauf zurückführe, so gedenke ich diesem Prinzip auch fernerhin treu zu bleiben.«

»Ich bin auch nicht leichtgläubig, aber man muss doch Ausnahmen machen.«

»Mache ich auch. Aber nicht in diesem Falle. Wenn dieser Herr aus Frankfurt wirklich bedeutend ist, was ich glaube, dann muss er Gründe haben, so unbedeutend zu erscheinen.«

»Demnach hätte er ja etwas zu verbergen.«

»Ich freue mich darauf, das in gemeinsamer Arbeit festzustellen.«

Zwölftes Kapitel,
in dem Konstanze mit Paula zusammentrifft

Man soll es nicht für möglich halten, was ein Mensch an einem einzigen Tage alles erleben kann. Es ist zwar mittlerweile neun Uhr abends geworden. Wenn man aber an den Beginn dieses Tages zurückdenkt und sich erinnert, wie Emil, eben dem Bade entstiegen, seinen Sozius beim Morgenfrühstück begrüßte und ihm dann bis an die Schwelle des Ministeriums gefolgt ist, so muss man schon sagen: Fiele es einem Schriftsteller ein, in einem Theaterstück oder Roman alle diese Ereignisse an einen Tag zusammenzudrängen, so würde man ihn belächeln. Wem das Tempo also unglaubwürdig erscheint, dem sei anheimgestellt, die vorgeschilderten Ereignisse auf eine Woche oder – falls er auch das noch für »übertrieben« hält – auf einen Monat zu verteilen. Auch die Reihenfolge bleibe ihm überlassen.

Mit dieser zarten Rücksichtnahme auf das Misstrauen, das der Durchschnittsleser aus Furcht, für dumm oder leichtgläubig zu gelten, allem, was in einem Roman geschieht, entgegenbringt, glaube ich, mir sein Vertrauen so weit erworben zu haben, um ihm nun auch noch glaubhaft zu machen, dass außer dem bereits Geschilderten noch ein weiteres Ereignis auf diesen Tag fällt, das Emil zwar nicht persönlich miterlebte, das sich aber als entscheidender für seine Zukunft erweisen sollte als die Besuche der Tante Amalie, der Filmdiva Assunta Lu, des Polizeiinspektors, ja bedeutungsvoller selbst als seine Anwesenheit bei dem diplomatischen Tee und die im mittelbaren Anschluss daran gegen Abend erfolgte Aussprache im Ministerium.

Was war geschehen? So um sieben Uhr herum hatte es Paula, die alle Möglichkeiten, Emil zu finden, längst erschöpft hatte, plötzlich in die Gegend gezogen, in der sie das letzte Mal mit ihm zusammen gewesen war. Hoffnung hatte sie kaum mehr. Die Zeitungsberichte hatten ja übereinstimmend dahin gelautet, dass es Emil gelungen war, unmittelbar vor Eintreffen der Polizei zu entweichen. Es war also ein von vornherein aussichtsloses Unternehmen, wenn sie sich jetzt mit letzter Kraft durch tote Straßen dicht an den Häusern entlang zum Grunewald schleppte. Sie dachte sich nicht viel dabei. Sie ließ sich treiben. Aber irgendein Entschluss war wohl im Werden. Es ging nicht weiter. Das stand fest. Und so wollte sie Abschied nehmen. Alles, was zwischen jener Nacht des Einbruchs und heute lag, sollte ausgelöscht sein. Das war gestern gewesen – nun war heute – und morgen sollte alles zu Ende sein. Alles Trübe, Schwere, Widerwärtige der Zwischenzeit war ausgelöscht. Einmal noch in diesen Raum zurück, die Augen schließen, mit

der Hand über den Schreibtisch fahren – und dann ein
Ende machen.

Da war nicht viel zu wagen und zu verlieren. Wer wie
sie fertig war, kannte keine Furcht mehr.

Sie schlich sich in den Garten. An dem Pförtner vorbei.
Es war wie ein Schatten, der vorüberhuschte. – Wo ist
der Mensch dazu? Dachte der Pförtner und wandte sich
um. Und da er nichts sah und nichts hörte, so fiel er in
sein Dösen zurück.

Paula schwebte über den Kies. Ihr Herz schlug laut. In
Erinnerung, nicht aus Furcht. Sie sah das Fenster, das
angelehnt wie damals stand. Was ist die Liebe? Tau-
sendmal und tausendfach hat man sie zu erklären versucht, keinem gelang es. Paula, die sich Gott so fern
dünkte und die doch, ohne dass sie sich dessen je bewusst wurde, ein gläubiger Mensch war, hatte das Gefühl, als wäre der Boden, den sie betrat, heiliger Boden,
als wäre das Haus, auf das sie zuschritt, ein geweihtes
Haus. So ganz hatte die Liebe von ihr Besitz ergriffen, so
ganz noch erfüllt war ihr Herz von diesem einen, dass
sie jedes Gefühl für die Wirklichkeit verlor, und, ohne
auch nur einen Blick durch das Fenster zu werfen, in das
Zimmer stieg. Hätte sich jetzt eine verständnisvolle füh-
rende Hand nach ihr ausgestreckt – der Weg zu Gott in
ihr wäre nur ein Schritt gewesen. So aber ...

* * *

So aber saß im Zimmer nur Fräulein Konstanze Redlich, jenes nicht unsympathische junge Mädchen mit
dem noch nicht ausgeglichenen Charakter. Jedoch hatten
die guten Eigenschaften bei ihr so stark das Überge-

wicht, dass auch sie nur einer leitenden Hand bedurft hätte, um ein vollkommener Mensch zu werden. Bei ihr war der Verstand das Primäre, bei Paula war es das Gefühl. Konstanze hatte Sinn für die Wirklichkeit, während Paula jedes praktische Denken fehlte. Konstanze war ein bewusst anständiger Mensch. Paula hingegen hatte niemals darüber nachgedacht, was erlaubt sei, sondern war in allem immer nur ihrem Instinkt gefolgt. Dies wie jenes war weniger eine Eigenschaft des Charakters als eine Folge des Milieus, in dem sie aufgewachsen waren und nun lebten.

Paula sah beim ersten Schritt, den sie ins Zimmer trat, Konstanze sitzen, kehrte aber nicht um, sondern blieb stehen und sagte leise:

»Bitte verzeihen Sie!«

Konstanze wandte sich um, rief:

»Großer Gott! – Wer sind Sie? – Wie kommen Sie hier herein?«

»Ich bitte Sie, hören Sie mich an.«

»Sind Sie allein – oder –« Sie machte eine Bewegung zum Fenster hin – »kommt da noch wer?«

»Niemand kommt. Und wenn Sie mich jetzt festnehmen lassen, so wird man mich einsperren, obgleich ich nicht die Absicht hatte, auch nur einen Fingerhut hier zu entwenden.«

»Ich lasse Sie nicht festnehmen – kommen Sie ruhig näher. – Sie sehen ja furchtbar aus. – Setzen Sie sich.«

»Danke. Ich habe nicht viel Zeit«

»Aber das Fenster werde ich doch lieber schließen.«

Paula wandte langsam den Kopf nach allen Seiten und sagte:

»Ja ... das ist es.«

»Suchen Sie jemand?«, fragte Konstanze. Im selben Augenblick schoss ihr ein Gedanke durch den Kopf. »Etwa ...« platzte sie heraus, besann, beherrschte sich und schwieg.

»Nicht mehr. – Ich habe gesucht. Monatelang habe ich nichts anderes getan. – Es ist aus. Ich kann nicht mehr.«

»Darf ich Ihnen etwas zu essen geben? Vielleicht einen Schluck Wein?«

»Danke!«, sagte Paula und schüttelte den Kopf. »Es ist nun nicht mehr nötig.« – Sie ging auf den Schreibtisch zu. »Aber Sie gestatten, dass ich einmal ...« – Sie stand jetzt davor und sagte vor sich hin – aber doch so laut, dass Konstanze es hörte: »Ja – da war es.« – Sie schloss die Augen und fuhr mit der Hand über den Schreibtisch. Ganz so, wie sie es sich gedacht hatte. Und Konstanze sah, wie sie, ohne den Mund zu öffnen, zärtlich

»Emil!«

sagte.

»Großer Gott!«, rief Konstanze laut. »Sie sind ...?«

»Seine Braut«, erwiderte Paula, ohne die Augen zu öffnen.

»Ja ... dann ...«

»Wissen Sie vielleicht etwas – von – ihm?«

Konstanze war hilflos und erregt.

»Ich – ... e ... nein! – wie sollte ich denn ...?«

»Er war doch aber hier – damals – das letzte Mal ...«

»Sie meinen ... vermutlich ... den Einbruch?«

»Ja! Den meine ich.«

»Es ist solange her.«

»Mir kommt es vor, als wenn es gestern war.«

»Aber – seitdem ist ja – ein halbes Jahr vergangen.«

»Möglich – für mich nicht ... und Sie wissen nicht? – Hier stand er das letzte Mal.«

»Waren Sie denn ...?«

»Ja! Ich war auch dabei. – Er saß fest – Sie hatten eine Falle, wie man sie für Tiere legt ...«

»Schändlich war das von mir!«

Paula sah auf:

»Sie waren das?«

Konstanze senkte den Kopf.

»Ja ... aber denken Sie nicht schlecht von mir.«

»Sie waren im Recht – wir kamen ja, um Sie auszuplündern.«

»Und dieser Mann – der sich in dem Eisen fing –«

»War Emil.«

»Ihr Bräutigam?«

»Sie haben ihn gesehen? Nach mir haben Sie ihn gesehen und haben die Polizei auf ihn gehetzt?«

»Das ist nicht wahr. – Ich habe im Gegenteil – die Polizei auf eine falsche Spur gehetzt.

»Das haben Sie getan?«, fragte Paula.

»Um ihn zu retten.«

»Und er *ist* gerettet?«

»Ja!«

»Sie wissen es bestimmt?«

»Mein Wort darauf.«

Paula konnte ihre innere Bewegung nicht mehr beherrschen. Sie ergriff Konstanzes Hand und küsste sie.

Nach einer ganzen Weile fragte Paula – noch immer unter Tränen:

»Und Sie wissen ... auch ... wo er ist?«

»Er ist in Sicherheit – und gut aufgehoben.«

»Weit weg gewiss.«

»Nicht einmal.«

»Warum ... schreibt ... er nicht?«

»Er würde sich verraten.«

»Und ... Sie ... haben ... ihm zur Flucht verholfen?«

Konstanze nickte.

»Und das ... obschon ... er hier ... bei Ihnen ... eingebrochen?«

»Er tat mir leid.«

Eine Pause entstand. Paula ließ Konstanzes Hand los und stand auf.

»Sie ... also ... wissen ... wo ... er ... ist ...?«

Konstanze brachte es nicht übers Herz. Sie log und sagte:

»Nein!«

»Aber ... wenn ... Sie ... doch ... wissen, dass er nicht weit ist?«

»Die Art, auf die er fortgekommen ist, lässt es vermuten.«

»Sie sagen nicht alles – Sie wissen mehr.«

Konstanze quälte sich.

»Großer Gott! Sie tun mir ja so leid!« rief sie ganz unvermittelt.

Da sank Paula in sich zusammen.

»Eine andere also?«, hauchte sie.

»Bei Gott nein! Es ist nicht wahr!« beteuerte Konstanze.

Aber Paula sah sie nur an und sagte:

»Wie gut Sie sind.«

»Ich ... ich ...«

»Was ist mit Ihnen?«

»Ich ... liebe ... ihn ja auch.«

»Sie! – Ihn?«

»Er ist für uns beide unerreichbar. Und wenn es Sie tröstet, es steht auch keine andere Frau dazwischen.«

Konstanze schluchzte laut und legte ihren Arm um Paula.

»Denken Sie nicht mehr an ihn«, sagte sie. »Ich muss ihn auch vergessen.«

»Ich verstehe nichts,« erwiderte Paula.

»Seiner Sicherheit wegen dürfen Sie es nicht erfahren.«

Paula sah sie verständnislos an.

»Er fürchtet – ich könnte ihn verraten?«

»Er nicht – er weiß es gar nicht ...«

»Wer denn? – Und was weiß er nicht?«

»Ich meine, er weiß ja gar nicht, dass Sie ihn suchen.«

»Das weiß er doch! Das muss er wissen. Genau wie ein Kind weiß, die Mutter sucht es, wenn es sich verlaufen hat.«

»Die Menschen sind nicht alle so. Es wäre vielleicht auch nicht gut, wenn sie alle so wären.«

»Man sucht ja sogar einen Hund, den man verloren hat – und da sollte ich ihn nicht suchen? – Nein, das glaubt er nicht.«

Da Konstanze schwieg und zur Erde sah, so fragte Paula:

»Oder – wissen Sie, dass er das glaubt?«

Konstanze hob den Kopf und sah Paulas verzweifeltes Gesicht. Um sie zu schonen, sagte sie:

»Ich denke es mir – weil er doch ...« und da sie zögerte und nicht zu Ende sprach, so stürzte Paula auf sie zu, ergriff sie beim Arm und rief:

»... tot ist?«

Konstanze erwiderte nichts und Paula sagte:

»Ja, ... dann ... freilich ...«

Dann ging sie zur Tür, wandte sich noch einmal zu Konstanze um und sagte:

»Ich danke Ihnen.«

Konstanze lief auf sie zu und schloss sie in die Arme.

»Ich – danke – Ihnen!«, sagte Paula noch einmal und lief hinaus.

Konstanze sah ihr nach und dachte:

Ich konnte es ihr nicht sagen. So wird sie es noch am leichtesten tragen.

Dreizehntes Kapitel,
in dem von dem Einbruch bei der Filmdiva Assunta Lu die Rede ist

Man sollte es nicht für möglich halten, wie schnell manchmal selbst die bürokratische Maschine arbeitet. Auf einen leisen Druck von oben war die Ernennung Emils sofort erfolgt. Und zwar ernannte man ihn zum Regierungsrat, beorderte ihn aber zuvor zur Dienstleistung bei der Kriminalpolizei, um ihm – wie es amtlich hieß – Gelegenheit zu geben, für die in Vorbereitung befindlichen Reformen des Strafvollzugs praktische Kenntnisse und Erfahrungen zu sammeln. In Wahrheit war es ein Kompromiss. Emil bestand darauf, zunächst einmal den Fall Coeur-As zu erledigen, dem er, wie er behauptete und wovon er sich nicht abbringen ließ, seinen Aufstieg verdankte.

Das hinderte ihn aber nicht, die Reformen für Strafgefangene und Strafentlassene in einer Denkschrift niederzulegen, die er vervielfältigen und zum Entsetzen seiner vorgesetzten Behörden den Parteiführern im Landtag überreichen ließ. Die Presse griff sie auf. Die Öffentlichkeit erregte sich für und wider. Alle Welt war von dem Tatsachenmaterial verblüfft, das er zusammentrug. – »Endlich mal kein Theoretiker!« hieß es. »Ein Mensch, der den Dingen auf den Grund gegangen ist. Kein Schreibtischmensch. Einer, der ein Herz für die Ärmsten der Armen hat. Dabei aber nicht nur die Wunden aufzeigt, sondern auch Wege zur Besserung weist. Ein Reformator großen Stils, zu dem man die Justiz beglückwünschen kann.« – Freilich gab es, wie immer, auch Stimmen, die anders klangen. So schrieb ein Blatt: »Mit diesem unverkennbar nicht gewöhnlichen Menschen hat das Ministerium sich einen Mann verschrieben, an dem es wenig Freude erleben dürfte. Vielleicht erkennt es sehr bald, dass es mit dieser Ernennung den Bock zum Gärtner bestellt hat. Fraglos sind viele seiner Anregungen der Beachtung wert. Im großen ganzen aber gewinnt man doch den Eindruck, dass hier auf Kosten der Sicherheit der bürgerlichen Gesellschaft gar zu weitgehende Rücksicht auf die Psyche der Verbrecher genommen wird.«

Stimmen dieser Art aber befanden sich in der Minderheit. Emils humane Auffassung von den Pflichten des Staates gegenüber seinen Verbrechern wurde als der erhabene Ausdruck eines sittlich hochstehenden, gütigen Menschen gepriesen.

Es war ein beängstigendes Tempo! Während der Minister mit dem Staatssekretär vor den Morgenblättern saß und gerade über die Möglichkeiten eines Disziplinarverfahrens gegen den kaum ernannten Beamten nachdachte, begrüßte der Polizeipräsident den neuen, verehrten Mitarbeiter, wies auf dessen große Erfolge als Chef der Firma Redlich und Aufrichtig hin, durch die er die Aufmerksamkeit weiter und hoher Kreise auf sich gelenkt habe. Er nannte ihn einen Liebling der Götter und gab der Hoffnung Ausdruck, dass, wenn er voraussichtlich auch bald zu höheren Aufgaben berufen würde, die kurze Zeit seiner Tätigkeit im Präsidium doch ausreichen werde, um die ihm unterstellten Abteilungen mit seinem Geiste zu erfüllen und das Vertrauen der Bevölkerung in die Tüchtigkeit der Beamtenschaft zu befestigen.

Emil hatte wenig Sinn für Feierlichkeit. Das war überhaupt sein Unglück, dass er kein Zweckmensch war und aus einer Situation selten einen Vorteil für sich zu ziehen suchte. Auch an jenem denkwürdigen ersten Abend in der Villa Redlichs war nicht er, sondern Redlich es gewesen, der die Gelegenheit genutzt hatte. So sagte er auch hier:

»Alles im Leben ist Zufall. Den einen macht das Leben zum Verbrecher, den anderen zum Millionär. Veranlagung ist kein Verdienst. Wie wir unsere Veranlagung nutzen, kommt auf das Milieu an, in das man uns stellt. Ich habe mich immer treiben lassen, überall aber, wo man mich hinstellte, meinen Mann gestanden und meine Pflicht getan. Wie ich nicht wünsche, dass man mich schilt, wenn ich missfalle, so wünsche ich auch nicht, gelobt zu werden für etwas, was eigentlich nur in Ihrer Vorstellung besteht, – noch dazu in einer falschen. Das Leben ist ja so dumm! Sie haben ja gar keine Ahnung, wie dumm es ist – sobald man es ernst nimmt.« – Er erschrak plötzlich und rief: »Allmächtiger! Was rede ich da? Denken Sie, ich war mit meinen Gedanken eben ganz wo anders.« – Er nahm Haltung an und fuhr fort: »Ich stehe ja hier vor dem Repräsentanten einer der feierlichsten Behörden. Denn das Wesen, auf dem die Existenz der Polizei beruht, ist der Respekt.« – Er sprach jetzt fast wie ein Offizier. – »Und da wäre ich beinahe darauf verfallen, geistreich zu werden. Meine Herren! Herr Präsident! Ich bin mir der Schwere der Aufgabe bewusst.

Ich hoffe, dass es mir gelingt, das in mich gesetzte Vertrauen zu rechtfertigen.« – Die Stirn des Präsidenten glättete sich. Das waren Worte von gutem Klang, von altem Klang. Goldene Worte, die man seit hundert Jahren und länger bei derartigen Gelegenheiten sprach. Worte, die Revolutionen überdauerten! – Emil fuhr fort und der Präsident sprach leise jedes Wort mit: »Ich rechne auf die so wertvolle Mitarbeit der Beamtenschaft. Nur wenn jeder Einzelne seine Pflicht tut, jeder als Glied einer Kette sich fühlt, im Dienst des Ganzen, eines Höheren, des Staates« – Allmächtiger! Dachte Emil, während er sprach und erschrak vor seiner eigenen Rede, während den Präsidenten ein Gefühl überlief wie den Kommandeur eines Regiments beim Anhören des Präsentiermarsches – »des Staates«, wiederholte Emil, »kann Ersprießliches geleistet werden. Die Polizei, meine Herren Kollegen, wenn ich Sie so nennen darf, muss jedem Bürger, ohne Rücksicht auf den Stand, mit der gleichen Höflichkeit begegnen.« – Auf der Stirn des Präsidenten erschien wieder die erste Falte. »Vergessen Sie nie, dass auch die, die gegen die Gesetze verstoßen, im Innern oft gute Menschen sind,« – die zweite Falte markierte sich auf der Stirn des Präsidenten – »dass wir alle unsere Fehler haben und mehr oder weniger alle mit daran schuld sind, wenn andere straucheln.« – Der Präsident fuhr sich mit dem Zeigefinger hinter den hohen Kragen und schnappte nach Luft. Er hielt es für seine Pflicht, weiteren Entgleisungen Emils vorzubeugen und reichte ihm möglichst unauffällig einen Zettel, auf dem stand:

»Derartige Erwägungen, verehrter Herr Kollege, sind hier nicht angebracht.«

Teufel ja! Dachte Emil, was ist das nur mit mir? Schon wieder die falsche Walze! Er presste die Brust heraus, drückte die Knie durch und fuhr in völlig verändertem Tone fort:

»Alles das sind aber Dinge, über die höhere Stellen zu befinden haben. Für uns Beamte bleibt Pflichterfüllung oberstes Gesetz. Wenn wir uns hier mit Gedanklichem belasten, so leidet naturgemäß der Dienst darunter. Hier darf es keine Sentimentalitäten geben. Hier gilt frisches Draufgehen und rasches Zugreifen. Unter diesem Zeichen trete ich unter Sie! Unter diesem Zeichen werden wir siegen.«

Emil unterdrückte mit Mühe ein dreifaches Hoch! Der Präsident rief Bravo und drückte ihm beide Hände. Den Kommissaren und den untergeordneten Stellen war zumute wie bei einer Fahrt auf der Schwebebahn. Plötzlich war man unten, um im nächsten Augenblick ohne jeden Übergang mit einem plötzlichen Ruck wieder nach oben befördert zu werden. Und die natürliche Folge war, dass sie sich auf ihren Zimmern über die innere Einstellung Emils stritten.

»Das ist einer von der alten Garde!«, sagte ein graubärtiger Kommissar. »Frisch draufgehen, rasch zugreifen! Das klingt wie ein alter Militärmarsch! Der Mann kann mir gefallen!«

»Da haben Sie ihn aber völlig missverstanden«, erwiderte ein junger Kollege. »Der Mann will, dass wir mit den Gannoven Schmollis trinken und in ein kollegiales Verhältnis zu ihnen treten.«

»Zum Schein natürlich«, erwiderte der andere. »Um sie zu bluffen.«

In diesem Augenblick erschienen zwei Beamte und lieferten einen gefesselten Verbrecher ein. Der Mann sah wie ein Gentleman aus. Zwar war der Rock zerrissen und der Hut verbeult. Er hatte Verletzungen im Gesicht und an den Händen. Aber alles das konnte ebenso gut von einem Unfall herrühren. Wie ein Verbrecher sah er jedenfalls nicht aus.

»Wo habt ihr den her?«, fragte der ältere Beamte. »Der Mann sieht ja soweit ganz harmlos aus. Freilich heutzutage ...«

»Der und harmlos?«, rief der jüngere Kollege. »Dem steht das Gewerbe im Gesicht geschrieben. Kluft wie'n Kavalier, Lackschuhe und seidene Strümpfe.« – Er trat nahe an ihn heran und musterte ihn genau. »Der Kerl riecht auf fünf Schritte Entfernung nach Patscholi. Pfui Deibel! So was am frühen Morgen und auf nüchternen Magen. Und so was wird nun geliebt. – Wie oft sind Sie vorbestraft?«

Der junge Mann fuhr zusammen, lächelte und sagte:

»Aber nein! Gar nicht! Was denken Sie!«

»Ach so! Sie wollen also den Harmlosen spielen? Sie wissen natürlich von nichts. – Na, von wem haben Sie denn die Kluft?«

Der Mann suchte die beschädigten Stellen seines Anzuges zu verdecken und sagte:

»Sie entschuldigen! – Sie glauben gar nicht, wie peinlich es mir ist, in diesem Aufzuge – wenn mich jemand so sieht.«

»Jagdschein, was? Sie spielen verrückt. Lieber Freund, das Theater verfängt bei uns nicht.«

Jetzt mischte sich auch der ältere Beamte mit ein:

»Ein Mann, der aussieht wie Sie, gehört entweder zur guten Gesellschaft oder lässt sich von Frauen aushalten.«

»Wie kommen Sie darauf?«, erwiderte er ganz entsetzt. »Das ist ja furchtbar! Sehe ich denn so aus?«

»Auf zehn Schritte sieht man Ihnen das an.«

»Entsetzlich!«, rief der junge Mann und bedeckte das Gesicht mit den Händen.

»Ich habe Ihnen doch gesagt«, fuhr der Beamte ihn an, »Sie sollen sich das Theater für die Hauptverhandlung aufsparen. Wir hier sind keine Idioten.« – Er wandte sich an die Beamten: »Wo ist der Mann aufgegriffen worden? Vermutlich hat ihn eins der Mädchen verpfiffen?«

»Im Café Kuhle.«

»Na also! Da haben wir's ja! Das genügt.« Und zu dem Schreiber sagte er: »Nehmen Sie die Personalien auf. Sie heißen?«

Der junge Mann fragte verlegen:

»Muss das sein?«

»Idiot! Stellen Sie sich hier nicht so dumm. Und ich kann Ihnen nur raten, geben Sie keinen falschen Namen an. Sonst machen Sie sich außerdem noch der intellektuellen Urkundenfälschung schuldig. Wir führen Buch.

Das Verbrecheralbum und Ihre Fingerabdrücke verraten
Sie doch.«

»Aber ... ich ...«

»Ich rede!«, unterbrach er ihn. »Überhaupt kommen Sie
mir sehr bekannt vor. Also! Wann hatte ich schon mal
mit Ihnen zu tun?«

»Ich wüsste wirklich nicht.«

»War's nicht im letzten Sommer – wie?« pfiff er ihn an.

»Möglich. Ich erinnere mich nicht.«

»Aber ich.«

»Dann sind wir uns vielleicht in Karlsbad begegnet?«

»Wo?«

»Oder später am Rigi?«

»Mann!« tobte jetzt der Beamte. »Wenn Sie glauben,
dass ich mich von Ihnen an der Nase herumführen lasse,
dann irren Sie sich. Also wie heißen Sie?«

»Wenn es denn sein muss – Sie glauben gar nicht, wie
peinlich mir das ist – schon der andern wegen – kann
man das denn nicht irgendwie unterdrücken?«

»Der spinnt, scheint's, wirklich«, sagte der ältere Beamte, während der jüngere ihn nur noch gröber anfuhr:

»Ihren Namen!«

Der junge Mann senkte den Kopf und sagte leise:

»Koppen!«

»Stimmt das auch?«

»Sie können auch schreiben: Baron v. Koppen.«

»Sie sehen auch gerade so aus. – Also schreiben Sie
Koppen. Vorname?«

»Wolf Dietrich!«

»Sie, das klingt sehr unwahrscheinlich. Was war denn
Ihr Vater?«

»Gehört das auch zum Protokoll?«

»Nein!«, erwiderte der Sekretär. – »Aber Ihr Beruf?«

»Den kennen wir ja«, erwiderte der Beamte. »Was waren Sie früher?«

»Diplomat!«

»Wa … a … s? Diplo …? Hören Sie, junger Mann, der
Witz ist gut. Sie haben Humor. Warum nicht gleich
Reichskanzler?«

»Das war mein Ziel – aber nun, nach dieser Affäre!«

»Schreiben Sie berufslos«, befahl der Kommissar dem
Schreiber.

»Ich bin doch aber …«

»Interessiert uns nicht. Schreiben Sie weiter: Ich gebe
zu, in der Nacht vom vierten zum fünften März – wann
war das?« fragte er die Polizisten.

»Etwa vier Uhr.«

»Also schreiben Sie: zwischen drei und vier Uhr wie
jede Nacht in dem Café Kuhle verbracht zu haben.«

»Erlauben Sie! Ich war noch nie in meinem Leben …«

»Kenn' ich! Sie waren natürlich das erste Mal in dem
Café und kannten nicht einmal den Namen.«

»Ich habe ihn eben zum ersten Mal gehört.«

Da brüllte der Beamte erheitert auf und bog sich vor Lachen. Auch sein Kollege stimmte in die Heiterkeit mit ein.

»Was hab' ich gesagt?«, pruschte er den Kollegen an. »Er war das erste Mal – er kannte den Namen des Cafés nicht – die Gegend war Ihnen ganz fremd, nicht wahr? – Und von den kleinen Mädchen, die da nachts über entlang trippeln, kennen Sie auch keine, *Herr Baron!*« fügte er spöttisch hinzu.

»Ich habe in der Gegend sonst nichts zu tun.«

Der Beamte wandte sich wieder an den Polizisten:

»Sie haben gesehen, dass er von den Mädchen Geld genommen hat?«

Der Polizist erwiderte zögernd:

»Das gerade nicht.«

»Sie haben sein Gespräch belauscht und es daraus entnommen?«

»Das auch nicht gerade.«

»Die Mädel haben es Ihnen also erzählt?«

»Die Mädel ...«

»... wollen natürlich ungenannt sein. Sie haben Furcht, er wird sich rächen. Also gemeingefährlich, wie ich schon sagte. Hilft nichts! Das Zeugnis von den Mädchen müssen wir haben.« – Er wandte sich an den Baron, der völlig erschlagen dem Beamten gegenübersaß: »Es sei denn, dass Sie einfach zugeben, von ihnen Geld genommen zu haben.«

»Ich weiß es nicht.«

»Sie gestehen also endlich ein. Das ist verständig von Ihnen. Sie waren ja sowieso überführt.«

»Ich war sehr erregt – goss eine Tasse Kaffee herunter – legte zehn Mark auf den Tisch – es können auch zwanzig gewesen sein – als der Kellner sie nehmen will, sind sie fort – da hat dann, glaube ich, eins der Mädchen – ich weiß es nicht, es standen so viele herum – die fünfundzwanzig Pfennige für mich bezahlt – vermutlich dieselbe, die den Zwanzigmarkschein vom Tisch genommen hat.«

»Gegeben hat, wollen Sie sagen.«

»Genommen!«

»Irgendwer muss Ihnen den Schein doch gegeben haben.«

»Wieso?«

»Fragen Sie nicht so dumm. Oder wollen Sie mir einreden, dass jedem Besucher des Café Kuhle beim Eintritt in das Lokal von dem Portier zwanzig Mark in die Hand gedrückt werden?«

Der alte Beamte und die Polizisten lachten laut auf.

»Sie haben Humor, Kollege!«, rief der Beamte, worauf der Jüngere unter Hinweis auf Koppen erwiderte:

»So ein Ganove denkt sonst womöglich noch, man nimmt ihn für ernst.«

»Das haben wir gar nicht gesehen«, sagten die Polizisten.

»Auch nicht nötig«, erwiderte der Beamte. »Er gesteht es ja ein« – und zum Schreiber gewandt fuhr er fort: »Schreiben Sie also: Ich saß wie jede Nacht mit Mädchen der dortigen Gegend an einem Tisch des Café Kuhle, wo ich eine Tasse Kaffee trank. Als ich mit einem Zwanzigmarkschein, über dessen Herkunft ich die Aussage verweigere, zahlen wollte, war der Schein plötzlich verschwunden. Aller Wahrscheinlichkeit nach hat ihn eins der Mädchen an sich genommen, das dann auch den Kaffee für mich bezahlte. Ihren Namen möchte ich nicht nennen. Was ich an Kleidung und zu meinem Lebensunterhalt benötige, beziehe ich auf gleichem Wege. – So! Das können Sie, ohne irgendwelche Nachteile für sich zu befürchten, unterschreiben.«

»Kann ich dann gehen?«, fragte der Baron.

»Zuvor müssen Sie jedenfalls das Protokoll unterzeichnen.«

Er reichte dem Baron die Feder und fragte, während der Baron unterschrieb, einen der Polizisten:

»Das Protokoll enthält doch alles Wesentliche?«

»Ja«, erwiderte der, »bis auf den Einbruch.«

»Einbruch? Was für'n Einbruch?«

»Das in dem Café war doch nachher.«

»Sie haben eine sonderbare Art, einen klaren Sachverhalt zu komplizieren. Sie liefern hier einen Mann wegen Zuhälterei ein ...«

»Wegen Einbruchs, Herr Kommissar!«

»Davon haben Sie bisher kein Wort gesagt.«

»Ich wollte die Vernehmung nicht stören.«

»Einen Einbruch hat er also auch begangen?«

»Ja!«

»Berichten Sie!«

»Wir sahen«, begann einer der Polizisten, zog sein Dienstbuch aus der Tasche und las daraus vor, »wie ein Mann gegen zwei Uhr die Fassade einer Villa in der Leibnizstraße emporkletterte und durch ein offenstehendes Fenster einstieg. Bald darauf wurde es hell im Zimmer. Es dauerte nicht lange, da wurden die Gardinen vorgezogen, es blieb eine Weile hell, dann erlosch das Licht von Neuem.«

»Und Sie sind nicht auf den Gedanken gekommen, dem Mann nachzusteigen?«, fragte der ältere Kommissar.

Der Polizist erwiderte:

»Ich war mit dem Rapport beschäftigt.«

»Und Sie?«, fragte er den zweiten Polizisten.

»Ich dachte mir, da er so bequem eingestiegen ist, wird er wohl auf dem Wege wieder heraussteigen. Trotzdem gab ich auch auf die übrigen Fenster und auf die Haustür acht.«

»Inzwischen konnte ja jemand oben umgebracht werden,« warf der ältere Kommissar ein, worauf der Polizist erwiderte:

»Das hätten wir auch festgestellt. Jedenfalls dauerte es knapp eine halbe Stunde, da wurde es für Augenblicke wieder hell, und als das Licht erlosch, öffnete sich das Fenster und der Mann stieg wieder heraus. Wir verbargen uns, sahen noch, wie er sich an dem Geländer eines Balkons im Erdgeschoss Rock und Hose zerriss, und folgten ihm unauffällig.«

»Warum haben Sie da noch immer nicht zugegriffen?«, fragte der Kommissar.

»Weil wir feststellen wollten, ob er Helfershelfer hatte.«

»Das war klug von Ihnen.«

»Der Mann rannte wie besessen, als wenn er sich verfolgt glaubte, und stürzte dann an der nächsten Ecke in das Café Kuhle, in das wir ihm unauffällig folgten.«

»Das haben Sie ausgezeichnet gemacht.«

»Dann stammten die zwanzig Mark am Ende von dem Einbruch her«, sagte der ältere Kommissar, worauf der jüngere erwiderte:

»Aber, Herr Kollege, wir wissen ja bereits, dass sie einem der Mädchen gehörten, das sie beim Zahlen auch wieder an sich nahm.« – Dann wandte er sich an den Baron und fragte: »Was haben Sie auf den lückenlosen Bericht dieses Beamten zu bemerken?«

Der Baron hatte, während der Polizist aus seinem Buche vorlas, unruhig in seinen Taschen herumgesucht und war dabei in immer größere Erregung geraten.

»Antworten Sie!«, fuhr ihn der Kommissar an. »Geben Sie zu, was der Bericht Ihnen vorwirft?«

»Ich habe kein Wort gehört.«

»Sind Sie taub?«

»Nein! Aber ich habe die Kette verloren.«

»Was für eine Kette?«

»Assuntas Perlen.«

»Herr! Hören Sie endlich auf, hier verrückt zu spielen.«

Der Baron stülpte, ohne auf den Kommissar zu achten, sämtliche Taschen um, riss sich Rock und Weste vom Leibe, durchsuchte fieberhaft jedes Stück, das er am Körper hatte, und rief verzweifelt:

»Assuntas Perlen! Sie sind mir gestohlen.«

»Sie sind hier im Polizeipräsidium und nicht bei einer Filmaufnahme.«

»Wir haben festgestellt«, sagte der Polizist, »dass die Wohnung, in die der Einbrecher einstieg, der Filmschauspielerin Assunta Lu gehört.«

»Hören Sie!«, rief der Beamte dem Baron zu, der immer verzweifelter seine Sachen durchsuchte. »Sie sind überführt! Ersparen Sie sich die Anstrengung. Geben Sie den Einbruch zu.«

»Natürlich gebe ich ihn zu. Wie sollte ich denn sonst zu den Perlen kommen?«

»Habe ich Sie endlich so weit?« – Und zum Schreiber sagte er: »Schreiben Sie: Ich gebe ferner zu, in die Wohnung der Filmschauspielerin Assunta Lu gewaltsam eingebrochen zu sein, um sie ...« – Er wandte sich wieder an den Baron: »Zu welchem Zweck? Zu einem Liebesrendezvous steigt man ja für gewöhnlich nicht durchs Fenster. Geben Sie also ruhig zu, dass Sie sie berauben wollten.«

»Natürlich! – Ihr Kollier sollte ich rauben.'

»Wollte – meinen Sie!«

»Sollte!«

»Sie behaupten also, im Auftrage anderer gehandelt zu haben?«

»Selbstverständlich. – Wie käme ich sonst dazu, einer Diva, die ich gar nicht kenne, ein Kollier zu rauben, für das ich gar keine Verwendung habe.«

»Nun fehlt nur noch, dass Sie uns erzählen, Sie sind Millionär – Baron sind Sie ja schon.«

»Ich besitze keinerlei Vermögen.«

»Und da wollen Sie uns weismachen, Sie wüssten nicht, was Sie mit dem Kollier hätten anfangen sollen?«

»Sie glauben doch nicht etwa, dass ich es verkaufen wollte?«, rief er erregt. »Es kann nur eins von den Mädchen haben. Ich beschwöre Sie, Herr Rat oder was Sie sonst sind, lassen Sie die Mädchen festnehmen. Ich komme sonst in den furchtbarsten Verdacht! Meine ganze Karriere ist hin, wenn ich das Kollier nicht wiederbeschaffe.«

»Alte Faxen!«, erwiderte der Beamte. »Dass ihr Ganoven auch nie etwas Neues bringt. Das Kollier haben Sie im Augenblick Ihrer Verhaftung natürlich einem Ihrer Mädchen zugeworfen« – und zu den Polizisten gewandt, fuhr er fort: »Sie hätten auch besser Obacht geben können.«

»Jede Minute ist kostbar!« drängte der Baron. »So ein Mädchen versteht ja gar nichts von dem Wert eines solchen Kolliers. Die verschleudert es an den ersten besten. Und wenn sie die Steine herausbrechen, besteht überhaupt keine Möglichkeit mehr, es wiederzubeschaffen.

»Wenn Sie glauben, dass wir uns von Ihnen bluffen lassen«, sagte der jüngere Beamte, »irren Sie sich. So früh wie Sie stehen wir noch lange auf. Wenn Sie uns auf die

Mädchen hetzen, so geht für uns nur daraus hervor, dass keins von den Mädchen das Kollier hat.«

»Ich hatte es noch, als ich ins Café kam. Und da ich es von da bis hier nicht verloren haben kann, so muss es ...«

»Schweigen Sie!« kommandierte der Beamte und fuhr fort zu diktieren: »gewaltsam eingebrochen zu sein, um sie zu berauben. Ich stahl ihr ein Kollier ...«

»Ja, das tat ich.«

»Sehen Sie, so gefallen Sie mir. – Was haben Sie sonst noch gestohlen?«

»Nichts!«

»Wo das Kollier lag, wird doch noch anderer Schmuck gelegen haben.«

»Eine Unmenge lag da noch herum. Ringe, Armbänder, Broschen ...«

»Und die haben Sie nicht mitgehen lassen? Lieber Mann, einen so beschränkten Eindruck, dass man Ihnen das glaubt, machen Sie nun doch nicht.«

»Es handelt sich doch nur um das Kollier. Da das fort ist, so wird man sagen, dass ich es unterschlagen habe.«

»Da können Sie Gift darauf nehmen.«

»Ich kann Ihnen ja gar nicht sagen, wie glücklich ich bin, dass Sie mich verhaftet haben.«

»Wa ... a ... s?«

»Man hat mich von dem Augenblick an, wo ich aus dem Fenster Assunta Lu's stieg, beobachtet und verfolgt bis zu dem Augenblick, wo man mich verhaftet hat. Ich hatte also gar keine Möglichkeit, das Kollier zu verbergen. Wenn ich es fortgeworfen hätte ...«

»Ausgeschlossen!«, sagte der Polizist. »Wir hätten es sehen müssen.«

»Also ist es mir von einem der Mädchen im Café gestohlen worden.«

»Die Möglichkeit ist nicht von der Hand zu weisen«, erklärte der Kommissar und fragte die Polizisten: »Sind Ihnen die Mädchen bekannt?«

»Die meisten«, erwiderten die.

»Sofortige Haussuchung und Leibesvisitation«, ordnete der Kommissar an, und der Baron bat:

»Aber bei allen gleichzeitig.«

»Dazu reichen unsere Beamten nicht aus.«

»Dann laufen die Mädchen, bei denen die Polizei war, zu den anderen und warnen sie.«

»Das lassen Sie unsere Sorge sein! Ob die Kette da ist oder nicht, spielt zunächst gar keine Rolle. Hauptsache, wir haben Sie!«

Und der ältere Kommissar strich sich den großen Schnauzbart hoch und meinte:

»Mir scheint auch, wir haben da einen guten Fang gemacht.«

Vierzehntes Kapitel,
Intermezzo

An demselben Morgen, an dem Baron v. Koppen als gemeingefährlicher Verbrecher in das Präsidium eingeliefert wurde, saß der neue Regierungsrat Emil Aufrichtig zum ersten Male in seinem Amtszimmer und studierte die Akten von Coeur-As. Tatsächlich enthielten sie nur die Vorgänge, die sich in Deutschland begeben hatten. Vorn aber war ein Vermerk des Inhalts, dass die Strafakten von Coeur-As bei den Polizeipräsidien in Paris, London und Neuyork zwecks Einsichtnahme eingefordert waren. Ein weiterer Vermerk berichtete über die Bereitwilligkeit der fremden Behörden und verzeichnete mit genauer Angabe der Daten den Eingang der Akten, die zwecks Bearbeitung vom Präsidium wieder an den ehemaligen Oberstaatsanwalt Spicker weitergegeben worden waren.

Emils erste Amtshandlung bestand, was man verstehen wird, darin, dass er sich mit dem Oberstaatsanwalt verbinden ließ. Er bat ihn nochmals um vorübergehende Überlassung der Akten, um ein Gesamtbild zu gewinnen. Aber der erwiderte:

»Unmöglich! Ich sitze selbst gerade über den Akten. Das ist der frechste Bursche, der mir in meiner Praxis bisher begegnet ist.«

»Ich finde, er hat eine ganze Reihe recht sympathischer Züge«, erwiderte Emil. »Wenn der aus einem anderen Milieu stammte, ich glaube, das wäre ein Ihnen ebenbürtiger Staatsanwalt geworden.«

»Ich muss doch bitten«, erwiderte Spicker empört. »Was sind das überhaupt für Vergleiche! Im Übrigen begeht er Fehler über Fehler, und ich begreife nicht, dass man ihn noch immer nicht hat. Es würde mich interessieren, zu erfahren, ob sich in Ihren Akten auch Fälle befinden, in denen er plötzlich eine Art Gefühlsneurose zeigt, in der er alle Vorsicht außer Acht lässt.«

»Gewiss, solche Fälle habe ich auch. Ein Beweis, dass er noch nicht völlig verroht ist.«

»Sie finden bei jedem Verbrecher noch etwas Gutes heraus.«

»Weil ich sie nicht für wilde Tiere halte, auf die man Jagd macht, sondern für bedauernswerte Menschen, denen man helfen soll.«

»Mit den Ansichten sollten Sie Pastor werden.«

»Wollen sehen, wer mit seiner Auffassung weiter kommt«, erwiderte Emil.

»Ich freue mich auf das Match mit Ihnen«, sagte der Oberstaatsanwalt, »und bin jederzeit bereit, die Summe zu verdoppeln.«

»Auf Wiedersehen!«, rief Emil in den Apparat und hing den Hörer an.

Dass der Oberstaatsanwalt ihm aber nicht die Akten herausgab, stimmte ihn bedenklich.

* * *

Um die gleiche Zeit unternahm eine Abteilung der Kriminalpolizei eine Streife und suchte die Quartiere der Mädchen ab, die in dem Café Kuhle verkehrten. Das Resultat war die Festnahme von einem Mädchen und im Anschluss daran von ein paar Männern, die beschäftigungslos und vorbestraft waren. Es war gekommen, wie der Baron vorausgesagt hatte. Ein Mädchen, bei dem die Polizei gewesen war, lief über ein paar Höfe, kletterte über einen Zaun, pfiff zu einem Fenster hinauf und warnte ihre Freundin, die des Nachts dem Baron den Kaffee bezahlt und ihm als Ausgleich dafür die Kette aus der Tasche gezogen hatte. Die Freundin überlegte einen Augenblick lang, wo sie die Kette verbergen könnte, erinnerte sich eines Mädchens, das seit ein paar Nächten in dem Café saß und ein paar Häuser von ihr entfernt wohnte. Sie stürzte mit der Kette aus dem Haus, lief zu dem Mädchen, das noch im Bett lag, und rief:

»Die Polente ist hinter mir her!« und warf ihr die Kette zu. Dann lief sie auf demselben Wege in ihre Wohnung zurück. Wenige Augenblicke später erschien tatsächlich die Polizei, drohte, fragte, suchte und verschwand wieder. Aber sie klopfte eine halbe Stunde später auch bei der anderen, die arglos die Kette aufbewahrte. Das Mädchen hatte das weder gewollt noch vermutet, da die andere neu und; wie sie glaubte, der Polizei noch unbekannt war. Aber der Besitzer des Cafés hatte der Polizei die Namen und Adressen aller Mädchen preisgegeben. –

Die Polizei fand die Kette und nahm das Mädchen fest. Das Mädchen, das auffallend hübsch, aber todelend war und sich vor Schwäche kaum auf den Beinen halten konnte, verweigerte jede Auskunft.

»Machen Sie mit mir, was Sie wollen«, sagte es zu dem Kommissar, »mir ist alles gleich.«

Der Kommissar diktierte dem Schreiber das Protokoll. Es lautete:

»Ich bin die Freundin des berufs- und beschäftigungslosen Koppen, der mir das Kollier in Aufbewahrung gegeben hat. Ich wusste, dass es von einem Einbruch herrührte und dass ich mich dadurch der Hehlerei schuldig machte.«

»Lesen Sie ihr das Protokoll nochmals vor!«, befahl der Kommissar. Der Schreiber las.

»Sie hören ja gar nicht zu«, brüllte der Kommissar das Mädchen an.

Das Mädchen fuhr erschrocken auf und erwiderte:

»Ich sagte ja schon, mir ist alles gleich.«

»Sie müssen unterschreiben.«

»Das kann ich ja tun.«

Der Schreiber gab ihr einen Halter und legte ihr das Papier vor. Das Mädchen unterschrieb.

»Ihr Freund hat übrigens alles gestanden«, sagte der Kommissar, während das Mädchen unterschrieb. »Ihr Leugnen hätte Ihnen also nichts genützt.«

Sie sah ihn groß an und fragte:

»Wer hat gestanden?«

»Koppen!«

Paula schüttelte den Kopf. Dann fragte sie:

»Was hat er denn gestanden?«

»Den Einbruch.«

Da zuckte das Mädchen zusammen. Eben noch todmatt, richtete es sich plötzlich hoch. Das Gesicht bekam Leben, die Augen Glanz, und jeden Nerv gespannt rief es:

»Was für ein Einbruch?«

»Bei der Filmdiva Assunta Lu.«

»Assunta Lu?« wiederholte das Mädchen, und mit einer Stimme, die kaum noch hörbar war, sagte sie: »Ich ... dachte ... schon ... Emil!«

»Führen Sie sie ab!«, befahl der Kommissar.

Fünfzehntes Kapitel,
in dem Emil zum ersten Male einen Verbrecher vernimmt

Wenn es sich bei diesen Aufzeichnungen um einen Roman handeln würde, so könnte man vielleicht schreiben – schon, um unserem Helden die Sympathie der Leser ungemindert zu erhalten –, dass Emil auch auf seinem neuen Posten in erster Linie an Pflichterfüllung und erst in zweiter Linie an seine eigene Sicherheit dachte. Will man aber der Wahrheit die Ehre geben, so muss man leider sagen, dass dem nicht so war. Die Atmosphäre des Polizeipräsidiums legte sich ihm im Anfang doch lähmend auf die Brust. Dazu kam das Studium seiner Akten, die ihm seine Vergangenheit völlig geist- und humorlos erscheinen ließen, während sie in seiner Fantasie als interessante Eskapaden und Abenteuer fortgelebt hatten. Und in der Vorstellung, dass zur gleichen Zeit, wo er die deutschen Akten las, der Oberstaatsanwalt die Akten des Auslandes vor sich liegen hatte und jedes seiner Abenteuer verständnislos nur daraufhin prüfte, ob nicht irgendein Gesetzesparagraf auf sie Anwendung finden könne, verlor er, zum ersten Male, seitdem wir uns mit ihm beschäftigen, seine gute Laune.

Auch sah er mit einigem Unbehagen die Stunde, die ja nicht lange auf sich warten lassen konnte, voraus, wo er einem seiner früheren Freunde als Ankläger und Verfolger gegenüberstand. Nicht, dass er für sich und seine Sicherheit fürchtete – darüber, ob sie ihn verraten würden, dachte er nicht nach –, aber die Vorstellung, er werde mit einem Gefühl der Minderwertigkeit, das er als Strafgefangener den Beamten gegenüber nie gehabt hatte, seinen ehemaligen Kameraden gegenüberstehen, drückte ihn nieder.

Er stand auf, um die Tür zum Nebenzimmer zu schließen, in dem ein älterer Kommissar gerade einen Verbrecher vernahm. Er sah nur den geschorenen Kopf und den Rücken des Mannes, der dem Beamten gegenübersaß. Auf dem Tisch lag ein Stoß von Pelzen. Statt die Tür zu schließen, trat er zur Seite, damit der Kommissar ihn nicht sehen konnte, und wurde Zeuge folgender Vernehmung:

»Sie bleiben also dabei«, sagte der Kommissar, »dass die drei Nerzpelze, der Breitschwanzmantel und die vier Zobelgarnituren, die man in Ihrer Wohnung gefunden hat, zur Garderobe Ihrer Frau gehören?«

»Jawoll, Herr Richter, das is so!«

»Obgleich die sonstige Garderobe Ihrer Frau nur aus einem alten Mantel, einem unsauberen Rock und drei Waschblusen besteht?«

»Jede Frau hat ihren Fimmel. Meine is nu mal für Pelze.«

»Wo stammt denn das Geld für derartige Anschaffungen her?«

»Wissen Se, Herr Richter, wenn 'ne Ehe heutzutage halten soll, darf man 'ne Frau nich viel fragen.«

»Sie wollen doch nicht etwa behaupten, dass Ihre Frau Liebhaber hat und dass diese Liebhaber ihr derartige Geschenke machen?«

»Ich denk' mir jar nischt.«

»Im Übrigen ist doch Ihre Frau weder jung noch schön.«

»Das sagen Se ihr man.«

»Und längst über die Jahre hinaus.«

»Se muss es doch verstehen.«

»Wissen Sie, was die Pelze für einen Wert haben?«

»Keene Ahnung!«

»Vierzigtausend Mark.«

»Nu sehn Se bloß mal an, des is ja een Vermögen.«

»Was sagen Sie aber dazu, wenn ich Ihnen verrate, dass in der Nacht vom 26. zum 27. März in das Pelzgeschäft von Arend in der Leipzigerstraße eingebrochen worden ist.«

»So was soll ja vorkommen.«

»Und dass da genau dieselben Pelze gestohlen wurden, die man bei Ihrer Frau gefunden hat.«

»Nu sagen Se bloß, Herr Richter, da kommt unsereins wegen seine Gutmütigkeit am Ende noch in Verdacht.«

»Wieso Gutmütigkeit?«

»Weil ich doch meiner Frau ihr Amüsemang lasse.«

»Zu welchen Gelegenheiten hat denn Ihre Frau die Pelze getragen?«

»Wenn ich mit se ausgegangen bin, nich.«

»Also wenn sie mit ihren Freunden zusammen war.«

»Des is 'n heikles Thema, Herr Richter, da möcht' ich mir nich drauf einlassen.«

»Wo waren Sie denn in der Nacht vom 26. zum 27.?«

»Wo ick immer bin.«

»Wo sind Sie denn immer.«

»Mal da – mal da. Das hängt von's Wetter ab. Und von de Jahreszeit.«

»Im März ist Frühling.«

»Es hat auch schon geschneit im März. Ich erinnere mir zum Beispiel an das Jahr 1911.«

»Das interessiert mich nicht.«

»Mir interessiert auch nich, was Se mir fragen.«

»Ich will nicht wissen, wo Sie im Jahre 1911, sondern wo Sie am 26. März 1925 waren.«

»Morjens, da bin ich so gegen acht zu de Hühner ...«

»Abends!«, unterbrach ihn der Kommissar wütend.

»Nee, morjens. Ich muss et doch wissen. Ich weiß et sojar genau. Ein Huhn, das war in das Gitter ingeklemmt«

»Ich will wissen, wo Sie am 26. März abends waren.«

»Wo soll ich'n jewesen sein? Zu Hause natürlich. Unsereins hat kein Geld zum lumpen.«

»Sie sind aber gesehen worden.«

»Mir sieht bald wer.«

»Und zwar um elf Uhr abends, als Sie fortgingen. Sie haben sogar ›guten Nabend‹ gesagt.«

»Des is schon Schwindel.«

»Wieso?«

»Weil ich immer ›Mahlzeit‹ sage, da könn' Se fragen, wen Se wollen.«

»Was denn? Sie sagen nachts um elf Uhr Mahlzeit?«

»Des hab' ich so an mir. Des ärgert de Leute. Weil se meist doch nischt im Magen haben und denken, man kommt gerade von's Essen.«

»Also gut! nehmen wir an, der Mann hat sich geirrt und Sie haben nicht guten Abend, sondern Mahlzeit gesagt.«

»Wenn Se meinen, der Mann hat sich geirrt, was woll'n Se denn mit son'n Zeugen?«

»Derselbe Mann hat Sie dort um drei Uhr nachts mit einem großen Paket wieder ins Haus gehen sehen.«

»Was hab ich'n da gesagt?«

»Das weiß ich nicht.«

»Der Mann muss ville zu tun haben, wenn er da noch immer vor das Haus stand.«

»Er steht an der Ecke und handelt mit Streichhölzern.«

»Derf er denn das um die Zeit?«

»Natürlich nicht.«

»Und auf so'n Mann, der jegen die polizeilichen Vorschriften verstößt, berufen Sie sich als Zeugen?«

»Geben Sie endlich zu, dass die Pelze aus dem Einbruch herrühren?«

»Dazu muss ich erst wissen, ob der Zeuge vorbestraft ist.«

»Was hat das mit den Pelzen zu tun?«

»Mit was für Pelzen?«

»Die wir in Ihrem Hause gefunden haben.«

»Wir reden doch jetzt von de Streichhölzer. Nu sagen Se bloß, Herr Richter, wie kommt so'n Mann dazu, mitten in der Nacht dazustehen und gegen die Polizei Verordnung ...«

»Kreuzdonnerwetter! Machen Sie mich nicht toll.«

»So was kann mir ärgern.«

Emil, der im Gegensatz zu dem Kommissar Humor genug besaß, um sich über die überlegene, trockene Art zu amüsieren, mit der dieser Verbrecher es verstand, in kritischen Augenblicken auf Nebendinge abzulenken, vergaß, wo er war, und lachte laut auf.

Der Verbrecher rührte sich nicht. Aber der Kommissar wandte den Kopf zur Tür, sprang auf, rief:

»Ah! Herr Regierungsrat!« und verbeugte sich.

»Ich war zufällig Zeuge«, sagte Emil, und der Kommissar erwiderte:

»Ein hartgesottner Sünder!«

Emil trat näher, warf einen Blick in die Akten und sagte:

»Überlassen Sie mir mal den Mann.«

Der Verbrecher blieb unbeweglich und hielt es nicht einmal der Mühe für nötig, aufzustehen.

»Wünschen Herr Regierungsrat, dass ich bleibe?«, fragte der Kommissar.

»Nein!«, erwiderte Emil, worauf sich der Kommissar verneigte und hinausging.

Emil überflog die Akten und brabbelte vor sich hin:

»Karl Pflaume, fünfzehnmal vorbestraft wegen schweren Einbruchs, Raubs, Nötigung, Diebstahl. Ah! Hier! Einbruch in das Pelzgeschäft von Arend. – Hm! Die Pelze sind da. Ein Zeuge auch. Und trotzdem leugnen Sie?«

»Nee!«

»Sie gestehen also?«

»Ich leugne weder, noch gestehe ich. Beweisen müssen *Sie!*«

»Stimmt!«, sagte Emil und sah sich den Mann näher an. »Sind wir uns nicht schon mal irgendwo begegnet?«

»Mir war auch gleich so.«

»Bei Ihren vielen Vorstrafen wäre das ja kein Wunder.«

»Nee, hier nich! Die Brüder von's Präsidium kenne ich alle. Durch de Banke.«

»Na, dann vielleicht draußen?«

»Verkehren Se och ans Schles'sche Tor?«

»Hin und wieder.«

»Dann kennen Se och am Ende das Café Plinke?«

»Aber ja! Natürlich!«

»Des jehört meinem Schwager! – Aber wie kommen Sie 'n dahin? Dienstlich?«

»Nee! Um vom Dienst auszulüften.«

»Sie, des versteh' ich. Des macht mir Ihnen sympathisch. Ich könnt' hier och nich den janzen Tag an'n Schreibtisch sitzen und mir dumm kommen lassen.«

»Sie haben ganz recht. Das ist auf die Dauer unerträglich.«

»Bei uns – überhaupt ins Café Plinke – da is doch was los – alle Tage was anders. – Aber hier? Immer det gleiche.«

»Wie kann man aber auch so töricht sein?«, fragte Emil, der fortgesetzt die Akten las.

»Was'n?«

»Sie brechen mit einem Dietrich die Tür auf, obschon Sie bloß die Glasscheibe einzudrücken brauchten.«

»Sehn Se, das hab' ich mir auch jesagt. Und ich hatte se auch schon ringsum ausgelotet.«

»Ja – und?«

»Wie ich mit de Laterne ableuchte, seh' ich, des is'n Kachelboden.«

»Was besagt das?«

»Der Lärm von de Scheiben.«

»Hatten Sie denn kein Teerpapier?«

»Was is'n das?«

»Da fällt die Scheibe nicht heraus und bleibt an der Hand kleben.«

»Bei Sie lernt man doch was.«

»Ein Mann wie Sie muss so was doch wissen.«

»Ich schäm' mir ja. Aber ich wusste es wirklich nich.«

»Na, das ist nicht mehr zu ändern.«

»Aber das nächste Mal.«

»Und wenn man Silber anfasst und keine Handschuhe anhat ...«

»Ich arbeite nich gern mit Handschuh.«

»Dann reibt man das Silber hinterher mit einem Tuch ab. Von Ihren fünfzehn Vorstrafen hätten Sie sich ein Dutzend ersparen können.«

»Wenn ich Ihnen vorher gekannt hätte.«

»Bei diesem Pelzdiebstahl kann Ihnen kein Mensch helfen.«

»Ich glaube och.«

»Dann wär's vielleicht das Beste, Sie gestehen ein.«

»Mach ick!«, erwiderte der Verbrecher und wies zur Tür. »Aber nich dem.«

»Ich würde Ihnen nicht dazu raten, wenn ich auch nur die geringste Möglichkeit für Sie sähe – aber es gibt keine.«

»Ich weiß, wo Se mir so entgegenkamen, lass' ick Ihnen auch nich sitzen. Ich gestehe alles. So'm Menschen wie Sie, hilft unsereins auch mal vorwärts.«

»Sie würden das auch zu Protokoll geben?«

»Ja!«

In diesem Augenblick erschien der Polizeidiener und überreichte Emil eine Karte. Emil las:

Amalie Aufrichtig.

Er wandte sich an den Diener und sagte:

»Führen Sie die Dame in mein Zimmer. Und zu dem Verbrecher sagte er:

»Wir machen das Protokoll heute Nachmittag.«

»Wann Se woll'n. Ick hab' nischt zu versäumen.«

Dann ließ er ihn abführen und ging in sein Zimmer zurück.

Sechzehntes Kapitel,
in dem Emil von seiner vornehmen Verwandtschaft wieder abrückt

Amalie Aufrichtig betrat mit Blumen und einem gerahmten Bild im Arm Emils Arbeitszimmer. Im selben Augenblick, in dem die Vernehmung des Pelzdiebs beendet war.

Die Begrüßung war äußerst herzlich. Amalie kam jetzt im Auftrage der ganzen Familie, um ihn zu seiner Ernennung zu begrüßen und überreichte einen Strauß Orchideen.

»Wir alle sind stolz auf dich!«, beendete sie ihre pathetische Ansprache.

Emil wies soviel Lob zurück und bedankte sich. Aber Amalie begann von Neuem:

»Auf unserem gestrigen Familientage in Frankfurt am Main, der wie immer Anfang April abgehalten wurde ...«

»Ich erinnere mich aus meiner Kindheit ...«

»Du warst ein goldiger Junge! – Aber du hast als Mann gehalten, was du als Kind versprachst.«

»Du übertreibst schon wieder, Amalie!«

»Leider kann man das nicht von allen Aufrichtigs behaupten.«

»Ich will nicht hoffen, dass ein Aufrichtig unserem Namen Unehre macht«, erwiderte Emil und tat entrüstet.

»Bedauerlicherweise ist dies doch der Fall. Aber davon später! Ich sprach ...«

»Du sprachst von unserem Familientage, dem ich infolge geschäftlicher Inanspruchnahme leider nicht beiwohnen konnte.«

»Man hat es sehr bedauert.«

»So setz' dich doch erst einmal und leg' das Paket aus der Hand.«

Amalie erwiderte:

»Noch nicht!« wickelte das Bild, ein Männerporträt aus dem achtzehnten Jahrhundert, aus, stellte es auf den Tisch und fragte mit großer Geste:

»Kennst du das?«

Emil fühlte sich unsicher und erwiderte vorsichtig:

»Ich erinnere mich.«

»Ich habe mich also nicht getäuscht!«, rief Amalie glücklich. »Ich wusste, du würdest dich erinnern. Es ist unser Urgroßvater ...«

»Ich weiß! Ich weiß! Ich kenne mich doch in meiner Familie aus. Es hing ...«

»Du weißt auch das noch?«

»Ganz genau. Ich sehe die Wand noch vor mir.«

»Du siehst die Wand noch in Großvaters Zimmer?«, rief Amalie begeistert.

»Als ob es gestern wäre!«

»Es existiert nur dies eine. Es ist der Stolz der Familie.«

»Und was soll mit dem Bild geschehen?«

»Nach Großvaters letztem Willen soll es immer der Würdigste aus der Familie haben.«

»Und der Familienrat hat ...«

»Dich bestimmt.«

»Mich bestimmt«, bestätigte Emil und fügte hinzu: »Nach allem, was ich in den letzten Monaten erlebt habe, glaube ich beinahe selbst, dass ich es verdient habe.«

»Ich bin beauftragt, dir das Bild zu überreichen.«

»Trotzdem bedrückt es mich. – Es sind doch Ältere in der Familie, die sich zurückgesetzt fühlen.«

»Ich bewundere immer von Neuem deinen Takt und deine Bescheidenheit,« erwiderte Amalie und hing das Bild an die Wand. »Es kann keinen würdigeren Platz finden«, sagte sie, »als in diesem Raum, in dem du, Emil, im Geiste unserer Urahnen fortwirkst.«

»Ich weiß, Amalie, was ich meinen Ahnen schuldig bin.«

»Wüssten das nur alle Aufrichtigs.«

»Das sagtest du schon einmal.«

»Denke dir, mein Bruder Friedrich – du wirst dich kaum noch seiner erinnern?«

»Doch, doch, so dunkel!«

»Aber nein! Er war, als ihr damals aus Europa fortgingt, ja noch gar nicht geboren.«

»Möglich! Dann war wohl nur die Rede von ihm.«

»Das glaube ich gern! Meine Mama hat ja jedem erzählt, wie sehr sie sich einen Jungen wünscht.«

»Siehst du! – Vom vielen Reden kommt auch was heraus.«

»Wieso?«

»Na, der Junge ist doch da!«

»Wäre er lieber nicht gekommen«, sagte sie resigniert.

»Also, was hat der Junge ausgefressen?«

»Ich wage es gar nicht, dir zu erzählen.«

»Dann reden wir von was anderem.«

»Aber nein! Dazu bin ich ja hier.«

»Wie? Ich denke, du kommst im Namen der Familie, um mir ...« Er wies auf das Bild.

»Natürlich, dazu kam ich – wenigstens in erster Linie.«

»Und in zweiter ...?«, fragte Emil und wurde misstrauisch.

»Er musste lärmender Liebschaften und Spielschulden wegen vor Jahren als Offizier den Dienst quittieren.«

»So etwas gehört doch bei euch zum guten Ton.«

»Bei euch? Gehörst du vielleicht nicht zu uns?«

»Gewiss! – Ich wollte damit nur sagen, dass sich in unseren Kreisen niemand daran stößt.«

»Glücklicherweise nicht. Und er hatte auch die Chance, eine reiche Partie zu machen. Wir waren froh, ihn, wenn vielleicht auch nicht ganz standesgemäß, so doch gut untergebracht zu wissen.«

Und da Amalie noch immer zögerte, so sagte Emil:

»Also was ist? Hat er das Mädchen verführt?«

»Aber nein! Man verführt doch das Mädchen nicht, das man heiratet.«

»Also ein anderes?«

Amalie lächelte und sagte:

»Du bist doch wie ein Kind.«

»Wieso bin ich wie ein Kind?«

»Was wäre denn dabei, wenn er ein Mädchen verführte?«

»Vielleicht gegen ihren Willen – mit Hilfe von Alkohol oder gar mit Gewalt?«

»Wenn es das nur wäre! Das ließe sich doch mit Geld gutmachen.

»So sag's schon!« drängte Emil.

»Es fällt mir so schwer.«

»Hat er ein Auto gestohlen?«

»Bist du bei Sinnen?«, rief Amalie empört.

»Ist er eingebrochen?«

Amalie bekam einen roten Kopf und rief entrüstet:

»Ich verbiete dir, meinen Bruder und meine Familie derart zu beleidigen.«

»Ich weiß wirklich nicht, was ich daraus machen soll.«

»Ein paar Wechsel hat er gefälscht. – Das ist alles.«

Emil lächelte verächtlich.

»Um Sekt und Spielschulden zu bezahlen? Stimmt's?«

»Vermutlich.«

»Darauf steht Gefängnis. – Ist er vorbestraft?«

»Ja, du weißt wohl nicht, was du sprichst?«

»Er hat es demnach zum ersten Mal getan?«

»Nein! Es ist das vierte oder fünfte Mal. Aber bisher hat Papa immer die Wechsel bezahlt und es war erledigt.«

»Ah so! – Und diesmal?«

»Papa bezahlt nicht mehr. Er will sich nicht ruinieren.«

»Das hätte er von Anfang an tun sollen.«

»Was – hätte – er tun – sollen?«

»Nicht bezahlen.«

»Ja – und dann?«

»Dann wäre dein Bruder bereits beim ersten Mal auf ein paar Monate ins Kittchen gegangen – und damit als der verwöhnte Herr wahrscheinlich auch zur Besinnung gekommen.«

»Ein Aufrichtig ins Gefängnis? – Nimm es mir nicht übel, Emil, aber bei dir scheinen sich die Begriffe zu verwirren.«

»Wenn er jetzt ins Gefängnis kommt, wird es vermutlich zu spät für ihn sein.«

»Ja, du glaubst doch nicht im Ernst, dass ein Aufrichtig ins Gefängnis geht?«

»Sich eine Kugel in die Schläfe zu jagen, ist allerdings bequemer.«

»Dazu fehlt ihm der Mut.«

»Ein Drittes gibt es doch nicht.«

»Das *muss* es geben.«

»Und wie sollte das aussehen?«

»Emil! Du musst uns helfen!«

»Ich?«

»Bei deiner Stellung und deinen Verbindungen.«

Emil stand auf und sagte abweisend:

»Wie denkst du dir das?«

»Papa meint, er könnte – wenn er einen Pass hätte – ins Ausland flüchten.«

»Wie?«, rief Emil empört. »Ich soll diesem fünfmal nicht vorbestraften Menschen ...«

»Eben, weil er doch nicht vorbestraft ist.«

»Es aber verdient hätte! – Ich soll ihm falsche Papiere verschaffen?«

»Sie brauchten ja nur auf einen anderen Namen zu lauten.«

»Weißt du, dass darauf Zuchthaus steht?«

»Doch nur, wenn es herauskommt.«

»Nimm an, es käme heraus.«

»So wird man es bei deiner Stellung zu keinem Skandal kommen lassen.«

Emil sprang auf und sagte wütend:

»Weißt du, was jetzt meine Pflicht wäre?«

»Als Aufrichtig – oder als Beamter?«

»Als Mensch! – Ich müsste hier auf den Knopf drücken und dich verhaften lassen.«

»Du bist kein echter Aufrichtig,« erwiderte Amalie. »Sonst stände dir die Ehre deiner Familie höher als die Gesetze.«

Emil wies auf das Bild an der Wand und fragte:

»Was, glaubst du, hätte der anstelle deines Vaters getan?«

»Wie kann ich das wissen. Jedenfalls ist jetzt nicht die Zeit, Familiengeschichte zu treiben, da er jeden Augenblick verhaftet werden kann.«

»Ich kann ihm nicht helfen.«

»Wenn du es nicht tust, um die Ehre unserer Familie zu retten, – so tu's für dich.«

»Für mich?«

»Ja, glaubst du, es wird deine Stellung nicht erschüttern, wenn ein Vetter von dir wegen Wechselfälschung verhaftet und verurteilt wird?«

»Ich wiederhole dir: Ich rühre keinen Finger.«

Jetzt wies Amalie auf das Bild an der Wand und sagte:

»Mir scheint doch, der Familienrat hat einen falschen Beschluss gefasst.«

»Das scheint mir auch«, erwiderte Emil, nahm das Bild von der Wand, wickelte es in dasselbe Papier, in dem es gewesen war, legte es Amalie in den Arm, verbeugte sich und sagte:

»Ich jedenfalls lege keinen Wert mehr auf die verwandtschaftlichen Beziehungen.

Amalie warf ihm einen verächtlichen Blick zu und ging.

Siebzehntes Kapitel,
in dem Emils Vergangenheit zum ersten Male wieder lebendig wird

Wir Wilde sind doch bessere Menschen, dachte Emil, als Amalie draußen war. Zu weiterem Nachdenken ließ man ihm keine Zeit, denn er saß noch nicht wieder, da stürzte der Kriminalinspektor ins Zimmer und rief freudig und erregt:

»Herr Geheimrat! Wir haben einen Komplizen von Coeur-As!«

»Wie ist das möglich?«, erwiderte Emil. »Ich habe nach der Richtung hin doch noch gar nichts unternommen.«

»Meine Beamten ...«

»... hatten zu warten, bis sie Befehle von mir erhielten.«

Der Inspektor war ganz verblüfft.

»Wir wollten Ihren Befehlen gewiss nicht vorgreifen – aber es scheint doch, dass Ihre bloße Anwesenheit genügt ...«

»Höchst tölpelhaft!« fiel ihm Emil ins Wort.

»Und wir dachten gerade ...«

»Sie haben nicht zu denken. – Die natürliche Folge dieser übereilten Verhaftung ist, dass Coeur-As, den ich in Sicherheit wiegen wollte, gewarnt ist.«

Der Inspektor entfärbte sich und sagte kleinlaut:

»Daran haben wir allerdings nicht gedacht.«

»Das ist es ja! Sie denken immer das Falsche. Daher haben Sie auch nur Misserfolge. Um das zu ändern, habe ich mein Geschäft im Stich gelassen und mich hier zur Verfügung gestellt. Wenn Sie mir aber die Arbeit unmöglich machen, dann bitte ich noch heute den Minister um meine Entlassung.«

»Ich sehe ein ... es war ... ein Fehler.«

»Versuchen Sie, ihn gutzumachen.«

»Ich werde den Strafgefangenen sofort in Freiheit setzen.«

»Auf Ihre Verantwortung.«

»Selbstverständlich.«

»Und wenn ich Ihnen privatim einen Rat geben darf, so geben Sie ihn nicht frei – lassen Sie ihn entweichen.«

»Ich verstehe.«

»Erstaunlich«, erwiderte Emil ironisch.

Da der Inspektor, statt sich zu entfernen, noch immer am Schreibtisch stand, so sagte Emil:

»Worauf warten Sie noch?«

Und der Inspektor erwiderte zaghaft:

»Herr Regierungsrat werden aus diesem Versehen keine Konsequenzen ziehen?«

»Das wird davon abhängen, wie Sie sich bei der Fortführung der Untersuchung verhalten. Hier gibt es nur *einen* Willen, das ist meiner. Und zu denken haben Sie überhaupt nicht. Wenn Ihnen ein Befehl, den ich gebe, noch so absurd erscheint, so sagen Sie sich, dass Sie mit Ihrem subalternen Gehirn nicht imstande sind, meinen Gedankengängen zu folgen. Es hat alles einen Sinn, was ich tue. Einen tiefen Sinn! Der Ihnen erst sehr viel später eingehen wird.«

»Herr Regierungsrat haben das so überzeugend bewiesen, dass ich in jedem Falle danach handeln werde.«

»Haben Sie sonst noch etwas in der Sache getan?«

Der Inspektor wagte nicht, aufzusehen.

»Heraus mit der Sprache!«, befahl Emil.

»Leider ja. Wir haben durch eine Reihe von Zusammenhängen den Einbruch in die Villa des Herrn Redlich ziemlich restlos aufgeklärt.«

»So? – Haben Sie das getan? Sehen Sie mal an! Und nun kommen Sie sich womöglich noch unendlich tüchtig und gescheit vor?«

Der Inspektor sank immer mehr in sich zusammen und sagte leise:

»Nun nicht mehr.«

»Dann haben Sie womöglich auch noch weitere Verhaftungen vorgenommen?«

Der Inspektor wagte kaum, es zu gestehen.

»So reden Sie doch!« trieb ihn Emil an.

»Allerdings – aber ich werde – auch die anderen – entweichen lassen.«

»Das werden Sie nicht tun!«, fuhr er ihn an.

»Es ist doch aber das einzig Richtige.«

»Das ist es. Wenn man Ihnen aber hernach einen Strick daraus dreht, dann werden Sie sich auf mich berufen, nicht wahr?«

»Ich schwöre, dass ich das nicht tun werde. Schon weil ich einsehe, dass es falsch war.«

»Ich liebe keine Geheimabmachungen mit Untergebenen. Das schafft schiefe Situationen. Der Fehler ist einmal gemacht. Soll die Sache also in Gottes Namen laufen. Einmal muss es ja doch kommen. – Also, was haben Sie vorbereitet?«

»Ich habe – aber das alles lässt sich ja noch rückgängig machen ...«

»Was haben Sie?«

»Ich habe Herrn Redlich und seine Tochter telefonisch hierher beordert.«

»Sehr gescheit.«

»Man kann ihnen ja abtelefonieren.«

»Man wird es nicht tun. Haben Sie sonst noch jemanden herbestellt?«

»Eine Diva, bei der heute Nacht eingebrochen worden ist.«

»Doch nicht etwa ...?«

»Herr Regierungsrat meinen?«

»Nein, nein! Ich war mit meinen Gedanken eben wo anders. – Also was für eine Diva?«

»Signorina Assunta Lu.«

»Ja, was hat denn die mit dem Einbruch in Redlichs Villa zu tun?«

»Es bestehen da ganz zweifellos Zusammenhänge.«

»Das sagen Sie! – Ich wüsste wirklich nicht, wie das zusammenhängen soll.«

»Ich habe den Verhandlungssaal herrichten lassen und wollte Herrn Regierungsrat bitten, die Vernehmungen zu leiten.«

»Ich soll ...? – Nein, mein Lieber, was Sie sich da eingebrockt haben, das baden Sie man selbst aus.« – Ihm kam ein Gedanke. Er nahm den Hörer vom Telefon und nannte eine Nummer. Dann rief er in den Apparat:

»Herr Oberstaatsanwalt selbst? – Denken Sie, wir haben die Komplizen von Coeur-As! Wie das möglich ist? Das frage ich mich auch. – Aber mein Inspektor ist sich seiner Sache ganz sicher. – – Bei einem Einbruch. – – Bitte, kommen Sie sofort! Aber bringen Sie die Akten mit. – Nein, gewonnen hat keiner von uns. Der Haupttäter ist noch nicht ermittelt. Aber ich zweifle nicht, dass es gelingen wird, wo wir die Komplizen haben. – – Also ich erwarte Sie – mit den Akten.«

Als Emil den Hörer wieder angehängt hatte, sagte der Inspektor, der ganz nahe an ihn herangetreten war, mit bittender Stimme:

»Wollen wir sie denn nicht lieber laufen lassen?«

»Nein! Aber Sie sprachen da von einem Komplizen – wie heißt er?«

»Anton.«

»Lassen Sie mir den zunächst einmal vorführen.«

»Im Beratungszimmer ist alles für die Verhandlung vorbereitet.«

»Ich möchte ihn aber erst mal hier unter vier Augen haben. Vielleicht, dass sich Ihr Fehler doch noch einigermaßen gutmachen lässt.«

»Ich schicke ihn sofort, Herr Regierungsrat.«

Als der Inspektor draußen war, stellte Emil fest, dass er bei keiner seiner früheren »Unternehmungen«, bei denen er doch auch Kopf und Kragen riskierte, sich so unbehaglich gefühlt hatte. Normalerweise war die Situation unhaltbar. Aber die Wahrscheinlichkeit, dass ein Fall wie dieser normal verlief, war nicht groß. Darin allein lag seine Chance. Er musste die Figuren in diesem Spiel so durcheinander schieben, dass sie erkannten: Auf geraden Wegen kamen sie nicht ins Freie. Die Umwege aber, die sie machen mussten, wollte er weisen.

Zeit, hierüber nachzudenken, blieb ihm auch diesmal nicht. Denn schon ließ ein Wärter des Polizeigefängnisses Anton eintreten, der an beiden Händen gefesselt war. Er machte einen völlig gleichgültigen Eindruck und sah nicht einmal auf. – Emil stellte sich so, dass er ihm den Rücken kehrte, und befahl dem Wärter:

»Machen Sie ihn frei und warten Sie draußen.«

Der Wärter öffnete die Handfesseln und ging hinaus.

Emil wandte sich um und sagte:

»Anton!«

Der Verbrecher riss den Kopf hoch, starrte ihn an, machte den Mund auf und sagte, als Emil an ihn herantrat und ihm die Hand reichte:

» Du?«

»Ja!«

Der Koloss Anton geriet ins Wanken. Er stand vor Emil wie vor einem Wunder – nein, das war es nicht! – viel eher war es ein Bild des Grauens, das ihm ein Fieber vortäuschte, ein Spuk der Hölle, vor dem er sich entsetzte.

»Willst du mir nicht die Hand geben?«, fragte Emil.

Anton rührte sich nicht.

»Du wunderst dich?«

»Wie kommst du hierher?«, fragte Anton.

»Ich hatte die Wahl – und da habe ich das hier dem Gefängnis vorgezogen.«

Anton sah ihn verständnislos an.

»Hättest du es nicht getan?«, fragte Emil.

»Ich? – Wieso ich?«

»Wenn du in meiner Lage gewesen wärst?«

»Als was bist du denn hier?«

»Das siehst du doch.«

»Ich seh' nur dich.«

»Vielleicht kann ich dir helfen, Anton.«

»Du – mir?«

»Du sitzt doch hier fest.«

»Und du?«

»Ich sozusagen auch – nur in anderer Form.«

»Bist du hier wer?«

»Jawohl! – Ein großer Mann! – Von mir hängt viel ab – auch für dich.«

»Du gehörst ...« und plötzlich wurde er laut – »Emil, das is nich wahr, dass du ... ne doch, wie soll'n das auch sein? – Du und wir, das is doch dasselbe. Aber die hier, nee, Emil, so jemein bist de nich, dass de dich verkaufst – als Spitzel – und uns ans Messer lieferst.«

»Aber nein. Ich bin hier hineingeraten. Ich weiß selbst nicht, wie. – In der Nacht damals – du weißt ...«

»Mein Lebtag werd' ich daran denken.«

»Na ja, also der Mann, dem die Villa gehörte, hatte die Polizei alarmiert. Ich saß fest. Er schlug mir ein Geschäft vor. Ich hatte die Wahl zwischen dem Geschäft und dem Zuchthaus.«

»Das is doch kein Laden hier.«

»Das hier kam später.«

»Ach so – Karriere also.«

»Wie man's nennen will. Warum soll unsereins sich nicht auch mal aufm grünen Zweig schaukeln.«

»Dann halt dir man feste, Emil, dass de nich runtersaust!«, erwiderte Anton verächtlich, ging mit geballter Faust auf ihn zu und rief: »Du Hund, du!«

Emil schloss unwillkürlich die Augen und sagte:

»Es ist ja nicht aus Überzeugung, dass ich das tue.«

»Noch gemeiner«, erwiderte Anton.

»Ich habe nicht viel dazu getan – ich habe mich treiben lassen – das meiste haben die anderen gemacht.«

»Und nu bist de so einer von denen, die uns das Jenicke brechen. Proste Mahlzeit, Emil! De hast dir ja rausjemacht.«

»Ich bin darum nicht zufriedener als ihr.«

»Meinst de! Na, denn seh dir mal Paulan an.«

»Denkt die noch an mich?«

»Bex!«, sagte Anton verächtlich, schüttelte den Kopf und wandte sich ab.

»Ich hab' oft an sie gedacht.«

»Hast de! Na, davon wird se denn ja woll satt jeworden sind.«

»Was heißt denn das? Paula hat doch zu leben.«

»Wenn se wollte, hätt' se mehr als jenug. Dazu braucht se sich nich mal jemein zu machen. Ich hab's ihr ja angeboten. So man nur von de Entfernung. Und Maxe auch, und der lange Franz – wenn's nach uns jegangen wäre, da hätt' se jeden Tag 'n Huhn oder 'n Filet jehabt – ohne, dass se auch nur danke zu sagen brauchte.«

»Und sie hat es nicht genommen?«

»Nee! Dein'twegen!«

»Meinetwegen?«

»Weil de nachher vielleicht hätt's denken können, dass se einer von uns – na, de weeßt schon.«

»Ja, aber sie hat doch Geld in Fülle. Ich habe ihr damals, kurz vor der letzten Nacht dreitausend Mark zur Aufbewahrung gegeben.«

»Stimmt. – Na – und?«

»Damit kann sie doch kaum zu Ende sein.«

»Zu Ende? – Wieso?«

»Mehr als hundertfünfzig Mark im Monat hat sie nie gebraucht.«

»Und du meinst, dass se von dem, was se von dir zur Aufbewahrung ...«

»Selbstverständlich!«

»Denn kennst de Paulan schlecht. Wenn de nach Jahren das Geld zurückverlangst – da kannst de Jift drauf nehmen – da fehlt nich 'n Sechser.«

»Sag' ihr, ich schenk' ihr das Geld. Es gehört ihr. Sie kann mehr bekommen, wenn es alle ist.«

»Und was soll ich sagen, wer ihr das Geld schenkt?«

»Ich natürlich.«

»Und wer bist de und was bist de? – Oder meinst de, se nimmt von so einem wie du auch nur 'n Stück trocken Brot?«

Emil senkte den Kopf. Nach einer Weile sagte Anton:

»Wenn de dir man schämst.«

»Ja, Anton, dass ich euch so habe sitzen lassen.«

»Wenn's das wäre! Das tut manch einer, dass er 'n Mädchen sitzen lässt und sich was pfeift. Das hätt' se vielleicht ertragen – vielleicht auch nich. – Aber das hier – siehst de, Emil, das is jemein – wenn se das hört ...«

»Ist sie denn krank?«

»Se pfeift aus 's letzte Loch. Sieht aus wie 'n Schatten, dass man sich nich traut, tief zu atmen – aus Angst, se fällt um.«

»Schrecklich ist das«, sagte Emil und wandte sich ab. »War sie nicht beim Arzt?«

»Was soll se'n da? Die braucht dir! Aber nu is es aus.«

»Man muss sie retten.«

»Das hätt'st de dir früher überlegen sollen. Nu is es zu spät.«

»Um Gutes zu tun, ist es nie zu spät.«

»Wie soll'n das aussehen?«

»Ich werde ihr helfen – und dir auch.«

»Für meine Person verzicht' ich. Von so was wie du nehm' ich keine Hilfe nich an. Mir lass' ruhig hochjehn. Vielleicht bringt dich das noch mehr vorwärts. Und Paula, wenn die das sieht, dass du hier ...« – Er trat dicht an ihn heran, richtete sich auf, hob den Arm und sagte mit verhaltener Wut: »Ich sag' dir, Emil, wenn die zusammenbricht, ich schlag' dir tot!«

»Entlarv' mich! Zeig' mich an! Ich verdien's!«

»Danke für die Ehre. Ich beschmutz' mir nich. Ich bin kein Spitzel.«

Die Tür ging auf. Der Inspektor trat ins Zimmer.

»Ich wollte nur melden, Herr Regierungsrat, dass im Verhandlungszimmer alles bereit ist.«

»Ja!«, erwiderte Emil. »Aber ich habe hier noch zu tun.«

»Ich bitte, mir abzuführen,« sagte Anton, woraufhin der Wärter des Polizeigefängnisses, der in der Tür stand, Emil ansah und, da er nichts erwiderte und auch keine Miene verzog, auf Anton zutrat, ihm die Fesseln wieder anlegte und ihn abführte.

Der Inspektor wies zur Tür und sagte:

»So was nennt sich nun Mensch«, worauf Emil ihm erwiderte:

»Mit mehr Recht als mancher von uns, Herr Inspektor!«

Achtzehntes Kapitel,
in dem Emil gegen sich selbst verhandelt

Als Emil mit dem Inspektor das Verhandlungszimmer betrat, war es bereits voll von Menschen. Da war der Kommissionsrat Kurt Redlich mit seiner Tochter Konstanze, der Oberstaatsanwalt Spicker im Gespräch mit der Filmdiva Assunta Lu, der ältere von den beiden Kommissaren, die den Einbrecher mit der Perlenkette vernommen hatten, und die beiden Polizisten, denen die Verhaftung zu danken war.

Emils erster Blick galt dem Oberstaatsanwalt. Er stellte fest, dass er die Auslandsakten von Coeur-As nicht mitgebracht hatte, vielmehr in den deutschen Strafakten blätterte und gar nicht auf Assunta achtete, die in großer Erregung auf ihn einsprach.

»Herr Oberstaatsanwalt, das ist gegen die Vereinbarung. Die Akten gehören mir.«

»Ich wollte nur sehen ...«

»Sie haben hoffentlich die Auslandsakten mitgebracht.«

»Da hier nur die in Deutschland begangenen Straftaten zur Aburteilung kommen, so hielt ich es nicht für nötig.«

»Ich fürchte, ich werde gezwungen sein, beim Minister vorstellig zu werden. Die von mir gestellte und von ihm akzeptierte Bedingung war, dass mir der Fall zur ausschließlichen Bearbeitung überlassen würde.«

»Wir hatten uns doch geeinigt. Oder haben Sie vergessen, dass wir eine Wette abgeschlossen haben?«

»Ich habe das mehr als einen Scherz aufgefasst und muss auf Auslieferung der Akten bestehen.«

»Ich habe die Priorität und bedaure, ablehnen zu müssen. Der Fall hat mein volles Interesse und ich sehe keinen Grund, warum wir nicht gemeinsam den Fall behandeln sollen.«

»Weil das Unfug ist.«

»Was ich tue, ist niemals Unfug.«

»Das galt der Sache, nicht der Person. Wir müssten, um Kollisionen zu vermeiden, einander von jedem Schritt, den wir tun, unterrichten – das hält auf. In Fällen wie diesen kommt es aber oft auf Minuten an.«

»Dann muss ich Sie bitten, zurückzutreten. Einmal bin ich der Ältere im Amt, dann aber hatte ich die Akten bereits, als Sie von der Existenz dieses Coeur-As noch keine Ahnung hatten.«

»Was erst zu beweisen wäre.«

»Ich verfolge den Mann seit zweieinhalb Jahren.«

»Dann dürfte der Mangel an Erfolg den Übergang an mich rechtfertigen.«

»Ich muss es ablehnen, eine Kritik meiner Tätigkeit von Ihnen entgegenzunehmen. Selbst wenn Sie zu diesen Vorarbeiten nur die Hälfte Zeit benötigten, wäre ich Ihnen immer noch mehr als ein Jahr voraus.«

»Ich wüsste nicht, was es da vorzuarbeiten gäbe.«

»Die Zusammenhänge. – Auch die Straftaten und Strafakten anderer können auf die Spur dieses Coeur-As führen.«

»Sie komplizieren unnötigerweise.«

»Ich glaube zum Mindesten, was praktische Erfahrung anbelangt, Ihnen voraus zu sein.«

»Sie sehen aber, dass unsere Methoden durchaus auseinandergehen.«

»Das spricht weder für Sie noch gegen mich.«

»Das spricht jedenfalls gegen die gemeinsame Bearbeitung ein und desselben Falles.«

»Dann werde ich im Ministerium eine Entscheidung erwirken.«

»Ich bitte darum.«

»Und was soll bis dahin geschehen?«

»Bis dahin gilt natürlich die letzte Bestimmung, nach der die Bearbeitung mir zusteht.«

»Dann bin ich hier wohl überflüssig?«

»Ich stelle anheim.«

»Aus Ihrem Telefongespräch glaubte ich zu entnehmen, dass Sie meine Teilnahme wünschen.«

»Ich hatte auf Ihr Entgegenkommen hinsichtlich der Akten gerechnet. Aber bitte! Ich will nicht Gleiches mit Gleichem vergelten. Leiten Sie die Verhandlung.«

»Entgegenkommen gegen Entgegenkommen«, erwiderte Spicker. »Die Akten stehen in meiner Wohnung zu Ihrer Verfügung.«

»Ich nehme davon mit besonderem Dank Kenntnis.«

Der Oberstaatsanwalt und Emil reichten sich die Hand. Der Weg zum Beginn der Verhandlung war bereitet.

Es wäre ja nun gewiss sehr viel netter gewesen, wenn Emil in die Lage gekommen wäre, gegen sich selbst zu verhandeln. Noch dazu bei der Kompliziertheit dieses Verfahrens, in dem einer dem andern aus seinem schlechten Gewissen heraus nicht wehtun wollte. Aber im Grunde genommen war es ja doch Emil, dessen Geist zugleich am Richtertisch und auf der Anklagebank – wenn man so sagen darf – Platz nahm.

»Ich eröffne«, sagte der Oberstaatsanwalt, der zwischen Emil und dem Inspektor saß. Rechts saß der Kommissar, rechts seitwärts der Schreiber und die beiden Polizisten. Links die Zeugen: Redlich, Konstanze und Assunta Lu.

Auf einem Tisch, der in der Mitte stand, lagen Silberschalen, Schalen, Bronzen und ein paar Gobelins.

Der Oberstaatsanwalt hatte sich mit ein paar Worten von dem Inspektor informieren lassen. Ganz im Bilde war er nicht. Da aber sein Zutrauen zu der eigenen Geistesschärfe und zu der Beschränktheit der anderen gleich stark war, so stürzte er sich mit beiden Beinen in die Materie. (So heißt es in der Juristensprache.)

»Wir haben hier zwei Einbrüche«, begann er, »die zeitlich auseinanderliegen, die aber einen inneren Zusammenhang dadurch haben, dass der Spiritus rector beider Einbrüche der von uns gesuchte, leider aber noch immer nicht ermittelte Coeur-As ist.« – Er wandte sich an Redlich und wies auf den Tisch. »Bitte, Herr Redlich, stellen Sie fest, ob die dort liegenden Gegenstände aus dem Einbruch bei Ihnen herrühren.«

Redlich stand auf und besah sich zunächst das Silber. Er klemmte sich eine Lupe ins Auge und prüfte es gründlich.

Emil lächelte. Und als Redlich jetzt eine Schale umdrehte und mit dem Nagel daran herumkratzte, bluffte er und sagte:

»Es hat kein Silberzeichen und ist nicht echt,« woraufhin Redlich automatisch die Schale wieder auf den Tisch stellte.

»Sie sollen ja nicht untersuchen, ob es echt ist, sondern ob es Ihnen gehört«, sagte der Oberstaatsanwalt.

»Wenn es echt ist, gehört es ihm, und wenn es nicht echt ist, gehört es ihm nicht«, erwiderte Emil.

Redlich wandte sich um und rief dem Oberstaatsanwalt zu:

»Ich bitte um Schutz gegen derartige Beleidigungen.« –
Und zu Emil sagte er: »Sie scheinen vergessen zu haben,
dass ich einmal Ihr Sozius war.«

»Aber nein! Wenn du willst, erzähle ich sogar, *wie* ich
es wurde. Der Oberstaatsanwalt hat Humor genug und
hört gern lustige Geschichten.«

»Aber nicht im Dienst!«, erwiderte Spicker scharf und
zu Redlich sagte er verbindlich: »Sehen Sie sich die Sachen bitte an, Herr Kommissionsrat, und sagen Sie ›ja‹
oder ›nein.‹ Wenn ich die unsachliche Bemerkung meines Kollegen nicht für einen schlechten Scherz halten
würde, so hätte ich sie natürlich gerügt.«

»Danke!«, sagte Redlich und verbeugte sich. Dann ging
er die Sachen weiter durch. Auch jetzt sah er nur an, was
er für wertvoll hielt. Ein Zigarettenetui, von dem er
nicht recht wusste, ob es Gold war, hielt er lange in der
Hand.

»Ich glaube«, sagte er und besah es von allen Seiten.
Dann nickte er mit dem Kopf, sagte »ja« und machte
Anstalten, es einzustecken.

Emil sprang auf und riss es ihm aus der Hand.

»Aber, Herr Kollege!«, rief Spicker vorwurfsvoll. »Der
Herr Kommerzienrat wird doch wohl ...«

»Kommissionsrat,« verbesserte Redlich.

»Wenn auch«, sagte Spicker. »Sie werden doch nichts
für sich reklamieren, was Ihnen nicht gehört.«

»Eben damit das nicht geschieht, griff ich ein«, erwiderte Emil, öffnete das Etui und sagte: »Hier steht eine
Widmung!« – Er las: »Emil seiner Paula.« – »Du heißt ja

wohl Kurt und deine Tochter Konstanze. Es ist also nicht sehr wahrscheinlich, dass es dir gehört.«

»Ich habe so viel von solchen Dingen«, erwiderte Redlich, »dass mir da leicht ein Irrtum unterlaufen kann.«

»Durchaus verständlich«, sagte der Oberstaatsanwalt, aber Emil, der auf seinen Platz zurückgekehrt war, fuhr fort:

»Wenn ich nicht irre, hast du doch damals alle deine Sachen zurückbekommen.«

»Es könnte doch sein ...«, erwiderte Redlich. »Wenn man eine Villa von vierundzwanzig Zimmern hat, da vermisst man manches Stück erst nach einem Jahr oder länger.«

»Man hat eben nicht vierundzwanzig Zimmer!«, erklärte Emil.

»Herr Kollege, ich verstehe nicht, Sie sind von einer Animosität. Der Herr ist Zeuge – im Übrigen lag nicht der geringste Anlass vor.«

»Ich begreife auch nicht«, sagte Redlich, »was du gegen mich hast. Wir sind doch bisher so gut miteinander ausgekommen.«

»Wenn du hier Sachen einsteckst, die Paula ... wie? Was? – – na, also jedenfalls Sachen, die anderen gehören, so habe ich die Pflicht als dein ehemaliger Sozius, dich davor zu bewahren.«

»Das hat er ja gar nicht getan«, sagte Spicker.

»Er wollte es aber tun.«

»Ist mir nicht eingefallen.«

»Es war schon halb in deiner Tasche.«

»Wenn ich wirklich was nehmen wollte, würde ich es nicht tun, wenn ich weiß, dass acht, zehn, zwölf, sechzehn Augen auf mich gerichtet sind.«

»Ich bitte, davon überzeugt zu sein«, sagte der Oberstaatsanwalt, »dass ich auch nicht einen Augenblick lang daran geglaubt habe.«

Redlich sagte:

»Danke!« und verbeugte sich. »Im Übrigen«, fuhr er fort, »verzichte ich. Auch wenn sich noch etwas darunter befinden sollte, was mir gehört. Ich bin nicht darauf angewiesen. Lassen Sie es Leuten zukommen, die es nötiger haben.«

Jetzt griff der Inspektor ein und wandte sich an den Kommissar.

»Es muss sich doch irgendetwas darunter befinden«, sagte er. »Wie wären Sie sonst darauf gekommen, dass es aus dem Einbruch in die Villa stammt?«

»Mein jüngerer Kollege, der den Einbrecher noch verhört, hat die Feststellung gemacht«, erwiderte der Kommissar.

»Mir ist schon lieber, man forscht nicht weiter«, sagte Redlich.

»Das muss sein!«, widersprach der Oberstaatsanwalt.

»Ich erkläre jedenfalls, dass ich keinerlei Interesse daran habe.«

»Es muss Ihnen doch eine moralische Genugtuung bereiten, wenn die Einbrecher gefasst und bestraft werden.«

»Ich bin froh, wenn ich nicht mehr daran erinnert werde.«

»Papa hat ein gutes Herz«, sagte Konstanze, »ihm liegt nichts daran, dass die Leute bestraft werden.«

»Aber uns«, sagte der Oberstaatsanwalt. »Dazu sind wir da! Im Übrigen müssen Sie, solange dieser Coeur-As frei herumläuft, ständig darauf gefasst sein, dass man von Neuem bei Ihnen einbricht.«

»Das Gefühl habe ich nicht«, erwiderte Redlich.

Der Kommissar, der inzwischen den Tisch abgesucht hatte, überreichte dem Oberstaatsanwalt ein Buch und sagte:

»Aus diesem Buch, das man bei dem Mädchen gefunden hat, geht hervor, dass die beiden Festgenommenen in Verbindung mit Coeur-As stehen.«

Der Oberstaatsanwalt schlug auf und las:

»Lachendes Asien! – Fahrt nach dem Osten. – Exlibris der Konstanze Redlich. – Das ist allerdings belastend. – Fehlt Ihnen das Buch?« fragte er Konstanze.

So kurz die Aussprache gewesen war, die Konstanze mit Paula gehabt hatte, so stark war der Eindruck, den Paula als Mensch auf Konstanze gemacht hatte. Die Vorstellung, dass dies dumme Buch Paula verraten und womöglich ins Gefängnis bringen sollte, erschien ihr so furchtbar, dass sie etwas konfus antwortete:

»Ja!! – das heißt: nein! Ich habe soviel Bücher – was kommt es da auf eins mehr oder weniger an.«

»Sie haben also bemerkt, dass es fort ist?«

»Nein! Bemerkt hätte ich es nicht. – Ich sehe ja meine Bücher nicht alle Tage durch. – Aber vielleicht – habe ich ihr es gegeben.«

Redlich sprang auf und rief:

»Was? – Du kennst das Mädchen ja gar nicht – du hast sie ja nie gesehen!«

»Vielleicht, dass ich sie doch gesehen habe«, erwiderte Konstanze.

»Wie ist das möglich?«, fragte der Oberstaatsanwalt, während Emil ein nachdenkliches Gesicht machte und schwieg.

»Durch einen Zufall«, sagte Konstanze. »Sie tat mir leid.«

»Dazu müssen Sie sie doch erst einmal gesehen haben, damit sie Ihnen leidtun konnte«, sagte der Oberstaatsanwalt.

»Man sieht viel Elend heutzutage,« sprang Emil ihr bei, obschon er gar nicht begriff, worauf Konstanze hinauswollte. »Man begegnet auf der Straße Menschen, die einem leidtun, man spricht sie an, man gewinnt Interesse an ihnen, man nimmt sie mit. – Ich begreife das, denn mir geht es genau so.«

»Sie haben das Mädchen also auf der Straße aufgegriffen und mit sich in die Villa genommen?«, fragte der Oberstaatsanwalt.

»Ein unerhörter Leichtsinn!«, rief Redlich. »Ich hatte bis zu diesem Augenblick natürlich keine Ahnung davon.«

»Ich muss auch sagen, gnädiges Fräulein,« stimmte der Oberstaatsanwalt bei, »dass ich das zum Mindesten gewagt finde. Solche Mädchen sehen es darauf ab, nutzen Ihre Gutmütigkeit aus, stehlen wie die Raben und kundschaften Gelegenheiten für einen nächtlichen Einbruch aus.«

»Wer sagt Ihnen denn, dass dies Mädchen eine Diebin ist?«, fragte Emil.

»Aber lieber Kollege, was sollte sie denn sonst sein? Sie ist nichts, sie hat nichts, sie lungert auf der Straße herum – ja, was können Sie von einer solchen Person denn erwarten?«

»Das kann ein grundehrlicher Mensch sein«, widersprach Emil.

»Kann, kann! Aber das müsste sie erst beweisen.«

»Mir scheint, dass es unsere Pflicht ist, ihr das Gegenteil nachzuweisen, ehe wir das Recht haben, sie eine Diebin zu nennen.«

»Wir wollen doch hier keine ethischen Gespräche führen, sondern Coeur-As zur Strecke bringen«, erwiderte Spicker und fuhr zu Konstanze gewandt fort: »Und statt ihr ein altes Kleid oder ein Stück Brot zu geben, haben Sie dieser Person ...«

»Warum sagen Sie immer Person?«, fragte Emil, und Spicker erwiderte:

»Soll ich etwa gnädiges Fräulein sagen? – Also, gnädiges Fräulein,« wandte er sich wieder an Konstanze: »Sie haben ihr dies Asienbuch gegeben?«

»Ja! – Sie machte einen so unglücklichen Eindruck.«

»Um sie zu zerstreuen«, sagte Emil, und Konstanze erwiderte:

»Ja!«

»Mit dem Einbruch in Redlichs Villa ist es demnach nichts«, erklärte Emil. »Die Konstruktion war falsch. Die Leute haben weder mit dem Einbruch noch mit Coeur-As etwas zu tun, können also entlassen werden.«

Der Inspektor widersprach:

»Der Mann hat doch auf das Buch hin den Einbruch bereits gestanden.«

»Das wäre dann doch ein eigentümliches Zusammentreffen.«

»Durchaus nicht!«, sagte der Oberstaatsanwalt. »Das Mädchen hat, wie ich schon sagte, den Besuch nur dazu benutzt, um eine Gelegenheit zum Einbruch auszukundschaften.«

»Demnach müsste die Buchübergabe zeitlich vor dem Einbruch liegen«, sagte Emil, und Spicker fragte:

»Ist das der Fall?«

Konstanze, die Furcht hatte, sich zu verheddern, sagte:

»Ich glaube nicht.«

»Das widerspräche ja jeder Logik,« erwiderte Spicker.

»Liegt denn sonst ein Verdacht gegen das Mädchen vor?«, fragte Emil.

»Selbstredend!«, sagte der Inspektor, »man hat die Kette bei ihr gefunden.«

»Die Kette?«, fragte Emil erstaunt, und die Filmdiva rief:

»Doch nicht etwa meine?«

»Auf die Weise kriegen wir Coeur-As nie!« brauste der Oberstaatsanwalt auf. »Das gibt ja ein wüstes Durcheinander.«

Das hinderte nicht, dass die Diva laut rief:

»Wenn das meine Kette ist, so protestiere ich.«

»Sie protestieren?«, fragte Spicker. »Ja, wogegen denn?«

»Gegen alles! Das ist kein Sitzungssaal hier, das ist ein Hühnerstall!«

»Was fehlt Ihnen denn?«, fragte Spicker.

»Die Perlenkette!«, erwiderte Emil.

»I Gott bewahre!«, widersprach die Diva in großer Erregung. »Darauf pfeife ich! Oder glauben Sie, ich werde zehn Prozent zahlen, wenn man sie mir schon heute, und noch dazu in einer Aufmachung wie hier, sang- und klanglos wiedergibt? Fällt mir nicht ein.«

»Die Polizei hat keinen Anspruch auf eine Belohnung,« belehrte sie Spicker.

»So etwas muss sich auswirken. Dazu gehört Zeit. Bis die Nachricht in amerikanischen Blättern steht, vergehen Tage! Bis meine Interviews gedruckt sind, sogar Wochen! Ich erhebe Protest! Sie werden mir den Schaden ersetzen, wenn das große amerikanische Engagement in die Brüche geht.«

»Haben Sie es denn schon?«, fragte Emil.

»Dumme Frage!«, erwiderte die Diva, und als der Oberstaatsanwalt sie zurechtweisen wollte und laut sagte:

»Hören Sie mal!«, rief sie:

»Ruhe! Jetzt rede ich. Wie soll ich ein Engagement in Amerika bekommen, wenn der Skandal nicht mal bis London und Paris dringt.«

»Was wollen Sie eigentlich?«, fragte der Oberstaatsanwalt »Wir verhandeln hier gegen Coeur-As und Sie sind, soviel ich weiß, hier nur Zeuge.«

»Da hört's auf!« tobte Assunta Lu. »Seit Jahren lehne ich jeden Film ab, in dem ich nicht die Hauptrolle spiele, und Sie wollen mich hier zum Komparsen erniedrigen? Herr!« fuhr sie Spicker an, »mir scheint, Sie sind von meinen Kolleginnen ... bestochen!«

Der Oberstaatsanwalt sprang auf und rief:

»Nehmen Sie das zurück oder ich mache Ihnen den Prozess wegen verleumderischer Beleidigung.«

»Wie wird da verhandelt?«, fragte die Diva.

»Was soll das heißen? Sie haben sechs Monate Gefängnis zu gewärtigen.«

»Interessiert mich nicht. Ich will wissen, ob da in einem großen Saal verhandelt wird. Mit elegantem Publikum, Zeugen, Presse und Fotografen!«

»Was haben Sie nur?«, fragte der Oberstaatsanwalt.

»Was ich habe? Einen Namen habe ich zu verteidigen. Oder glauben Sie, ich werde mich hier unter Ausschluss der Öffentlichkeit beisetzen lassen? Ich unterhalte zur Pflege meines Ruhms mit einem halben Dutzend Leuten von der Presse Beziehungen. Glauben Sie, das ist eine Kleinigkeit? Das kostet Zeit, Nerven und Überwindung. Hier hatten Sie Gelegenheit, etwas für mich zu tun und da verhandeln Sie in einem Raum, von der Größe eines Schrankkoffers.«

»So beruhigen Sie sich doch«, vermittelte Emil, obschon ihm die Ablenkung vom Wesentlichen willkommen war, »das ist doch nur die Voruntersuchung. Die Hauptverhandlung kommt erst noch.«

Assunta Lu atmete auf.

»Sie proben nur!«, rief sie erleichtert. »Dann kann ja noch alles gut werden.«

»Nehmen Sie den gegen mich erhobenen Vorwurf zurück?«, fragte Spicker.

»Wenn Sie mir versprechen, die Sache in der Hauptverhandlung ganz groß aufzuziehen.«

»Ich lehne jede Bedingung ab.«

»Geben Sie nach!«, rief Emil. »Im Übrigen liegt die Leitung der Hauptverhandlung in anderen Händen.«

»In wessen?«

»Das steht noch nicht fest.«

»Also nicht morgen oder übermorgen?«

»Es kann Wochen dauern.«

»Herrlich! Dann ist ja alles in bester Ordnung.«

»Jetzt reißt mir aber die Geduld«, sagte Spicker, »Sie sind hier vor Gericht und nicht in einem Propagandabureau, wo Sie Aufträge geben und Zahlung leisten.«

»Ich lasse mich das gern etwas kosten.«

»Ich verhänge über Sie wegen Ungebühr eine Haftstrafe von ...«

»Nein!«, rief die Diva.

»... drei Tagen.«

»Wird das Aufsehen machen?«, fragte Assunta.

»Ich lasse Sie abführen.«

Die Diva wandte sich um und rief:

»Ist denn kein Fotograf da?« – Und da sie niemanden sah, so sagte sie: »Primitiv ist das hier.«

»Ich lasse Sie auf Ihren geistigen Zustand hin untersuchen.«

»Eine großartige Idee!«, rief sie. »Jedes Genie ist verrückt.«

»Man kann auch wegen Geisteskrankheit eingesperrt werden.«

»Wenn Sie das fertigbringen!«, rief sie begeistert, stürzte an den Tisch und ergriff die Hand des Oberstaatsanwalts. »Mich haben im letzten Vierteljahr mehr als tausend Verehrer und Verehrerinnen um ein Autogramm gebeten. Die gehen für mich durchs Feuer! Die befreien mich! Die stürmen das Gefängnis! – Lieber Freund, Sie haben es mir versprochen! Vor Zeugen! Sie müssen Wort halten! Ich nehme auch alles zurück, und mit der Perlenkette können Sie machen, was Sie wollen. Wenn Sie mir das managern, verzichte ich auf alles andere.«

»Man muss Sie in Ketten legen!«, sagte Spicker und machte sich von Assunta frei.

»Sie sind ein Engel!«, rief die Diva. »Sie müssen mein Impresario werden! Akt eins: Assunta Lu wird in Ketten gelegt. Ich sehe das Bild schon als Titelblatt in der ›Illustrierten‹. Akt zwei: Assunta Lu schmachtet im Gefängnis bei Wasser und Brot! Herr Rat, oder was Sie sonst sind, man kann sich doch selbst beköstigen, wenn man's bezahlt? Akt drei: Assuntas Befreiung. – Da werden meine Verehrer den Deutschen einmal zeigen, wie man Revolution macht«

Die Diva begleitete jeden ihrer Sätze mit bildhaften Gesten. Bei dem Bild der Befreiung ereiferte sie sich so weit, dass sie dem Polizisten das Seitengewehr zu entreißen suchte. Dem Oberstaatsanwalt riss die Geduld. Er sprang auf:

»Ich bin noch mit jedem Verbrecher fertig geworden!«, rief er. »Aber eine entfesselte Filmdiva geht über meine Kraft.« – Er packte seine Papiere zusammen und wandte sich an Emil: »Herr Kollege, bitte führen Sie die Verhandlung weiter. Sie wissen mit Damen dieser Art vermutlich besser umzugehen.«

»Sie überlassen mir also Coeur-As?«

»Ich reiße mich zum Mindesten nicht mehr darum.«

»Ich kann also auch auf die Auslieferung der Akten rechnen?«

»Darüber kann ich mich erst entscheiden, wenn ich sie ausstudiert habe.«

Emil fasste den Oberstaatsanwalt scharf ins Auge und sagte:

»Ich sehe schon, ich werde sie mir selber holen müssen.«

»Keine schlechte Idee, Herr Kollege! Sie kennen den Preis für den, der mich überlistet.«

Er verbeugte sich – auch zu dem Inspektor hin – und ging.

Dieser Exodus hätte sich wahrscheinlich etwas stürmischer gestaltet, wenn unsere Freundin Assunta Lu nicht die Zeit für gekommen gehalten hätte, neu Schminke und Puder aufzulegen. So kam es, dass sie erst wieder aufsah, als Emil neben ihr stand und ihr zuflüsterte:

»Liebe Lotte Krause, halte von jetzt ab gefälligst dein Schnäuzchen und rede nur, wenn du gefragt wirst.«

Dann begab er sich wieder auf seinen Platz, gab sich die straffe und ernste Haltung eines Beamten, der sich seiner Würde bewusst ist, und sagte zu dem Polizeidiener, der an der Tür stand:

»Lassen Sie die Strafgefangenen der Reihe nach vorführen.«

Redlich, der über dem Anblick von Assunta Lu die Situation, in der er sich selbst befand, vergessen hatte, wurde unruhig, rückte noch näher an seine Tochter heran und flüsterte ihr zu:

»Das kann ja nett werden.«

Konstanze erwiderte:

»Am besten, du schweigst, Papa.«

Gleich darauf ging die Tür und Anton wurde vorgeführt.

»Bitte, vernehmen Sie ihn«, sagte Emil zu dem Kommissar, der neben ihm stand. Der wandte sich an Anton:

»Geben Sie den Einbruch zu?«

Anton sah sich, ehe er eine Antwort gab, erst Emil und den Inspektor, dann Redlich und seine Tochter genau an und erwiderte:

»Welchen?«

»Haben Sie denn noch andere auf dem Gewissen?«

»Das festzustellen, ist Ihre Sache. Dafür werden Sie bezahlt. Ich misch' mir grundsätzlich nich in andere Leute ihre Angelegenheiten.«

»Bleiben wir also bei diesem Einbruch.« – Er wies auf Redlich und Konstanze. »Kennen Sie den Herrn und die Dame, die da sitzen?«

»Ich erinnere mir nich. – Im Profil da gleicht er dem Fassadenfranz. Aber so dämlich sieht der nich aus. Und so uff neu – als wenn er jrade von 'm Einbruch ins Konfektionsviertel kommt, auch nich.«

»Dummes Zeug, Sie stehen den Herrschaften gegenüber, bei denen Sie eingebrochen sind.«

»Sehn Se mal an. Und ick habe jedacht, des wär' 'n hochjekommener Jannove, mit dem dass ich mal in Verbindung stand.«

»Eine vorzügliche Type!«, rief Assunta und betrachtete Anton interessiert mit ihrem Lorgnon.

»So was jibt's heutzutage. Bis in de höchsten Beamtenstellen ruff beziehn se neuerdings den Bedarf von uns.«

»Sind Sie etwa Einundfünfziger?«, fragte der Kommissar.

»Sie! Sehen Sie sich vor. Es kann sind, dass ich morjen Ihr Vorgesetzter bin.«

»Großer Gott! der weiß etwas!«, flüsterte Konstanze ihrem Vater zu.

»Nachdem Sie den Einbruch zugegeben und die Geschädigten ihre Sache zurückerhalten haben – das Buch ist inzwischen von der Dame ebenfalls als ihr Eigentum rekognosziert worden –«

»Das vereinfacht ja das Verfahren.«

»Hängt es jetzt von Ihrem weiteren Verhalten ab, ob Ihnen das Zuchthaus noch einmal erspart bleibt.«

»Wie meinen Sie 'n das?«

»Dass Sie vielleicht noch mal mit Gefängnis davonkommen.«

»Wenn ich was tu?«

»Wenn Sie uns den Aufenthaltsort von Coeur-As verraten.«

»Aus das Loch pfeift's!« – Er schien einen Augenblick lang zu überlegen. Redlich zitterte wie Espenlaub, Konstanze biss die Zähne aufeinander und sagte vor sich hin: »Großer Gott!« – aber Anton trat dicht vor den Tisch und sagte mit fester Stimme:

»Nee! – wenn er's auch verdient – auf die Art nich!«

»Sie verbessern damit Ihre Lage.«

»Ich weiß von nichts.«

»Er verdient es, sagten Sie. Das heißt doch so viel, als dass er schlecht an Ihnen gehandelt hat.«

»Wenn's das wär'. Was liegt an mir?«

»Hat er Sie verpfiffen?«

Anton zog die Schultern hoch und sagte:

»Vielleicht – vielleicht auch nich.«

»Hat er Ihnen Ihr Mädchen fortgenommen?«

Anton fuhr auf:

»Weiß Gott, das hat er!«

»Und *den* wollen Sie schonen?«

»Mein Mädchen war's nich. Es war seins. Aber er hat se aufm Jewissen.«

»Sie lieben das Mädchen?«

»Was jeht'n das Sie an?«

»Wenn er das Mädel auf dem Gewissen hat, dann schonen Sie ihn zu Unrecht:

Anton nickte und sagte:

»Jawoll!«

»Er verdient es nicht.«

»Det stimmt!«

»Sie sind es dem Mädchen schuldig.«

Anton dachte nach und sah den Kommissar an.

»Ja ... das bin ich.«

»Sie würde es Ihnen danken – und Sie lieb gewinnen.«

Anton zuckte zurück.

»Nee! Nee!«, rief er und hob die Hände hoch. »Die wär' fertig – mit mir – und mit sich.« Dann überlegte er wieder und fuhr fort: »Fertig is se ja so auch. Und es wär' je-recht, wenn er's denn auch is.«

»Schon, damit er nicht wieder eine andere ins Unglück stürzt.«

Anton schien das einzuleuchten. Er stand in Gedanken und bewegte langsam den Kopf. Der Kommissar um-klammerte ihn noch fester.

»Sie wird die Erste nicht sein –«, fuhr er fort, »und auch nicht die Letzte.«

»Das – kann – schon – sein.«

»So ein armes Mädel ist ja wehrlos.«

Anton nickte und sagte:

»Ja ... ja! was soll se 'n tun?? Es hilft ihr doch keiner.«

»Sagen Sie, wo Coeur-As ist – und Sie retten damit ein Dutzend hilfloser Geschöpfe.«

Man sah, wie Anton mit sich kämpfte.

»Man sollt' es tun«, sagte er, und es schien, als wenn er sich langsam entschlösse, Emil preiszugeben. Er hob den Kopf, sah erst Emil an, der keinerlei Bewegung zeigte, dann den Kommissar, der eine Handbewegung machte und sagte:

»Na also!«

Da riss Anton plötzlich beide Arme hoch, tat ein paar Schritte rückwärts und rief laut:

»Nee!« – ließ die Arme sinken und sagte: »Gott sei Dank! Dass ich das nich« – er legte die Hand an die Stirn – »beinahe! – es hat nich viel jefehlt – und ich hätt' mir jemein jemacht.«

Er ging auf den Tisch zu, schenkte sich ein Glas Wasser ein und goss es herunter. – Man hörte deutlich, wie Redlich und Konstanze aufatmeten.

Assunta Lu saß ganz gebannt und starrte Anton an. Dann klatschte sie in die Hände und rief:

»Bravo!« stand auf, trat an Anton heran und sagte: »Sie sind ein großer Künstler. Bitte um Ihren Namen und Ihre Adresse. Sie werden in meinem nächsten Film eine große Rolle spielen.«

Anton machte eine abwehrende Bewegung, kehrte ihr den Rücken und sagte:

»Hör'n Se mit dem Quatsch auf. Des interessiert mich nich.«

Aber der Kommissar ließ sich dadurch, dass er einmal abgeblitzt war, nicht abhalten, in seinen Bemühungen fortzufahren. Als Sportsmann sagte er sich: ›um einen Kopf! Kurz vor dem Ziel brach er weg. Vielleicht das nächste Mal‹ – Er wandte sich wieder an Anton und sagte:

»Aus alledem geht jedenfalls hervor, Sie wissen mehr als wir alle hier.«

»Ich? – Wieso?«

»Sie wissen, wo Coeur-As sich aufhält.«

»Na, vielleicht weiß es hier auch sonst noch wer?« – Er wies auf Redlich, der in sich zusammenkroch:

»Fragen Se den mal!«

»Wie soll denn der Herr das wissen?«

»Vielleicht, dass er'n jesehn hat, als er bei ihm einjebrochen is.«

»Und wenn er ihn gesehen hätte, würde er ihn heute nach Monaten ...«

»Sagen Se das nich. Aus'm flüchtigen Zusammensein wird manchmal 'ne dicke Freundschaft.«

»Sie sind ja verrückt.«

»Nee! diesmal nich. Es steht zuviel aufm Spiel.«

»Allerdings. Es handelt sich für Sie darum, ob Sie durch eine Zuchthausstrafe endgültig aus der menschlichen Gesellschaft ausgeschaltet werden.«

»In die menschliche Gesellschaft war ich noch nie drin – und passe ich auch nicht.«

»Es gab doch mal eine Zeit, zu der Sie noch nicht vorbestraft waren.«

»Nee! Die gab es nie. Ich bin sozusagen schon vorbestraft auf die Welt jekommen.«

»Sie sind ein uneheliches Kind?«

»Wenn's weiter nichts wär'! Ohne Vater, das jeht noch. Aber einer, der säuft und die Mutter halbtotschlägt – aber für so was kann der Mensch nich – er war mal so und nich anders.«

»Dann denken Sie mal an Ihre Mutter.«

»Nee!«, rief er plötzlich wie ausgewechselt und in höchster Erregung. »Hör'n Se *uff!* Die jeht Sie gar nischt an. Machen Se mir nich verrückt!« Seine Stimme schlug plötzlich um und wurde weich. » *Meine Mutter!* Was wissen Sie denn von so eine Mutter? – die hat sich totgehungert und totgeschuftet für die sechs Kinder – des hat sich gelohnt.« Er raffte sich auf und rief laut: »Ich wünschte nur, ich hätte die Kräfte – dann würde ich das janze Gebäude hier inreißen – mich uff de Trümmer stellen und rufen: Mutter, ich habe dir jerächt.«

Emil beugte sich zu dem Kommissar und sagte:

»Sie bringen den Mann ja zur Verzweiflung.«

»Das ist meine Absicht«, erwiderte der – »ich will ihn weich machen ...«

»Hören Sie mal«, sagte Emil zu Anton gewandt: »Ihre Mutter hat natürlich gar nichts damit zu tun.«

»Doch hat se! – Mit alles hat se zu tun – bis zuletzt – bis es aus is.«

»Aber so hören Sie doch, Ihre Mutter ruht doch längst unter der Erde.«

»Jott sei Dank! – Denn sonst – die wär' schon sechsmal gestorben, wenn se mich so sähe.«

»Die hat ihre Ruhe«, redete Emil ihm zu, um ihn zu beruhigen.

»Die hat se – und verdient hat sie se auch.«

»Sehen Sie! Und wollen wir ihr nun auch lassen. Und mit dem, was wir hier zu verhandeln haben, damit hat die alte Frau nichts zu tun.«

»Die hat keinen Sechser umjedreht, der ihr nich jehört hat«

»Sehn Sie!«, sagte Emil, und den Kommissar fuhr er an: »Solche Mutter, das ist eine heilige Sache! Deren bedient man sich nicht als Folter. Gegen den eigenen Sohn schon gar nicht.«

Anton richtete sich auf.

»So war das gemeint«, rief er, trat dicht an den Kommissar heran, spuckte vor ihm aus und sagte: »Pfui Deibel!«

»Im Übrigen«, fuhr Emil fort, »ist damit, dass man das Buch in der Wohnung dieses Mädchens gefunden hat, noch lange nicht gesagt, dass Sie an dem Einbruch in Redlichs Villa beteiligt sind.«

Anton sah auf und sagte:

»Was soll'n das?«

»Ich vermute stark, dass Sie da die Schuld für einen anderen auf sich nehmen. Aber die Polizei lässt sich nicht düpieren. Von Ihnen schon gar nicht.«

»Nu schlägt's dreizehn«, sagte Anton.

»Für das, was Coeur-As ausgefressen hat, sitzt Coeur-As! Nicht Sie!«

»Papa!«, rief Konstanze laut und hielt sich an ihrem Vater fest.

»Wo soll'n das Buch her sein?«, fragte Anton.

Emil wandte sich an den Kommissar:

»Aus dem Eifer, mit dem er sich selbst bezichtigt, sieht man schon, dass er einen anderen deckt. Wer schuldig ist, leugnet.«

»Das stimmt!«, sagte der Kommissar.

Emil wandte sich wieder an Anton:

»Was sagen Sie zum Beispiel dazu, wenn ich Ihnen verrate, dass dies Fräulein dort« – er wies auf Konstanze – »dem Mädchen das Buch gelegentlich eines Besuches persönlich ausgehändigt hat?«

»Da lach' ich.«

»Es ist aber so«, log Konstanze.

Anton wandte sich zu ihr um, trat ein paar Schritte auf sie zu und sagte:

»Was denn? – Sie und die Paula ...?« Er fasste sich an den Kopf und rief: »Herrgott nee! Ich werd' verrückt«

»Geben Sie den Versuch, hier für einen anderen einzutreten, also auf! Es nützt Ihnen nichts.«

»Was wird 'n dann?«

»Sie werden entlassen.«

»Und Paula?«

»Die bleibt!«, erwiderte der Kommissar.

»Weshalb?«, fragte Emil.

»Wegen Diebstahls und Hehlerei.«

»Gemeine Lüge!«, rief Anton.

»Mäßigen Sie sich!«, befahl Emil. »Ich muss Sie sonst in Haft nehmen.«

»Man immer zu! – Aber für Paula, da leg' ich meinen Kopf hin, dass die nichts anrührt, was ihr nich jehört. Das kann ich sogar beweisen. Sie hat von einem Mann – Pardon! – von einem Herrn, von einem hohen Herrn – Tausende von Mark in Aufbewahrung ...«

»Wieso hat man ihr die bei der Haussuchung nicht abgenommen?«, fragte der Kommissar den Polizisten.

»Was ihr oder einem anderen gehört, kann man ihr doch nicht abnehmen«, sagte Emil. – Da sperrten die Beamten, vom Inspektor herab bis zum Polizeidiener die Mäuler weit auf und hätten wahrscheinlich vergessen, sie wieder zu schließen, wenn jetzt nicht der jüngere von den beiden Kommissaren hereingekommen und mit dem Ruf auf Emil losgestürzt wäre:

» *Wir haben ihn!*«

Alles sah gespannt auf. Nur Emil blieb ruhig.

»Wen?«, fragte er.

»Coeur-As!«

Jetzt sprangen alle auf. Nur Emil blieb, ohne eine Miene zu verziehen, auf seinem Platz sitzen.

Anton lachte laut auf.

»Sind Sie Ihrer Sache ganz sicher?«, fragte Emil den
Kommissar.

»Absolut.«

»Aber ich habe ja noch gar nichts gegen ihn unternommen.«

»Sie sehen, schon Ihre Anwesenheit genügt,« schmei-
chelte der Kommissar.

»Stimmt!«, rief Anton und bog sich vor Lachen.

Der Kommissar wandte sich nach ihm um und fragte:

»Was wollen denn Sie?«

»Ich amüsier' mir. Das is 'n Junge, der Emil.

»Emil?«, fragte der Kommissar.

»Na ja. Wenn Se'n schon haben, denn können Se auch
wissen, dass er Emil heißt. – Ne, so'n Kerl! Der stellt de
janze Bude uff'n Kopp. Ich lach' mir krank.«

»Halten Sie'n Mund!«, befahl der Inspektor.

»Das hab' ich nich jedacht, als sie mir heute früh jeholt
haben, dass ich mir heute noch so amüsiere.«

»Sie sind hier nicht im Kino.«

Die Diva sprang auf.

»Soll das etwa eine Anspielung auf mich sein?«

»Ruhe!«, befahl Emil und fragte den Kommissar: »Woraus schließen Sie, dass es Coeur-As ist?«

»Der Mann gesteht den Einbruch ein und trägt ein Spiel Karten bei sich, auf dem Coeur-As steht.«

Er legte Karten vor Emil auf den Tisch.

»Führen Sie ihn vor!«, befahl Emil.

Und es erschien unter größter Spannung in zerrissenem Anzug, gefesselt und verstört, Baron v. Koppen.

Konstanze wollte auf ihn zugehen. Redlich hielt sie fest und sagte leise:

»Warte ab!«

Der Baron verbeugte sich vor dem Tisch mit den Beamten, erkannte Emil, atmete auf und sagte:

»Welch Glück, dass ich gerade an Sie gerate. Dann wird sich ja alles aufklären.«

Alle sahen Emil an.

»Ja, mein Lieber«, erwiderte Emil. »Mit Speck fängt man Mäuse.«

»Sie kennen ihn?«, fragte der Inspektor erstaunt.

»Ja, was glauben Sie denn, wem Sie es zu verdanken haben, dass der Mann jetzt gefesselt vor Ihnen steht?«

»Sie haben gewusst?«, fragte der Inspektor.

»Das wird die Vernehmung ergeben«, erwiderte Emil, wandte sich an den Kommissar und sagte:

»Bitte!«

»Treten Sie näher heran«, befahl der Kommissar. Der Baron gehorchte.

»Sie sind geständig?«

»Ja!«

»Sie geben auch zu, Coeur-As zu sein?«

»Aber nein!« – Er wies auf Emil: »Der Herr kennt mich ja. Und die Herrschaften dort« – er wandte sich an Redlich und Konstanze – »kennen mich auch.«

»Eine verrückte Verteidigungsmethode«, sagte der Inspektor, »die jedenfalls den Reiz der Neuheit hat«

»Ich sage die Wahrheit.«

»Glauben Sie, dass Sie damit weiterkommen?«

»Fragen Sie die Herrschaften doch.«

»Lächerlich.«

»Ich bitte darum.«

Der Inspektor wandte sich an Redlich und sagte:

»Sie haben den Menschen natürlich nie gesehen.«

»I Gott bewahre.«

»Aber, Herr Redlich!«, rief der Baron erstaunt. »So sagen Sie doch die Wahrheit.«

»Ich kenne Sie nicht«, erwiderte der.

Der Baron betrachtete seine Kleidung, fuhr sich mit der Hand durchs Haar und fragte:

»Ja, sehe ich denn so verändert aus? Ich bin doch Baron v. Koppen.«

»Wer?«, fragte Redlich.

»Sie wissen doch ...«, wandte sich der Baron an Emil. Und der erwiderte:

»Ich weiß alles. Und mehr als Ihnen lieb ist. – So kommen wir natürlich nicht weiter. Ich werde den Knoten durchhauen. – Also: Es stimmt, dass Sie Baron v. Koppen sind. Es hätte auch keinen Sinn, sich für einen anderen auszugeben. Denn Sie wissen genau, ich brauchte nur Ihren Herrn Vater oder den Herrn Minister laden lassen, um Ihre Identität festzustellen.«

»Ich bitte Sie inständigst, das nicht zu tun.«

»Der Wunsch wird, wenn irgend möglich, erfüllt. Aber nicht etwa Ihretwegen. Lediglich mit Rücksicht auf den Minister und den guten Namen Ihrer Familie.«

»Ich bin Ihnen dankbar.«

»Ich verzichte auf Ihren Dank. – Geben Sie den Einbruch bei der Filmdiva Assunta Lu zu?«

»Aber Sie wissen es ja.«

»Natürlich weiß ich es.«

Der Baron wandte sich an die Diva:

»Die Dame weiß es auch.«

»Anzunehmen. Wenn jemand zu einem ins Zimmer steigt und ihm den Schmuck raubt, so pflegt der Betroffene das ja für gewöhnlich zu bemerken. Zum Mindesten hinterher. Sie haben eine wertvolle Perlenkette geraubt?«

»Das sollte ich doch.«

»Entsetzlich!«, rief Assunta. »Ich falle in Ohnmacht.«

»Dazu liegt kein Grund vor,« beruhigte sie Emil. Und zu dem Baron gewandt, fuhr er fort: »Sie wollen uns also erzählen, dass Sie im Auftrage eines Dritten gehandelt haben?«

»Aber ja ... ich verstehe gar nicht ...«

»Womöglich im Auftrage dieses Emil, genannt Coeur-As?«

»Ich ... ich ...«

»Natürlich! Bekannte Methode. Von einem Mann Ihres Bildungsgrades sollte man mehr erwarten.«

»Aber Sie haben doch ...« – Der Baron war ganz verdattert. Er wandte sich an Konstanze: »Ihretwegen wollte ich ...«

»Was? Die Dame wollen Sie auch noch in Ihre schmutzige Affäre mit hineinziehen? Schämen Sie sich nicht? Und sagt Ihnen nicht Ihr bisschen Verstand, dass Sie die Dame kompromittieren und sich um jede Chance und jedes Mitleid bringen, wenn Sie irgendeinen Zusammenhang zwischen ihr und dem Einbruch konstruieren?«

»Das sehe ich ein.«

»Handelt ein Gentleman so?«

»Nein – er ... schweigt!«

»Tun Sie nicht so, als wenn etwas zu verbergen wäre. Das hat genau dieselbe Wirkung, als wenn Sie jemanden belasten.«

»Ich will ... niemanden belasten.«

»Vertrauen Sie auf die Justiz – und mich – und jene Dame, die weit über jeden Verdacht erhaben ist.«

»Ich wollte ja gar nicht –ich dachte ja nur –ich denke natürlich gar nicht daran – ich sehe ein ...«

»Doch dachten Sie daran. Ich kenne das. Sie hatten vielleicht vor, uns ein Märchen aufzubinden von einem exaltierten Mädchen, das einen Beweis Ihrer Mannhaftigkeit forderte und der zuliebe Sie diesen Einbruch begingen. Ja, reden Sie sich ein, dass auch nur ein Richter der Welt Ihnen das glauben würde?«

»Nein! Das glaube ich nicht!«

»Nun also! Und wenn es so wäre, dürfte ein Baron v. Koppen, er mag in seinen verbrecherischen Instinkten noch so oft gegen das Gesetz verstoßen, aber dürfte er eine Dame der Gesellschaft öffentlich bloßstellen?«

»Nein, das dürfte er nicht. Und ich bin Ihnen dankbar, dass Sie mich ...«

»Ich habe Ihnen schon einmal erklärt: Ich verzichte auf Ihren Dank. Schlimm genug, dass man Ihnen so selbstverständliche Dinge erst sagen muss.«

Der Baron machte ein ganz verzweifeltes Gesicht und sah, als wenn er abbitten wollte, zu Konstanze hinüber, die mit gesenktem Kopf dasaß, während Redlich schmunzelnd in sich hineinlächelte.

»Und was die bestellte Arbeit anbelangt«, fuhr Emil fort, kam aber nicht weiter, da Assunta Lu wie der Blitz aufsprang, auf den unglücklichen Baron zustürzte und drohend rief:

»Verleumdung! Sie sind von der Konkurrenz bestochen! Die hat Sie bezahlt, um mich zu blamieren. Wenn der Einbruch bestellte Arbeit ist, dann haben Sie ihn bestellt.«

»Aber beruhigen Sie sich doch! Davon ist überhaupt gar keine Rede.«

»Mein Ruhm steht auf dem Spiel! Ich kenne den Mann nicht. Ich verkehre nicht mit Verbrechern! Ich habe ihn nie gesehen. Ich will's schwören. Ich verlange den Eid! Bevor er schwört!«

»Aber so beruhigen Sie sich doch!«

»Man will mich ruinieren! Ich bin das Opfer einer Konspiration! Ich habe es kommen sehen. Ich hatte einen furchtbaren Traum. Ich sah einen Film, in dem zwei meiner bestgehassten Kolleginnen die Hauptrollen spielten und ich war Komparse, war eine Zofe, die nichts weiter zu tun hatte, als diesen beiden die Schuhe an- und auszuziehen!« – Sie stand jetzt ganz dicht vor dem Baron: »Sie waren der Liebhaber dieser Frauen! Jetzt erkenne ich Sie wieder! Oh, Sie! Sie steckten mir eine Mark Trinkgeld zu – aber ich warf sie Ihnen vor die Füße und sagte: Was die beiden sind, bin ich noch lange!«

Assunta war ganz außer Atem. Emil ließ ihr durch den Polizeidiener einen Stuhl hinsetzen, auf den sie völlig erschöpft niedersank.

»Alles das können Sie sich bis zur Hauptverhandlung aufsparen«, sagte Emil. »Obschon es gar nicht nötig sein wird. Denn der Baron wird uns jetzt unter seinem Eide bekräftigen, dass er nicht von der Konkurrenz zu diesem Einbruch gedungen wurde.«

»Ich bin bereit, das zu beschwören«, erwiderte der Baron.

»Sehen Sie! Dann ist alles in bester Ordnung. Und den Einbruch als solchen geben Sie zu?«

»Ja!«

»Ich sehe nur eine Möglichkeit, Ihren Fall milde zu beurteilen. Wenn es sich nämlich herausstellt, dass Ihre strafbaren Handlungen einer krankhaften Veranlagung entspringen, so verlieren sie ihren infamierenden Charakter, was für Ihre Zukunft und Ehre ausschlaggebend ist. Krankheiten lassen sich heilen, Gefängnis und Zuchthaus aber haften einem noch über den Tod hinaus an.«

Der Baron begann zu schluchzen.

»Warum weinen Sie?«, fragte Emil.

»Ich bin so glücklich!«

»Glücklich sind Sie?«, fragte er erstaunt.

»Ja! In meinem Unglück Sie gefunden zu haben. Das väterliche Verständnis, mit dem Sie mich leiten ...«

»Ich fühle mich ja in gewissem Sinne verantwortlich für Sie. Ohne mich wären Sie ja nicht hier.«

Der Inspektor beugte sich zu Emil und flüsterte ihm zu:

»Ich bewundere Sie!«

»Kein Grund, Herr Kollege!«, erwiderte Emil und wehrte ab. »Für mich steht fest, dass Sie nicht aus Gewinnsucht gehandelt haben. Ein krankhafter Reiz ließ Sie dies Doppelleben führen.« – Emil wandte sich an Konstanze. »Gnädiges Fräulein, ich kenne die Beziehungen zwischen Ihnen und dem Baron nicht. Aber, nicht wahr, Sie werden einem Kranken, der genesen wird, Ihre Sympathien nicht entziehen?«

»Wenn es doch so wäre! Ich möchte es glauben! Ich könnte ihn lieben!« rief Konstanze erregt.

»Sagen Sie ihr, dass es so ist!«, sagte Emil und der Baron richtete sich auf und beteuerte laut:

»Es ist so!«

Konstanze sprang auf und wollte sich ihm an den Hals stürzen, aber Emil hielt sie zurück und rief:

»Einen Augenblick noch.« – Er nahm die Karten auf, die der Polizeidiener vor ihm auf den Tisch gelegt hatte, hielt sie hoch und fragte den Baron:

»Und Sie geben auch zu, dass dies hier Ihre Karten sind?«

Der Baron nickte und sagte:

»Ja!«

»Womit bewiesen ist, dass Sie Coeur-As sind.«

Konstanze streckte die Arme nach ihm aus und bettelte:

»Sag' ja!«

»Ja!«, erwiderte der Baron mit fester Stimme, und der Inspektor drückte Emil die Hand und sagte:

»Sie sind ein Genie!«

Emil ließ sich auf seinen Stuhl nieder und erwiderte:

»Jetzt glaube ich es bald selbst.«

So ein gerissener Halunke, dachte Anton, und er war der einzige, der überlegte, ob er nicht dazwischenfahren sollte, um die Wahrheit ans Licht zu bringen. Aber wer hätte sie ihm geglaubt?

Auch Emil war ein viel zu guter Psychologe, um nicht zu wissen, dass Anton der einzige war, von dem ihm Gefahr drohte. Er hatte ihn, während er den Baron vernahm, oder besser: ihm seinen Willen aufzwang, nicht einen Augenblick lang aus den Augen gelassen. Er sah auch deutlich, wie Anton sich innerlich empörte, während im Gegensatz zu ihm Redlich seine Befangenheit immer mehr verlor und schließlich einen beinahe vergnügten Eindruck machte. Aber es war weniger Furcht vor Anton, der ihn jetzt kaum noch gefährden konnte, als ein Gefühl der Scham und die Erkenntnis, dass er von allen hier der einzige war, der nicht aus Eigennutz, vielmehr aus Anstand schwieg.

Vielleicht war es nur das, was ihn reizte, das Spiel auf die Spitze zu treiben. Vielleicht war es auch mehr als das. Dieser Anton und diese Paula waren zwei Menschen, über die er nie viel nachgedacht hatte, deren Charakter ihm nun aber klar wurde, wo er Menschen aus einer völlig anderen Sphäre auf den Grund ihrer Seele sah. Und es schien ihm durchaus nicht paradox, dass er sich aus einem Gefühl der Reinlichkeit heraus zu ihnen zurücksehnte. Paula vollends erschien ihm wie eine Gestalt, angesichts deren er zum ersten Male wieder das Bedürfnis fühlte, seit seiner Kindheit – zu beten. Er, dem längst nichts mehr heilig war, er, der große Gauner und Abenteurer, der jede Autorität abschwor, fühlte sich ihr gegenüber klein und verächtlich. Nach seinem Einbruch in die menschliche Gesellschaft war sie der einzige Mensch, zu dem er emporsah. Er, der sein Leben lang über Liebe gespottet hatte, fühlte, dass er zum ersten Male im Leben eine Frau achtete und liebte. Er folgte jetzt nur dem Gefühl, nicht der Zweckmäßigkeit, wenn er dem Gerichtsdiener den Auftrag gab, das Mädchen vorzuführen.

Anton stutzte erst, dann wandte er sich an Emil und sagte:

»Das gibt 'n Unjlück! – Wozu? – Wo doch alles klar is!«

»Auch zwischen uns muss alles klar sein«, erwiderte Emil.

»Sie meinen?«, fragte der Inspektor.

»Dass mir die Fäden, die von dem Baron zu dem Mädchen laufen, nicht deutlich genug sind.«

Der Polizeidiener öffnete die Tür und sagte:

»Das Mädchen!«

Paula, schmal, blass, gertenschlank, mit großen tiefumränderten Augen, einem einfarbigen, enganliegenden, bis hoch an den Hals hinauf geschlossenen schwarzen Kleid trat ein. Sie schien völlig apathisch. Anton trat ein paar Schritte auf den Tisch zu, um zu verhindern, dass sie Emil sah. Aber der stand hoch aufgerichtet und fasste sie fest ins Auge. Wie hypnotisiert hob sie den Kopf, sah niemand als ihn – riss die Augen weit auf – holte tief Atem – taumelte ein paar Schritte zurück – rief mit zitternder Stimme:

»Emil!«

Dann brach sie zusammen.

Für die Beamten war es nur erneut ein überzeugender Beweis dafür, dass der Baron mit Emil, also mit Coeur-As, identisch war. Denn, wen anders konnte sie meinen als ihn, der noch immer vor dem Tisch in nächster Nähe von Emil stand?

Anton und ein Polizeidiener mühten sich um Paula.

»Bringen Sie das Mädchen in mein Zimmer und legen Sie sie auf die Chaiselongue«, befahl Emil. »Und dann holen Sie schleunigst den Arzt.«

Während Anton und der Polizist Paula hinaustrugen, meldete der Polizeidiener:

»Da draußen steht noch ein Mädchen, das etwas von einer gestohlenen Kette redet und vernommen werden will.«

»Aha!«, sagte Emil. »Die kommt ja wie gerufen. Sofort herein mit ihr.«

Und in das Zimmer trat eine verhärmte, nicht mehr junge Person, der man noch ansah, dass sie einmal schön gewesen war. Sie war ängstlich und zitterte, und man merkte ihr an, dass sie etwas sagen wollte, aber angesichts des Tisches mit den Beamten unschlüssig wurde und die Möglichkeit suchte, wieder umzukehren.

»Kommen Sie nur ganz furchtlos heran«, sagte Emil, der sofort die Zusammenhänge erriet. »Sie kommen, um uns etwas zu sagen und Ihr Gewissen zu erleichtern.«

»Ja – das heißt, ich möchte doch lieber nicht.«

»Sie kommen der Kette wegen.«

»Ist es wahr, dass man die schwarze Paula geschnappt hat?«

»Ja.«

»Der Kette wegen?«

»Ja.«

Jetzt ging das Mädchen aus sich heraus, trat dicht an den Tisch heran und beteuerte laut:

»Sie ist unschuldig! – Ich bin – ich habe ...« – Sie sah den Baron, stutzte und wies auf ihn – »da steht er ja. Also es kam so: Die Paula ist ein anständiges Mädchen. Und der da kam wie ein Verrückter ins Café Kuhle.«

»Sie sind ein guter Menschenkenner. Der Mann ist nämlich wirklich verrückt.«

»Ja, ja«, fuhr sie erregt fort, »das sah man ja! Aber wir dachten, dass er Geld hat – weil er doch gleich einen Zwanzigmarkschein auf den Tisch legte – und da haben wir uns denn an ihn rangemacht. – Aber er hat uns gar nicht beachtet – und was die blonde Emma is, die schuppst'n denn immer so mit'm Bein, dass er halb auf mich rüberwippt – ich saß nu schon dicht bei ihm – aber nich aufm Schoß – das erlaubt der Kuhle, was der Wirt is – nich – na, und denn fass' ich'n so um, weil er doch sonst auf meinen Schoß zu sitzen kam – aber da rutsch' ich auch schon mit de Hand in seine Tasche – und wie ich se rausziehe, hab' ich doch das Kollier in der Hand. Auf einmal läuft er weg und ich sitz' da mit das Ding – und heute morgen kommt die blonde Emma und sagt, Lona, sagt se, sieh dir vor, die Polente! – Und da ich doch die Kette erst noch auf die Polizei bringen wollte – was soll unsereins mit so eine Kette? – so lauf ich schnell zu der Paula und sag': heb se auf! Und nu sagt mir eben der Paula ihre Wirtin, dass sie alle geworden is – und das is falsch – und darum bin ich hier.«

»Das ist anständig von Ihnen«, erwiderte Emil. »Aber Sie haben die Kette nicht gestohlen?«

Das Mädchen stutzte und witterte eine Falle.

»Die Paula war's nicht«, wiederholte sie.

Emil wies auf den Baron und sagte:

»Der Mann hat bereits gestanden, die Kette bei einem Einbruch gestohlen und sie Ihnen in die Tasche gesteckt zu haben.«

»Davon is mir nichts bekannt.«

»Der Mann ist Einundfünfziger!«

»Dann wird's wohl so sein, wie er sagt«, beteuerte das Mädchen.

»Es ist bestimmt so, und Sie können nach Hause gehen.«

»Und die Paula?«

»Machen Sie sich um die keine Gedanken, der passiert nichts.«

»Denn entschuld'gen Se nur, wenn ich hier jestört habe.«

»Sie haben ganz recht gehabt. Und damit Sie sich den Weg nicht umsonst gemacht haben und für Ihre anständige Gesinnung« – er nahm einen Zwanzigmarkschein aus der Tasche und reichte ihn ihr – »da nehmen Sie das.«

Das Mädchen traute ihren Augen nicht, wurde unsicher und fragte:

»Stimmt das denn auch? – Is das hier die Polizei?«

»Jawohl!«, erwiderte Emil. »Und nun gehen Sie!«

Das Mädchen küsste ihm die Hand und ging. Als sie draußen war, wandte sich Emil an Redlich und sagte:

»Du hast ja wohl einen besonders zuverlässigen Psychiater, dem man die Behandlung des Barons anvertrauen kann.«

Redlich, der nicht recht wusste, ob es Emil ernst damit war, erwiderte:

»Die Verantwortung müsstest in diesem Falle du übernehmen.«

»Da mir die ausschließliche Behandlung des Falles
durch den Minister übertragen ist, so übernehme ich natürlich auch die Verantwortung. Wenn die Heilung gelingt, woran ich bei der Tüchtigkeit des Arztes nicht
zweifle, und man die ganze Angelegenheit diskret be-
handelt – was im Interesse aller liegt –, so wird schnell
Gras über die Geschichte wachsen,«

»Das hoffe ich auch«, erwiderte Redlich.

»Die Polizei überlässt den Baron also zu treuen Händen
dir – respektive Ihnen, Fräulein Konstanze. Die verständnisvolle Behandlung einer gescheiten Frau wird
den Genesungsprozess vermutlich beschleunigen.«

»Und was wird aus mir?«, fragte Assunta Lu. »Wo
bleibt mein Prozess?«

»Für Sie, mein Kind, habe ich noch eine besondere
Überraschung«, erwiderte Emil, hob die Verhandlung
auf, verbeugte sich nach allen Seiten und ging in sein
Zimmer.

Da lag Paula, der das Bewusstsein schnell wiederge-
kehrt war, auf der Chaiselongue. Anton saß neben ihr
auf einem Stuhl, hielt ihre Hand und erzählte ihr, indem
er sie und Emil in gleicher Weise schonte, wie alles gekommen war.

Neunzehntes Kapitel
Emil und Paula

Als Emil in sein Zimmer kam und an das Sofa trat, richtete Paula sich auf, sah ihn groß an, schwieg erst und sagte dann:

»Warum hast du das getan?«

»Weil ich ein schlechter Kerl bin«, erwiderte Emil und ließ sich vor Paula auf der Erde nieder. »Weil ich erst seit ein paar Tagen weiß, was das für Menschen sind – und wie gut du bist.«

»Schlimm ist das, wenn du das jetzt erst weißt«, sagte Paula, legte den Arm um seinen Hals und sah ihm in die Augen. »Schämst du dich nicht?«

»Doch, Paula! – Ich schäme mich.«

»Ist das wahr, was mir Anton erzählt?«

»Was sagt er denn?«

»Dass es die einzige Rettung war. Wenn du dich mit dem Mann aus der Villa nicht verständigt hättest, so wärst du heute fest – und wir auch.«

»Das mag sein.«

»Du musst es doch wissen!«

»Ich konnte nicht fort, das weißt du ja – und der Alte hatte die Polizei schon alarmiert.«

»Dann hast du doch recht gehabt! – Dann konntest du doch gar nicht anders. Aber ohne Nachricht hättest du mich nicht lassen sollen, – das war nicht gut.«

»Man kam so in den Betrieb – von früh bis in die Nacht – ohne eine Stunde für sich.«

»Die hättest du finden müssen. Du musstest doch wissen, wie mir zumute ist.«

»Dass es so ist, wusste ich nicht.«

»Und gedacht an mich hast du die ganze Zeit über auch nicht?«

»Nicht oft, Paula – und nicht so wie ich es hätte müssen.«

»Hast du denn nicht gefühlt, wie ich mich nach dir gesehnt habe?«

»Jetzt weiß ich es.«

»Ist das wahr?«

»Solange ich lebe – nicht einen Tag mehr ohne dich, Paula!«

»Ich glaube dir.«

Sie richtete sich ein wenig hoch, schlang die Arme um seinen Hals und zog ihn zu sich.

»Meine Paula!«, sagte er, und sie erwiderte:

»Mein geliebter Junge!«

Das war alles, was sie sprachen.

Anton stand ein paar Schritte abseits. Es tat ihm nicht weh, dass sie sich küssten. Er sagte sich: Nun wird sie gesund. Sie hat's verdient. Und er? – Er schüttelte den Kopf und sagte sich: Er wohl nicht.

Als Anton Stimmen hörte, rief er den beiden zu:

»Es kommt wer!«

Emil richtete sich auf. Er sah Anton an. Er wusste, ihn gewann er nicht so leicht zurück wie sie. Er ging ein paar Schritte auf ihn zu und sagte:

»Und nun, Anton, was wird aus uns?«

»Was soll denn werden?«

»Ich komme zu euch – das ist doch klar.«

»Bis zum nächsten Mal«, antwortete Anton.

Da richtete sich Paula hoch und sagte:

»Pfui, Anton!«

»Traust du ihm?«

»Ja!«, erwiderte Paula. »Ich weiß, dass er nie wieder von uns geht.«

Emil hielt Anton die Hand hin.

»Wenn du es weißt, Paula«, sagte Anton, »denn wird es wohl so sein.«

Anton schlug ein und fragte:

»Kannst de denn hier so weg – so mir nichts dir nichts?«

»Das kann ich nicht Euret- und meinetwegen und dieses Barons wegen geht das nicht. Aber wir sehen uns jeden Tag.«

»Und wie lange willst du hier bleiben?«, fragte Paula.

»Ich will mir einen ehrenvollen Abgang sichern«, erwiderte Emil.

»Von denen hier?«, fragte Anton verächtlich und wies auf die Tür, hinter der sie eben noch verhandelt hatten.

»Aber nein! Von denen da unten, unter denen wir alle so lange gelebt haben. Ich setze erst die Reform des Strafvollzugs durch – aber davon verstehst du nichts, Anton! – und dann, Paula, fangen wir als Mann und

Frau irgendwo in einem fremden Erdteil ein neues Leben an.«

»Und mich nehmt ihr mit?«, fragte Anton.

»Selbstredend!«, erwiderte Emil. »Wir brauchen doch einen Schutz.«

Paula sprang auf und warf sich Emil an den Hals. Anton ergriff Emils Hand. Und so standen die drei jetzt – der Anton nehme mir den Vergleich nicht übel – wie am Schluss eines sechsaktigen Films und bildeten eine Gruppe. Es fehlte nur das Publikum, das sich schnäuzte, aufstand und gerührt nach Hause ging.

Und doch: Ich glaube nicht, dass es auch nur einen Menschen gibt, der diese Vorgänge von Beginn an miterlebt hat und diesen Ausgang unnatürlich findet.

Zwanzigstes Kapitel,
in dem von der Reform des Strafvollzugs die Rede ist

Tatsächlich war Emil bei den Verhandlungen über die Reform des Strafvollzuges, die sich über Wochen hinzogen, die treibende Kraft für alle Milderungen, die in dem Gesetz und darüber hinaus in den Ausführungsbestimmungen Aufnahme fanden. Vor allem erfuhren die Bestimmungen und Verordnungen über die Behandlung und Beschäftigung und Bezahlung der Gefangenen in den Strafanstalten auf seine Anregung hin grundlegende Veränderungen. Sein einziger gefährlicher Gegner war auch hier der Oberstaatsanwalt Spicker, der ihm teils aus Überzeugung, teils aus persönlichen Gründen Widerstand leistete. Dass es Emil und nicht ihm gelungen war, den Fall Coeur-As zu klären, kränkte seine Eitelkeit und seinen Ehrgeiz. Die ausländischen Akten enthielt er Emil noch immer vor. Nicht, weil ein Rest von Verdacht in ihm zurückgeblieben wäre, dass es sich hier um ein Schwindelmanöver großen Stils handelte – der Gedanke kam ihm nicht einen Augenblick lang –, vielmehr aus Eitelkeit, um ihm zu zeigen, dass er den Fall restlos doch nicht zur vollen Zufriedenheit gelöst habe.

Die Gegnerschaft der beiden bestand aber nicht nur darin, dass Emil die mildeste, der Oberstaatsanwalt die rigoroseste Denkart in der Kommission vertrat, sie fand auch Nahrung darin, dass Emils ungewöhnliche Sachkenntnis aller einschlägigen Fragen ihm von selbst die Führung der Verhandlungen in die Hände spielte. Selbst die Dezernenten, die sich seit zehn und zwanzig Jahren mit nichts anderem als diesen Fragen beschäftigten, staunten über sein grundlegendes Wissen und diese Kenntnis von Einzelheiten, die selbst ihnen oft unbekannt waren, von deren Richtigkeit sie sich dann durch Rückfragen bei den untergeordneten Stellen überzeugten. Statt Gefahr zu laufen; sich vor dem Staatssekretär und Minister, die den Verhandlungen beiwohnten, zu blamieren, indem Emil sich orientierter zeigte als sie oder sie gar desavouierte, zogen sie es vor, ihrer Überzeugung ein wenig Gewalt anzutun. Sie ließen sich durch Emil bekehren, traten plötzlich in Opposition zum Oberstaatsanwalt und vertraten die mildere Auffassung.

Während Emil den täglichen Verkehr mit Paula bisher in aller Heimlichkeit geführt hatte, sprach er in der Kommission eines Tages ganz offen davon, dass er mit Menschen und an Stätten verkehre, die wenig zu ihm und seiner Stellung passten. Und er riet den Mitgliedern

der Kommission, im Interesse der Arbeiten ein Gleiches
zu tun. Der Oberstaatsanwalt, der auf seine zwanzigjäh-
rige Praxis pochte, lehnte ab – und die anderen billigten
zwar Emils Selbstentäußerung, konnten gewisse Hemmungen aber nicht überwinden und beruhigten ihr Gewissen damit, dass sie Emils Autorität bedingungslos
anerkannten.

Nach einer dieser Sitzungen sagte der Oberstaatsanwalt zu Emil mit einer gewissen Ironie:

»Sie bringen es noch zum Reichskanzler!«

»Wenn ich Ihren Ehrgeiz hätte«, erwiderte Emil, »vielleicht.«

»Sie besitzen eine große Überzeugungsgabe, aber etwas
fehlt Ihnen.«

»Das ist?«

»Schlauheit! – Der Fall Coeur-As war ein Zufall und im
Übrigen nicht Ihr Verdienst, sondern das der Beamten.«

»Ich habe es nie für mich in Anspruch genommen«,
erwiderte Emil.

»An mich trauen Sie sich, scheint's, nicht heran. Es hätte Sie bei unserer Gegnerschaft doch reizen müssen,
mich zu überlisten.«

»Ich hatte Wichtigeres zu tun«, erwiderte Emil. »Aber
sollte ich einmal eine Viertelstunde Zeit übrig haben ...«

Da lachte der Oberstaatsanwalt laut auf und sagte:

»Vergessen Sie nur ja nicht, sich vorher anzumelden.«

»Ist bereits geschehen«, erwiderte Emil und ließ ihn
stehen.

Einundzwanzigstes Kapitel
Auf Tod und Leben

Die Reform war unter Dach und Fach. Emil rüstete mit Paula und Anton zum Aufbruch. Der Minister hatte ihm in Anerkennung seiner Arbeit und Verdienste einen längeren Urlaub bewilligt.

Von Coeur-As sprach niemand mehr. Der Baron sah unter Konstanzes Pflege in einer Schweizer Nervenanstalt seiner völligen Genesung entgegen. In der Villa traf Redlich bereits die ersten Vorbereitungen zur Hochzeit. Emil hielt seine freundschaftlichen Beziehungen zu Konstanze aufrecht. Paula wusste davon – wie sie nun alles wusste, was Emil tat. Seit ein paar Wochen fehlte sie, wo man sie sonst zu sehen gewohnt war. Sie hat eine Stellung angenommen, hieß es. Aber man wusste weder als was noch wo.

Je weniger man von Coeur-As sprach, umso mehr war die Rede noch immer von den Schrullen des Oberstaatsanwalts Spicker. Seine Verhältnisse ermöglichten ihm eine Lebensführung großen und eigenen Stils, und er kümmerte sich nicht viel um das, was über ihn geredet wurde. Seit Kurzem hatte er eine Dame ins Haus genommen, die der Wirtschaft vorstand, aber so hübsch und schick war, dass liebe Nachbarsleute nicht recht an ihre hausfraulichen Funktionen glaubten. Hätten sie tieferen Einblick in das gehabt, was im Hause vorging, so hätten sie sich zwar vermutlich auch weiterhin die Mäuler zerrissen, obschon sie sich leicht davon hätten überzeugen können, dass die Beziehungen zwischen der hübschen Hausdame und dem Oberstaatsanwalt durchaus korrekte waren – womit nicht gesagt ist, dass der Staatsanwalt nicht alle seine Künste springen ließ, um die dem Haus gewonnene Dame auch seinem Herzen zu gewinnen. Mehr als einmal glaubte er am Ziel zu sein – im entscheidenden Moment aber siegte stets die Tugend, von der der Oberstaatsanwalt im Laufe der Zeit so stark beeindruckt war, dass er allen Ernstes daran dachte, die Hausdame zu seiner Frau zu machen.

Oder war es weniger ihre Tugend und mehr sein Wunsch des Besitzes, der diesen Gedanken in ihm wach werden ließ? Jedenfalls wusste er, dass dieser Besitz nur zu erreichen war, wenn er als Preis die Ehe bot.

Er war entschlossen, es darauf ankommen zu lassen. – Es war nach dem Diner. Oberstaatsanwalt Spicker saß, wie jeden Abend, mit seiner Hausdame in der Halle an dem runden Tisch, auf dem Obst, Liköre, Wein und Süßigkeiten standen. Sie war in kleiner Abendtoilette ohne Schmuck, er im Smoking. – Der Diener zog die hohen Gardinen vor die Fenster und knipste das Licht aus. Nur die Stehlampe neben dem runden Tisch blieb brennen.

»Dass Sie die Dunkelheit so lieben«, sagte sie, und er erwiderte:

»Ich finde, es ist so gemütlicher.«

Sie wandte sich an den Diener:

»Vergessen Sie nicht, die Türen abzuschließen.«

»Es ist bereits geschehen«, erwiderte der, verbeugte sich und ging.

Als er draußen war, sagte Spicker:

»Sie sind seit ein paar Tagen so ängstlich.«

»Das kommt Ihnen nur so vor«, erwiderte sie, obschon ihr die Unruhe deutlich auf dem Gesicht stand.

Er nahm ihre Hand und sagte:

»Sie zittern ja!«

»Wundert Sie das? Lebt man bei Ihnen nicht ständig in Angst?«

»Ich liebe die Gefahr und suche sie – aber ich kann sie nicht finden.«

»Sie haben einen Preis von zwanzigtausend Mark für den ausgesetzt, der Ihnen ein Abenteuer verschafft, auf das Sie nicht hineinfallen. An Versuchen hat es nicht gefehlt, Sie haben sie sämtlich bestanden.«

»Wissen Sie auch, dass ich, als Sie vor drei Wochen in mein Haus kamen, glaubte, dass Sie sich den Preis verdienen wollten?«

Sie entfärbte sich.

»Ich mir?«, erwiderte sie. »Wie kommen Sie darauf? Mich reizte es, den Mann kennenzulernen, der dies gefährliche Preisausschreiben erließ. Deshalb suchte ich Sie auf. Dass Sie mir den Vorschlag machen würden, als Hausdame bei Ihnen einzutreten, daran habe ich niemals gedacht.«

Spicker legte den Arm um ihre Schulter und sagte zärtlich:

»Und wenn ich durch dies Preisausschreiben nur Sie gewinnen würde, so hätte es sich gelohnt.«

»Wie lieb Sie sind.«

»Und doch werde ich das Gefühl nicht los, dass ich durch Sie noch ein Abenteuer erlebe.«

»Ich wüsste wirklich nicht, wie das geschehen sollte.«

»Nun, so ganz aus der Welt liegt es doch wohl nicht. Haben Sie mir nicht selbst einmal erzählt, dass Sie Männer lieben, die etwas wagen?«

»Mag sein. Aber das bedeutet noch lange nicht, dass ich die Absicht habe, Sie in Abenteuer zu stürzen.

»Täten Sie es nur.«

»Wünschen Sie es sich nicht«, sagte sie erregt. – Im selben Augenblick läutete draußen das Telefon.

»Johann hat wieder einmal vergessen, das Telefon umzustellen«, sagte Spicker, stand auf und ging hinaus. – Kaum war er draußen, veränderte sich der Gesichtsausdruck der Hausdame. Sie sah ihm nach und sagte spöttisch:

»Dir kann geholfen werden.« – Dann stand sie auf, sah noch einmal nach der Tür, durch die Spicker hinausgegangen war, eilte hastig zur Flurtür, schloss sie auf, öffnete sie behutsam und ließ einen elegant gekleideten, nicht mehr jungen Menschen, der Brille und Vollbart trug, eintreten. Ohne Begrüßung fragte er hastig:

»Ist er am Telefon?«

»Ja!«

»Ausgezeichnet! Ist der Diener zu Bett?«

»Ja!«

»Geh zu ihm hinein und leg' ihm die Maske auf.« – Er steckte ihr einen Gegenstand zu.

»Großer Gott!«, rief sie erschrocken.

»Ruhe! Er wird ein paar Stunden lang so fest schlafen, dass er nichts hört, im Übrigen aber keinen Schaden an seiner Gesundheit nehmen.«

»Wenn du nicht die Wahrheit sagst!«

»Tu, was ich dir befehle!« wiederholte er bestimmt und merkte so wenig wie sie, dass Spicker leise in die Tür getreten war und die Szene miterlebte. – Sie schmiegte sich an ihn und sagte:

»Ich tue alles, wenn du mir schwörst, nie wieder mit Konstanze zusammenzukommen.«

»Jetzt ist keine Zeit für Eifersuchtsszenen.«

»Schwör es mir«, bettelte sie.

»So wahr ich mir hier die zwanzigtausend Mark verdienen werde.« Er hielt ihr die Hand hin und sie schlug ein.

»Und nun geh!« drängte sie. »Er wird gleich wieder hier sein.« Und während sie ihn zur Flurtür hinausschob, wiederholte sie: »Du hast mir geschworen.«

»Mein Ehrenwort!«

Noch einmal drückte sie ihm die Hand und sagte:

»Ich glaube dir.«

Und während sie die Tür abschloss, ging auch Spicker wieder in das Innere der Wohnung.

Sie setzte sich wieder genau so hin, wie sie beim Hinausgehen Spickers gesessen hatte, wandte sich zur Tür und rief:

»Herr Oberstaatsanwalt, wo bleiben Sie denn?«

»Ich bin schon da!« – Er trat wieder auf die Diele und setzte sich an den runden Tisch, als wenn nichts geschehen wäre.

»Und wer hatte Sie so spät noch dringend zu sprechen?«, fragte Paula und tat eifersüchtig.

»Eine Frau!«

»Natürlich!«

»Die mich kennenlernen will.«

»Und Sie haben selbstredend zugesagt?«

»Ich habe sie an Sie verwiesen.«

»An mich?«, fragte sie unsicher.

»Nun ja, Sie sollen sie sich ansehen. Sie kennen doch meinen Geschmack.«

»Gern!«

»Es würde Ihnen also nicht wehtun, wenn ich mich in eine andere verliebte?«

»Sonderbare Frage!«

»Sie meinen es doch gut mit mir – und ehrlich?«

»Zweifeln Sie daran?«

Am Schloss wurde gerüttelt. –

»Was war das?«, fragte Spicker. »Haben Sie nichts gehört?«

Paula tat erschrocken.

»Mir war auch so, als wenn sich jemand an der Tür zu schaffen machte«, erwiderte sie. Im selben Augenblick setzte der Lärm wieder ein. »Da – schon wieder!«

Spicker wandte sich zur Tür, zog einen Browning aus der Tasche. »Nun, wir wollen ihm einen warmen Empfang bereiten.«

»Sie werden doch nicht schießen?«

»Sie meinen, ich soll ihn zu einem Glas Sekt einladen?«

Das Geräusch an der Tür wurde immer lebhafter. Paula flüchtete zu Spicker, der auf die Tür zuging, und sagte:

»Wenn es nun gar keine Einbrecher sind?«

»Wer sollte es denn sonst sein?«

»Denken Sie an Ihr Preisausschreiben.«

Der Oberstaatsanwalt stutzte:

»Sie meinen ...?«

»Ich weiß nicht, aber es wäre doch möglich.«

»Ein fingierter Einbruch?« – Sie standen jetzt dicht beieinander. »Unter Ihrer Assistenz etwa?«

Sie prallte entsetzt zurück und fragte:

»Wie kommen Sie darauf?«

»Ich lese es Ihnen vom Gesicht ab.«

»Sie irren.«

»Schade, dass Sie es mir verraten haben«, erwiderte er überlegen. »Vielleicht wäre es diesmal ein Abenteuer geworden.«

»Was wollen Sie tun?«, fragte sie ängstlich.

»Das werden Sie gleich sehen.«

Er stand jetzt unmittelbar vor der Tür.

Paula versuchte, ihn zurückzuhalten.

»Nicht! Nicht!« bettelte sie.

Aber er schloss auf – und vor ihm stand verdutzt der nicht mehr junge Mann, den er mit übertriebener Höflichkeit begrüßte:

»Bitte! Treten Sie näher!« – und da der Mann zögerte, so fuhr er fort: »Aber so kommen Sie doch und tun Sie ganz, als wenn Sie zu Hause wären.«

Der Mann, der behutsam eintrat, sah sich zur Tür um.

»Ah so! Sie sind nicht allein!« sagte Spicker, trat selbst in die Tür und rief hinaus: »Darf ich bitten?«

Ängstlich trat ein Mann ein, der die Ballonmütze so tief nach vorn geschoben hatte, dass man von seinem Gesicht nicht viel sehen konnte. Er hatte eine große Handtasche im Arm und sah sich verblüfft um.

Der Oberstaatsanwalt trat an ihn heran und streckte ihm die Hand hin. Der immer verdutzter dreinschauende Mann schlug zögernd ein.

»Willkommen! Spicker ist mein Name und die Dame brauche ich Ihnen wohl nicht erst vorzustellen. Bitte, legen Sie ab.« – Und während er die Tasche betrachtete, sagte er: »Ein bisschen klein der Koffer! Finden Sie nicht? Für die vielen Sachen, die hier herumstehen?«

Der nicht mehr junge Mann, der den Spott nicht länger ertrug, trat jetzt dicht an Spicker heran, zog den Revolver aus der Tasche und sagte:

»Nun wird mir das zu dumm!« Er kommandierte: »Hände hoch!«

»Mit dem größten Vergnügen«, erwiderte Spicker und hob die Arme in die Höhe.

»Glauben Sie, dass wir uns von einem wie Sie bluffen lassen?« tobte der junge Mann.

»So wenig wie ich mich von Ihnen.«

»Das wird sich ja zeigen.«

»Sie geben also zu, dass dieser Einbruch fingiert ist?«

Der nicht mehr junge Mann stellte sich verdutzt und fragte:

»Herr! Wie kommen Sie darauf?«

Spicker ließ den Arm sinken, griff nach der Tasche des Mannes und zog daraus ein Manuskript hervor, das aus der inneren Rocktasche hervorsah, warf einen Blick darauf und rief: »weil Einbrecher keine kurbelfertigen Filmmanuskripte bei sich zu tragen pflegen.«

Der Mann tat erschrocken und sagte:

»Kann das nicht auch gestohlen sein?«

Jetzt zog ihm Spicker aus der oberen Rocktasche eine blaue Brille, hielt sie hoch und sagte:

»Und diese Schutzbrille gegen Jupiterlampen?«

Er tat bestürzt und rief:

»Allmächtiger!«

»Sie geben nun zu, dass Ihr und Ihres Freundes nächtlicher Besuch den ausgesetzten zwanzigtausend Mark gilt?«

»Mir bleibt wohl nichts anderes übrig, als es einzugestehen.«

»Also wieder einmal abgeblitzt«, triumphierte Spicker. »Sie können sich trösten, Sie sind Nummer zwölf!«

Jetzt mischte sich Paula hinein und sagte:

»Nun, Herr Oberstaatsanwalt, diesmal habe ich Ihnen den Tipp gegeben.«

»Gewiss! Aber ich hätte es auch ohne Sie gemerkt.«

Und als Paula fragte:

»Wieso?« wies er auf die beiden und erwiderte:

»Sehen so Einbrecher aus? Jedenfalls danke ich für Ihre gute Absicht. Aber wenn Sie wieder einmal eine Überraschung für mich haben, dann strengen Sie bitte Ihren Kopf etwas mehr an.«

Nicht ohne Spott, mit Seitenblick auf den nicht mehr jungen Mann, erwiderte Paula:

»Ich verspreche es Ihnen. Sie sollten aber großzügig sein und die Herren für ihren Misserfolg durch ein Glas Sekt entschädigen.«

»Das ist ein guter Gedanke. Damit Sie Ihre Nachtruhe nicht umsonst geopfert haben.«

»Wer den Schaden hat, braucht für den Spott nicht zu sorgen«, erwiderte der nicht mehr junge Mann, wandte sich zu dem anderen Einbrecher und sagte: »Ich glaube, wir nehmen an.«

Paula, die inzwischen unauffällig hinausgegangen war und jetzt mit einer Flasche Sekt wieder hereinkam, sagte zu Spicker, obschon es dem andern galt:

»Der Diener schläft so fest, dass wir die Herren selber bedienen müssen.« – Spicker nahm ihr die Flasche ab und goss ein. »Trinken wir auf das Wohl des Oberstaatsanwalts, des Unbesiegbaren«, sagte Paula.

Sie setzten sich, stießen an und tranken.

Dann sagte Spicker:

»Und nun verraten Sie mir auch, wie Sie sich Ihre Tätigkeit hier eigentlich gedacht hatten?«

»Sehr einfach«, erwiderte der nicht mehr junge Mann: »Wir wollten Sie gründlich ausplündern, Sie bedrohen und derart in Angst versetzen, dass Sie auf den Knien um Ihr Leben gebettelt hätten.«

Der Oberstaatsanwalt schüttelte sich vor Lachen.

»Und Sie haben wirklich geglaubt, dass Ihnen das gelingen würde?«

»Nun, wo ich das Vergnügen habe, Sie persönlich zu kennen, zweifle ich allerdings daran.«

»Und angenommen, es wäre Ihnen gelungen. Kein Mensch auf der Welt hätte es Ihnen geglaubt.«

»Das haben wir uns auch gesagt und deshalb Vorkehrungen getroffen.«

»Da bin ich aber wirklich neugierig.«

»Was glauben Sie, was darin ist?«, fragte er und wies auf die große Tasche.

»Ah! Ich verstehe! Ihr Apparat!«

»Erraten! – Wir hätten während der wesentlichen Momente den Kurbelkasten in Bewegung gesetzt.«

»Prachtvoll! Und ich, der gefürchtete Staatsanwalt, wäre, auf den Knien rutschend, einem begeisterten Kinopublikum gegen Entree vorgeführt worden? Wissen Sie, die Idee ist so fabelhaft, dass es mich reizt, sie in die Tat umzusetzen.«

»Das wollte ich eben vorschlagen«, sagte Paula.

»Sie wollten das vorschlagen?«

»Ja! Sie als Sieger haben geradezu ein Recht darauf, dass der Film gedreht wird.«

»Aber so wie ich ihn haben will.«

»Selbstredend!«

Der nicht mehr junge Mann widersprach:

»Ich meine, wir sind gerade blamiert genug.«

»Den Triumph sind Sie mir schuldig,« erklärte Spicker.

»Gut, ich habe Humor genug, darauf einzugehen.«

»Sie brechen also bei mir ein, genau so, wie Sie es beabsichtigt hatten – nur die Rolle, die Sie mir zugedacht hatten, wird nicht ganz Ihren Wünschen entsprechend ausfallen.«

»Ich muss mich damit abfinden«, erwiderte er, während der andere Einbrecher den Apparat aufstellte. »Sie ziehen sich also aus und kommen, sobald Sie hören, dass ich mir am Schloss zu schaffen mache, aus Ihrem Schlafzimmer nach vorn gestürzt – den Revolver in der Hand – Sie haben doch einen?«

»Selbstredend.« Er zog den Browning aus der Tasche. »Der geht durch sechs Mann!«

»Ausgezeichnet!«, erwiderte er und nahm den Browning, entfernte das Magazin und sagte: »Damit Sie im Eifer des Gefechts das Spiel nicht für ernst nehmen und aus Versehen Unheil anrichten, will ich die Munition lieber herausnehmen. So!« – Mit diesen Worten gab er Spicker, der sich meisterhaft beherrschte, den entladenen Revolver zurück.

»Und Sie? Wessen Geliebte werden Sie spielen?« fragte Spicker, als er hinausging.

»Ihre natürlich!«, erwiderte sie.

»Und wenn Sie hereinkommen«, rief der nicht mehr junge Mann ihm nach: »Bitte, achten Sie darauf, dass Sie immer vor dem Apparat bleiben.«

»Ich will mich bemühen.«

Er war kaum draußen, da sagte der Mann mit der Brille:

»Ich finde, es entwickelt sich ganz programmmäßig.«

»An sich schon«, erwiderte Paula – »und doch ist mir ganz unheimlich zumute.«

Er beruhigte sie und sagte:

»Geh nun auf dein Zimmer und zieh dich aus.«

Paula gehorchte und ging, während er seinem Gehilfen befahl, ihm eine alte Joppe, ein Halstuch und eine Mütze zu geben, die er mit seinen Sachen vertauschte.

»Sobald er kommt, kurbelst du und richtest den Apparat immer nach der Stelle, wo wir stehen.«

»So'n Film wird doch mal alle.«

»Unserer eben nicht. Er ist kein Fachmann – und dann werde ich schon dafür sorgen, dass er seine Gedanken wo anders hat.«

Während er sich umzog, löschte der andere, der – wie ihr längst erraten habt – kein anderer als Anton war, das Licht und ging dann zum Fenster. Er gab mit seiner Taschenlampe Zeichen nach unten, woraufhin ein Kopf am Fenster erschien. Er öffnete behutsam und sagte:

»Es klappt! Du kannst gehen.«

Daraufhin verschwand der Kopf wieder. Er schloss das Fenster und wandte sich wieder in das nun fast dunkle Zimmer, in dessen Hintergrund sein Begleiter am Kurbelkasten stand.

»Also du kurbelst, sobald er kommt, und achtest darauf, dass wir beide in den Apparat kommen.«

Dann nahm er die Einbruchswerkzeuge auf und ging zur Flurtür hinaus.

Gleich darauf erschien in der Tür Spicker. Er trug ein schwarzweiß seidenes Pyjama und hielt den Revolver in der Hand.

»Kreuzdonnerwetter!« polterte er. »Warum fangt ihr denn nicht an? Ich werde eiskalt.«

Im selben Augenblick knatterte es draußen am Schloss.

»Aha! Jetzt geht's los!« sagte er. – Und da der Lärm immer lauter wurde, schalt er »der Kerl ramponiert mir ja die ganze Tür – da will ich doch lieber ...« Als er eben zur Tür gehen wollte, krachte die lärmend auf – und der nicht mehr junge Mann, als Verbrecher gekleidet, stürzte mit Revolver und Lampe in der Hand ins Zimmer, und rief:

»Hände hoch!«

Der andere kurbelte wild darauf los.

»Halt!«, rief der Oberstaatsanwalt, »das ist abgedroschen! Im Übrigen: Die Texte zu dem Film mache ich! – Und dann halten Sie die Lampe so, dass das Licht auf das Bild fällt. – Also noch mal die Szene! – Ich steh', von dem Lärm wach geworden, in der Mitte des Zimmers, und Sie stürzen auf mich los. Achtung! Aufnahme!« rief er dem Mann am Kasten zu.

Der andere ging bis zur Tür zurück und stürzte nun auf Spicker zu, sodass sich beide mit erhobenen Revolvern gegenüberstanden.

In diesem Augenblick kam Paula ins Zimmer und warf sich entsetzt zwischen beide. Sie deckte den Staatsanwalt und rief:

»Großer Gott!! Schonen Sie ihn!«

»Ausgezeichnet!«, sagte Spicker. »Das macht sich sehr gut! Davon machen wir eine Großaufnahme.«

Der Apparat wurde herangerückt und aus nächster Nähe gekurbelt.

Der nicht mehr junge Mann schob Paula zur Seite und rief:

»Aus dem Wege! Zünde das Licht an!«

Aber Spicker widersprach:

»Herr! Sie haben nicht das mindeste Talent zum Einbrecher! Erst müssen Sie mich doch außer Gefecht setzen.«

»Sie sind es schon!«, erwiderte er in dem nun hellen Zimmer und zog einen Knebel aus der Tasche, den er Spicker tief in den Mund stieß.

Spicker stutzte im ersten Augenblick, zwang sich aber zu lächeln, selbst jetzt noch, als der Mann aus der Tasche einen Strick hervorholte. Er versuchte, den Knebel mit der Hand zu entfernen, bekam aber im selben Augenblick einen so kräftigen Schlag auf die Hand, dass der Arm herabsank.

Spicker erhob jetzt den Revolver, erinnerte sich aber im selben Augenblick, dass der andere das Magazin entfernt hatte, zuckte zusammen und schloss für einen Moment die Augen.

Jetzt warf ihm der Mann die Schlinge um, sodass er die Arme nicht mehr bewegen konnte, und während er die Schlinge fester zog, gab er dem andern ein Zeichen, ihm den Knebel aus dem Mund zu nehmen.

Spicker hatte sich wieder in der Gewalt. Und es klang fast ungezwungen, als er jetzt sagte:

»Das haben Sie wirklich gut gemacht, meine Herrschaften!«

»Wir sind erst am Anfang!«, erwiderte er. »Sie haben doch nichts dagegen, wenn wir Sie jetzt dort an die Säule binden? – Das macht sich im Film besser.«

»Bitte sehr! – Aber Sie kurbeln ja gar nicht.«

»Das kommt noch, wir müssen die Szene erst einmal so durchgehen.«

»Warum haben Sie mir denn vorhin den Knebel in den Mund gesteckt?«

»Weil die Möglichkeit bestand, dass Sie den kleinen Spaß falsch auffassten und um Hilfe riefen!«

Paula, die nicht wagte, den Oberstaatsanwalt anzusehen, meinte:

»Das wäre für den Film am Ende auch das Natürliche gewesen.«

»Es wäre mir gar nicht eingefallen«, erwiderte Spicker. »Denn dadurch, dass ich alles ohne Widerstand geschehen ließ, zeigte ich ja, dass ich den Bluff durchschaute und mich über euch lustig machte.«

»Daran tun Sie ganz recht«, sagte der nicht mehr junge Mann und zog den Strick, mit dem er ihn an die Säule gebunden hatte, fester, »und erleichtern uns die Arbeit.«

»Ich brauchte jetzt ja nur meinen Diener zu rufen.«

»Wie mir scheint, hat er einen sehr festen Schlaf«, erwiderte er, während Spicker sich an Paula wandle und fortfuhr:

»Oder Sie hinauszuschicken, um das Haus zu alarmieren.«

Der Mann überlegte einen Augenblick und sagte dann:

»Bitte sehr, es steht Ihnen frei!«

»Soll ich gehen?«, fragte Paula.

Spicker schien zu überlegen, lächelte dann, schüttelte den Kopf und sagte:

»Danke nein! Den Gefallen kann ich Ihnen nicht tun.«

»Das verstehe ich nicht ganz,« erwiderte Paula.

»Damit würde ich ja bekennen, dass ich den Überfall für ernst nehme, mich also bluffen lasse. – Damit ich das glaube, müssen Sie schon überzeugender auf mich wirken.«

»Einen Augenblick Geduld«, erwiderte der nicht mehr junge Mann und sagte zu seinem Kollegen: »Du kannst gehen, ich brauche dich nicht mehr.«

Der ging und löschte das Licht, sodass nur die Säule mit dem gefesselten Spicker im Hellen, der übrige Raum aber im Halbdunkel lag.

»Aha! Effektbeleuchtung!« sagte Spicker. »Da erkennt man den Fachmann.« Dann stemmte er sich gegen die Stricke und sagte: »Donnerwetter! Das schneidet ja ein! Etwas weniger realistisch hätten Sie die Fesselung ja vornehmen können.«

Jetzt stellte sich der nicht mehr junge Mann vor Spicker hin und sagte:

»Herr Oberstaatsanwalt! Wenn ich Ihnen jetzt erkläre, dass Sie zum ersten Male doch in Ihrem Leben geblufft worden sind!«

Der schüttelte den Kopf und erwiderte:

»Ich glaube kaum!«

»Nun denn: Sie befinden sich keinem Filmmann, sondern dem gesuchten und diesmal echten Coeur-As gegenüber.« – Emil nahm die Mütze, Brille und Bart ab und wartete auf die Wirkung.

Der Oberstaatsanwalt setzte alles daran, seine Verblüffung zu verbergen.

»Es freut mich aufrichtig, unerwartet einen so guten Fang gemacht zu haben«, erwiderte er.

Emil zuckte zusammen:

»Wie? Sie wollen behaupten ... dass Sie ...?«

»Ich bin so frei!«

»Was bedeutet das?«, fragte Emil.

»Dass ich, noch bevor Sie bei mir eintraten, im Bilde war. Ich fand den Scherz mithilfe einer Filmaufnahme so apart, dass ich darauf einging – umso mehr, als er mir die erwünschte Gelegenheit gab, die Polizei zu verständigen.«

»Nicht möglich!«

»Wenn Sie durch einen Blick aus dem Fenster sich überzeugen wollen – Ihr Komplize mag gerade noch durchgeschlüpft sein. Ihnen wird es schwerlich gelingen.«

»Sie glauben, Bluff mit Bluff begegnen zu können. Aber Sie irren!«

Paula, die inzwischen ans Fenster getreten war und den Vorhang ein wenig zur Seite geschoben hatte, schrie in diesem Augenblick laut auf.

»Wahrhaftig!«

»So sorge ich für Ihre und meine Sicherheit«, sagte Spicker spöttisch zu Paula. »Im Übrigen sind Sie vollkommen im Recht. Ich suchte Abenteuer und Sie haben mich in eins gestürzt. Ich habe also allen Grund, Ihnen dankbar zu sein.«

Emil unterbrach und sagte:

»Geh hinunter, Paula, und sage der Polizei, der Herr Oberstaatsanwalt sei das Opfer eines schlechten Scherzes seiner Freunde geworden und bedaure den falschen Alarm. Sie sollten nach Hause gehen.«

Spicker fuhr zusammen. Als er eben den Mund auftun und um Hilfe rufen wollte, steckte ihm Emil lächelnd den Knebel in den Mund.

»Sie verzeihen schon!«, sagte er dabei höflich. »Hier kann nur einer kommandieren.« Und in verbindlichstem Tone fuhr er fort: »Verzeihung! Wo stehen doch gleich Ihre Zigarren? Richtig!« Er ging auf den Tisch zu, nahm aus der Kiste eine Handvoll Zigarren und gab sie Paula.

»So, die nimm den Polizisten als Gruß und Dank des Herrn Oberstaatsanwalts mit hinunter. So etwas stärkt das Vertrauen.«

Paula schlüpfte in den Pelzmantel und ging rechts hinaus. Der Oberstaatsanwalt und Emil horchten in atemloser Spannung. Man hörte sie die Treppe hinuntergehen. Emil schlich ans Fenster, zog die Gardinen etwas zurück und beobachtete. Man hörte Gemurmel. Die ungeduldige Erwartung der beiden war auf das Äußerste gestiegen. Das Gemurmel dauerte nur ganz kurz und verstummte wieder. Man hörte die Schritte Paulas, die die Treppe wieder hinaufstieg. Gleich darauf trat sie ins Zimmer.

»Nun, sind sie fort?«

Paula schüttelte den Kopf.

»Nein! Infolge verschiedener Vorkommnisse in letzter Zeit, bei denen die Polizei geblufft worden sei, fordern sie einen schriftlichen Befehl.«

Spicker schöpfte neue Hoffnung.

»Hm!«, meinte Emil. »Wenn es weiter nichts ist.« – Er ging auf den Schreibtisch zu, nahm ein Formular, schrieb, stempelte. – Als er eben die Feder zur Unterschrift ansetzen wollte, stutzte er – lächelte und sagte: »Nein! Diese Urkundenfälschung kann ich vermeiden.« Er tauchte den Halter ein und gab Urkunde und Halter an Paula. »Halt einmal!« Dann ging er zu Spicker, lockerte die Schlinge an der rechten Hand ein wenig, steckte ihm den Halter in die Hand und sagte: »So, und nun haben Sie wohl die Freundlichkeit, zu unterschreiben.«

Spicker las. Und da er zögerte, hielt ihm Emil den Revolver vor das Gesicht.

»Nun, wird es bald?«

Der Oberstaatsanwalt unterschrieb.

»Danke vielmals!« Er gab das Formular Paula, die eilig damit abging. »Und da ich Sie schon einmal bemühen muss, so unterschreiben Sie bitte auch gleich die beiden Schecks.« Er hatte sie zuvor zugleich mit dem Formular vom Schreibtisch genommen. »Aber bitte, überzeugen Sie sich vorher, dass es nicht ein Cent mehr ist, als die Summe, die Sie in Ihrem Preisausschreiben ausgesetzt haben.« – Spicker unterschrieb. – »Danke verbindlichst!«

Jetzt hörte man unten die Schritte der abziehenden Mannschaft. Emil lächelte.

Und Paula, die gleich darauf erschien, meldete:

»Sie sind fort!«

»So! Dann wären wir also wieder unter uns!« sagte Emil und zog Spicker den Knebel aus dem Mund. »Ich bin gegen Gewalt, wo sie keinen Sinn hat.«

»Machen Sie es kurz!«, sagte Spicker.

»Sie müssen schon gestatten, dass ich mich rechtfertige. Ich habe Sie um meine Akten gebeten! Ich hatte ein Recht darauf. Sie haben sich geweigert, sie mir herauszugeben. Es blieb mir also gar nichts weiter übrig, als mich selbst zu bemühen. Ich bitte Sie also in aller Form, mir meine Strafakten auszuhändigen.«

»Nein!«, erwiderte Spicker.

»Wie? Sie weigern sich?«

»Über mich und mein Privateigentum mögen Sie verfügen! Zu einer amtswidrigen Handlung aber werden Sie mich durch keinerlei Drohung zwingen.«

»Die Akten will ich!«

Paula ging zum Schreibtisch und zog ein Schub auf.

»Die Schlüssel sind fort.«

»Vermutlich im Kanal! Ich habe sie in das Abflussrohr geworfen.«

»Wenn wir den Schrank nicht aufbekommen, kann es Ihr Leben kosten.«

Paula stürzte auf Spicker zu, griff in seine Taschen und zog die Schlüssel heraus, dann schloss sie den schweren Schrank auf, der voller Akten war. Emil wühlte darin herum, warf das meiste auf die Erde – plötzlich klingelte das Telefon – alle drei stutzten.

»Wer kann das sein?«, fragte Emil und sah nach der Uhr. »Es ist halb fünf in der Frühe!«

Spicker verzog keine Miene. Emil stürzte an den Apparat, wollte den Hörer abnehmen – stutzte – ging zu Spicker, steckte ihm den Knebel in den Mund, kehrte zum Apparat zurück, nahm den Hörer ab und rief hinein:

»Hallo! Hier der Diener des Herrn Oberstaatsanwalt Spicker – wer? Herr Polizeirat von Mosch? – Nein! Ich bin's – der Diener vom Herrn Oberstaatsanwalt – die Unterschrift?« – Spicker lächelte triumphierend. – »Aber was denken Sie? – Natürlich hat der Herr Oberstaatsanwalt selbst unterzeichnet – wie? – es war nicht seine Unterschrift?« – Er wandte sich zu Spicker und sagte leise: »Sie Spitzbube!« dann rief er wieder in den Apparat:

»Aber ich bitte Sie, Herr Polizeirat, wenn ich Ihnen doch sage – schließlich halten Sie mich noch für den Verbrecher – gewiss, das sehe ich ein, aber ich kann ihn jetzt unmöglich wecken – wieso? Wie kommen Sie darauf, dass er das Telefon am Bett hat? – Sie wissen es? Natürlich weiß ich es. Aber der Schlaf meines Herrn ist mir heilig. – Sie bestehen darauf? – Also gut! Dann will ich ihn wecken – einen Augenblick.« Er legte den Hörer hin, flüsterte Paula zu: »Versuch' du es!«

Paula nahm zitternd den Hörer.

»Hier ist – die Hausdame. Ja? – Sie kennen mich doch? Sie wollen durchaus den Herrn Oberstaatsanwalt selbst ...? Also, ich stell' um.«

»Was ist das für ein Wahnsinn«, flüsterte Emil ihr zu, und Paula erwiderte:

»Er will sonst selbst kommen.«

Emil war jetzt dicht an Spicker herangetreten und flüsterte ihm zu, während er Paula ein Zeichen gab, den Apparat heranzubringen. »Wenn Sie jetzt nicht in den Apparat rufen: ›Oberstaatsanwalt Spicker! Es ist alles in bester Ordnung!‹ oder auch nur ein Wort hinzufügen, dann fliegt das Haus samt Ihnen und allen, die darin wohnen, in die Luft.« – Er nahm Spicker den Knebel aus dem Mund, hielt ihm den Hörer vor und drang durch Zeichen auf ihn ein.

Spicker sprach in den Apparat:

»Oberstaatsanwalt Spicker – es ist alles in bester Ordnung.«

Im selben Augenblick riss Emil ihm den Hörer aus der Hand, führte ihn ans Ohr und lächelte triumphierend, während Paula den Apparat zum Schreibtisch zurücktrug.

Emil zog den Scheck aus der Tasche, blätterte in den Akten und verglich die Unterschriften.

»So also sieht Ihre Unterschrift aus!«

In diesem Augenblick ertönte unten laut zweimal hintereinander die Hupe eines Autos.

Emil fuhr zusammen und fragte Paula:

»Was ist das?«

»Großer Gott!«, erwiderte die. »Schon fünf Uhr? – Das ist sein Auto. Er hat um sieben einen Lokaltermin in Eberswalde.«

Emil schien im ersten Augenblick verzweifelt. Er überlegte, war erst ernst, schmunzelte dann und sagte:

»Das trifft sich ja ausgezeichnet. Er wird uns mit den Akten nach Eberswalde fahren und, sobald wir die Schecks eingelöst haben, zu Fuß nach Berlin zurückkehren.«

»Wie willst du das anstellen?«, fragte Paula.

»Sage dem Chauffeur, er soll ein paar Augenblicke warten.«

Paula ging ans Fenster, öffnete und rief hinaus:

»Karl!«

Von unten erwiderte eine Stimme:

»Gnädiges Fräulein?«

»Wir kommen gleich.«

»Zieh dich an, geh hinunter und bereite ihn darauf vor, dass statt des Oberstaatsanwalts dessen Vertreter den Termin wahrnimmt.«

Paula entfernte sich, während Emil mit dem Rücken zu Spicker, auf der Erde hockend, die Akten sortierte, einiges zusammenpackte, das meiste liegen ließ.

Spicker kämpfte verzweifelt, um sich zu befreien. Er zog sich mit dem Munde die Füllfeder aus der oberen Tasche, die ihm Emil zuvor, nach Unterschrift des Formulars, spöttisch selbst hineingesteckt hatte, führte mühsam den Halter vom Mund zur gefesselten Hand und schrieb mit äußerster Kraftanstrengung auf einen der Zettel, die neben ihm auf einem kleinen Tisch lagen, ein paar Zeilen. Den Zettel schob er mit dem Halter so weit an den Rand des Tisches, dass er hinter Emil auf die Erde fiel. Dann beförderte er auf gleichem Wege den Halter wieder in seine Tasche.

Emil suchte inzwischen fieberhaft in den Akten herum und fand gerade in dem Augenblick, in dem Paula im Autodress wieder ins Zimmer trat, die Akten, die er gesucht hatte.

»Endlich! Da – und da!« Er raffte ganze Stöße zusammen. »Meine Akten aus Genf, aus London, Paris, Brüssel! Mit deren Vernichtung erspare ich dem Gericht eine Heidenarbeit und räume uns die Hindernisse zum Aufbau eines neuen Lebens aus dem Wege.«

»Ich gehe immer hinunter!«, sagte Paula, die blass war und zitterte.

»Geh! – Geh! – Ich komme gleich,« erwiderte Emil, der voller Freude vor den Akten saß und sich nicht einmal nach ihr umsah.

Paula ging mit einem ängstlich scheuen und gesenkten Blick an Spicker, der mit aller Energie auf den Zettel auf der Erde starrte, vorüber. Sie sah den Zettel, hob ihn auf und las:

»Geliebter! Ich erwarte dich voll Sehnsucht. – Konstanze.«

Paula entfärbte sich und schrie kurz auf. Der Zettel fiel ihr aus der Hand.

Emil wandte sich zu ihr um und fragte:

»Was ist?«

Der Oberstaatsanwalt lächelte höhnisch.

Paula wankte zum Schreibtisch, sank in sich zusammen, nahm Emils Revolver auf und sagte leise:

»Leb' wohl – Emil!« – setzte an und ...

... im letzten Augenblick sprang Emil auf, schlug ihr die Waffe aus der Hand, riss Paula an sich und fragte:

»Was ist? – Was hat man dir getan?«

Paula gab keine Antwort. Sie sah auf eine Stelle am Boden. Emil folgte, sah den Zettel und hob ihn auf.

Er stutzte, wandte sich zu Spicker:

»Hund!«, rief er. »Wie hast du das gemacht?«

Paula sah auf.

»Er?«, fragte sie.

Spicker schüttelte den Kopf.

»Hund!« wiederholte Emil. »Um eine Sekunde, und du hattest sie auf dem Gewissen!« – Er stürzte mit dem Zettel zu Paula: »Hier sieh! Die Tinte ist noch nass!« – Er ergriff ihre Hand und fuhr damit über das Papier. Die Tinte klebte an Paulas Finger.

Paula, die wie leblos vor dem Papier stand, fuhr immer wieder darüber und verwischte die Schriftzeichen.

Emil riss dem Oberstaatsanwalt die Füllfeder aus der Tasche.

»Da sieh!«, sagte er zu Paula, »es ist seine Tinte!« – Und zu Spicker gewandt rief er:

»Wenn Sie unter denen da unten geboren wären – Sie wären einer von den ganz großen Verbrechern geworden.«

Dann nahm er Paula unter den Arm, schob unter den freien Arm die Akten und sagte:

»Komm!«

Als sie vor Spicker standen, fragte Paula:

»Und du willst ihn so zurücklassen?«

»Du hast recht«, erwiderte Emil, »man muss ihm die Möglichkeit geben, sich zu befreien.«

Er legte die Akten beiseite, ließ Paula los und lockerte die Stricke an den Armen.

Paula sah erstaunt zu und sagte:

»Er wird uns verraten.«

»Wenn man ihn hilflos findet – vielleicht, dass er uns dann verrät. Denn dann ist er seinen Ruf als der »Unbesiegbare« los und hat nichts mehr zu verlieren. Wenn er bis zur Rückkehr des Chauffeurs aber frei ist, so wird er die Spuren seiner Niederlage verwischen und nur den einen Wunsch haben, nie mehr an Coeur-As erinnert zu werden.«

»Du bist klüger als ich«, erwiderte Paula, reichte Emil die Akten, trieb ihn an und sagte: »Komm!«

Der Oberstaatsanwalt zog eben den rechten Arm aus der Schlinge, als die Hupe seines Chauffeurs ertönte und sein Auto mit Emil und Paula und den Akten in der Richtung nach Eberswalde um die Ecke bog.

Ob Emil den Termin in Eberswalde für den verhinderten Oberstaatsanwalt Spicker wahrnahm, konnte nicht ermittelt werden. Zuzutrauen ist es ihm.